에논

ENON
by Paul Harding

이 도서의 국립중앙도서관 출판예정도서목록(CIP)은
서지정보유통지원시스템 홈페이지(http://seoji.nl.go.kr)와
국가자료공동목록시스템(http://www.nl.go.kr/kolisnet)에서 이용하실 수 있습니다.
(CIP제어번호: CIP2016005125)

에논

ENON

폴 하딩 장편소설
민은영 옮김

문학동네

차 례

일러두기

1. 주석은 모두 옮긴이주이다.
2. 본문 중 고딕체는 원서에서 이탤릭체로 표시된 부분이다.

1

우리 집안 남자들은 대부분 아내를 과부로 만들고 자식들은 고아로 만든다. 나는 예외다. 내 외동딸 케이트는 일 년 전 9월의 어느 오후 자전거를 타고 호숫가에서 집으로 돌아오는 길에 차에 치여 죽었다. 케이트는 열세 살이었다. 아내 수전과 나는 얼마 지나지 않아 별거에 들어갔다.

케이트가 죽었을 때 나는 숲속을 거닐고 있었다. 그 전날 나는 아이에게 도시락을 들고 에논 강에 가지 않겠느냐고 물었었다. 산책하고 새들에게 모이를 주고, 된다면 카누도 빌려 타자고 했다. 거기 새들은 사람에 익숙해져 손에 놓인 씨앗을 쪼아먹었다. 나를 따라 그곳에 처음 간 날부터 케이트는 제 손에서 모이를 쪼아먹는 박새와 쇠박새, 동고비에 흠뻑 빠졌고, 그후로도 한동안은 제가 모이를 주지 않으면 새들이 굶어죽기라도 할 듯이 굴었다.

케이트는 에논 강 조수보호구역에 가는 것도 좋겠지만 친구 캐리 루이스와 호숫가에 가기로 했다면서, 엄청 조심할 건데 가도 되느냐고 물었다.

"특히 물가, 그리고 찻길 조심해." 나는 말했다.

"알았어, 아빠. 특히 거기." 케이트가 말했다.

어렸을 때 덜거덕거리는 낡은 자전거를 타고 친구와 함께 호숫가에 갔던 일이 떠올랐다. 우리는 긴바지를 잘라 만든 반바지 차림에 다 해진 수건을 목에 두르고 있었다. 셔츠나 신발은 항상 생략했다. 헬멧을 쓰라는 말을 들었다면 아마도 코웃음을 쳤을 것이다. 호숫가에 도착했을 때 자전거에 자물쇠를 채워두었는지는 기억나지 않는다. 분명 그러긴 했을 테지만. 케이트에게 말했다. 좋아, 가도 돼. 그러자 아이는, 아빠 사랑해, 하면서 내 귀에 입을 맞추었다.

케이트는 토요일 오후에 죽었다. 그날은 9월 1일, 사흘 후면 중학교 3학년이 될 참이었다. 그날 나는 뚜렷한 계획 없이 보호구역을 돌아다니며 하루를 보냈다. 일주일 동안 에논을 강타한 폭염 속에서, 전날 밤늦게까지 서부 지역 야구 경기를 본 나는 주로 그늘을 찾아 천천히 걸어다녔다. 그리고 여름 내내 호숫가로 쏘다니면서 선탠을 하고 예전과는 달리 부쩍 외모에 신경을 쓰는 케이트에 대해 생각했다. 보호구역에 자라난 금관화가 누렇게 변하기 시작했고 미역취는 은색으로 바뀌고 있었다. 초록색 풀은 가장자리가 다 말라 지푸라기로 변하기 직전이었다. 하늘에는 은색과 자주색이 섞인 낮은 비구름이 위로 겹겹이 층을 이루어 우뚝 치솟은 구름 산을 만들어냈다. 변하는 날씨에 앞서 불어온 여린 바람이 초원 위에서 소용돌이치자 키 큰 풀 위에 앉아 있던 잠자리들이 날아올랐다. 호박벌들은 시들어가는 야생화에서 꿀을 빨고 있었다. 나는 어서 비가 내려 열기를 좀 식혀주었으면 싶었다.

박새들이 서로의 주위를 맴돌며, 오솔길을 따라 자라난 덤불 사이를 오가고 있었다. 씨앗을 가져오지 않아 새들에게 먹일 것이 없었다. 새들이 처음으로 내 손에서 모이를 쪼았을 때 얘기를 케이트에게 들려준 기억이 났다. 중학교 1학년 때 할아버지와 함께였다. 할아버지가 미리 새들 생각을 못해서 우리에겐 씨앗이 없었다. 그렇지만 새를 떠올린 할아버지의 말에 따라 우리가 오솔길에서 함께 양손을 내민 채 꼼짝 않고 서 있었더니, 그냥 새들이 우리에게로 왔다. 아주 오래된 일이기도 했고 케이트에게도 어렸을 때부터 그 얘기를 여러 번 해주었던 터라, 다시 한번 해봐도 재미있을 것 같았다. 그러면 케이트에게 그 이야기를 해주면서 할아버지 얘기도 꺼낼 수 있을 테니까. (케이트가 언젠가 그랬다. "증조할아버지는 본 적도 없는데, 아빠한테 얘기를 너무 많이 들었더니 꼭 내가 아는 사람 같아.") 날이 저물고 있었다. 그리고 나는 저녁거리를 사러 시장에도 가야 했다. 햇볕을 오래 쪼인데다 자전거를 타느라 너무 피곤하지만 않다면, 캐리도 케이트와 함께 우리집에 올 거라는 생각이 들었다. 나는 연어와 아스파라거스, 레몬 한 개와 감자 샐러드, 그리고 케이트가 부탁한 옥수수를 사기로 했다. 덥고 피곤하다면 케이트는 좀 가볍게 먹고 싶을 거라고 생각했다. 수전도 그걸 좋아할 거야, 나는 생각했다. 레모네이드 한 통을 사야겠어, 있으면 분홍색으로. 케이트는 항상 분홍색이 노란색보다 달콤하고 신맛도 덜하다고 했다. 나야 전혀 그 차이를 느끼지 못했지만.

판자가 깔린 산책로가 끝나는 습지 가장자리에 거의 다다랐다. 그곳에서 오솔길은 다시 나무 사이를 지나 초원으로 이어졌다. 그 무렵 초원에서는 제비들이 먹이를 찾아 하늘을 누비고 다닐 터였다. 저녁을 먹기까지 케이트를 너무 오래 기다리게 하기는 싫었기 때문에 시간이 별로 없다는 생각이 들었는데도, 나는 그 자리에 멈춰 서서 빈손을 밖으로 내민 채 꼼짝 않고 기다렸다. 이십일 년 전, 그러니까 케이트가 태어나기 팔 년 전, 그리고 그 아이를 그곳에 데려가기 십오 년 전에 그랬던 것처럼. 갑자기 그곳에 그렇게 서서 새를 단 한 마리나마 유인한다는 것이, 비록 날개를 한 번 파닥하고 가버릴지언정 굉장히 멋진 일처럼 느껴졌다. 그러고 나면 집에 가서 저녁을 차리고 있는 동안, 막 샤워를 마친 케이트가 아직 젖은 머리로 약간 우스꽝스럽게 비틀거리며 바깥의 피크닉 테이블로 나와 "아으, 정말 피곤해" 하며 끙끙거릴 때, 아이에게 이렇게 말할 수 있을 것 같았다. "있잖아, 아까 모이도 없이 손을 내밀고 있었거든? 할아버지랑 처음에 했던 것처럼. 근데 되더라!" 그렇게 이삼 분쯤 흘렀을까, 새 한 마리가 내 손 쪽으로 다가오는가 싶더니 먹을 게 없는 걸 보고는 멈칫하다가 다시 수풀 속으로 날아가버렸다. 나는 그만하면 된 거나 다름없다고 생각하며, 긴 하루를 보낸 케이트에게 위안을 줄 맛있는 음식을 만들 생각에 들떠 차가 있는 쪽으로 서둘러 걸어갔다.

숲에서 나온 후 초원 옆으로 난 오솔길을 걸었다. 초원에는 구획을 지어 번호를 매겨놓은 새집들이 곳곳에 있어서 제비들이 매년 둥지를 틀었다. 높이 치솟은 소나기구름 뒤로 태양이 이글거리며 역광으로 구름의 윤곽을 드러냈다. 구름 위 하늘은 밝고 희끄무레한 노란빛이었다. 새집과 미역취, 금관화 등이 모두 금색 꽃가루 알갱이 같은 빛에 물들어 있었고 제비들은 그 사이를 나선형으로 날아다니며 공중에서 곤충을 잡았다. 나는 자갈이 깔린 주차장으로 갔고, 어린 아들에게 차가 있는 곳까지 남은 몇 미터를 걸어가보라고 재촉하고 있는 여자에게 미소를 지어 보였다. 서너 살쯤 되어 보이는 아이는 휘청휘청 걸으며 칭얼거렸다. 여자는 재촉을 그만두고 아이를 안아올리며 뭔가 달래는 말을 속삭이더니 아이를 꼭 끌어안고 볼에 뽀뽀를 하며 갔다. 나는 주차장을 가로질러 내 스테이션왜건으로 걸어갔다. 그리고 차에 도착해서 열쇠를 꺼내려고 주머니를 뒤졌다. 조수석에 놓인 내 휴대전화가 보였다.

멍청하긴, 누가 가져가버리지 않아서 다행이야, 하고 나는 생각했다. 하지만 이내, 챙이 큰 모자와 면바지 차림에 얼굴이 파리하고 순하게 생긴 아마추어 조류 연구가가 지팡이로 창문을 부수고 전화기를 꺼내 달아나는 모습을 상상하니 실소가 나왔다.

번개가 초원에 번쩍 내리꽂히며 들판과 주차장 위로 천둥이 터졌다. 어린아이와 엄마가 비명을 질렀다. 물탱크가 엎어진 듯 하늘에서 비가 쏟아졌다.

나는 차문을 열고 안으로 몸을 피했다. 빗소리가 마치 양동이에 가득 담긴 쇠못들을 차 지붕으로 우르르 쏟아내는 듯했다. 긴 산책 후엔 항상 그렇듯 종아리가 땅겼다. 휴대전화를 보니 수전에게서 음성 메시지가 와 있었다. 메시지 확인을 위한 번호를 누르고 전화기를 귀와 어깨 사이에 끼운 다음, 차에 두었던 생수병 마개를 돌렸다. 더위에 뜨뜻해진 물은 밍밍했고 약간 상한 듯한 맛이 났다. 전화기에서 음성 메시지 연결 신호음이 들려왔다. 나는 생수병 뚜껑을 도로 닫고 조수석에 던져놓았다.

"으윽." 나는 짜증스레 내뱉고 전화기를 손에 들었다. 그리고 주차장에서 빠져나가려고 후진 기어를 넣은 후 뒤로 몸을 틀었다. 전화기에서 수전의 목소리가 흘러나왔다. 아내가 하는 말은 차체를 때리는 요란한 빗소리 때문에 잘 들리지 않았다.

"찰리, 케이트가 죽었어. 자전거를 타고 있었대. 호수 근처에서. 차가 쳤대. 그래서 애가 죽었어, 찰리." 수전의 목소리가 갈라졌다. 뒤에 있던 차가 경적을 울렸고, 어떤 여자가 소리를 질렀다. 내 차가 뒤로 움직이고 있었다. 나는 급브레이크를 밟았다. 빗속으로 나온 여자가, 머리는 뒤에서 하나로 묶고, 무슨 이유에서인지 선글라스를 낀 채, 내 차창을 쾅쾅 두드렸다.

"대체 생각이 있어요? 미친 거 아니에요?" 여자가 내게 소리를 질러댔다. "저기 있는 애하고 애엄마를 칠 뻔했잖아요!" 수전의 목소리가 다시 이어지며 어서 집에 오라고, 경찰관 두 명과 함께 있다고 말했다. 빗속에 서 있는 여자는 사나워 보였다. 머리와 옷과 비싼 운동화가 흠뻑 젖었고 얼굴에는 빗물이 흘러내리고 있었다. 나는 마치 머리를 세게 얻어맞은 후 뇌를 제자리로 돌려놓지 못한 기분이었다.

여자가 다시 창문을 쾅쾅 두드렸다. 나는 여자를 보았다. 전화기에서 나오는 수전의 목소리가 내게 말하는 것의 의미를 이해했으면서도, 속으로는 이미, 아니야, 아니야, 아니야, 사실일 리 없어, 라고 되뇌면서도 나는 생각했다. 당신은 기어이 살 1파운드를 잘라가야만 직성이 풀리려나보군.

여자가 진창이 된 자갈길에서 발을 쿵쿵 구르더니 선글라스를 홱 잡아 빼고는 내게 손가락질을 해대며 외쳤다. "이 염병할 창문, 당장 내리지 못해요?" 여자는 입 위로 흐르던 빗물을 뱉어냈다. 나는 손잡이를 돌려 창문을 내리고 여자의 눈을 쳐다봤다. 창문을 통해 차 안으로 들이친 빗물이 운전대와 계기판에 튀고 내 몸을 흠뻑 적셨다. 여자가 내 얼굴에서 무언가를 보았음이 틀림없었다. 분명 내게 퍼부으려 했을 비난 공세를 시작하지 않았던 것이다. 나는 쏟아지는 빗속으로 전화기를 들어올렸다. 그게 무슨 적절한 대답이라도 되는 것처럼.

"내 딸이……" 내가 말했다. "여기, 아내가 그러는데, 내 딸이 방금 죽었대요."

얼굴을 찡그리는가 싶던 여자가 맥빠진 표정으로 차문을 철썩 때렸다. 그러고는 손으로 머리를 빗어 넘기더니, 검지로 날 가리키다가 이내 손을 떨어뜨렸다.

"오, 세상에." 여자가 말했다. "운전은 안 하는 게…… 아, 세상에. 가세요. 가요."

백미러에 보이던 여자의 모습, 빗속에 서서 나를 보며 내 말이 사실인지 자기가 속은 것인지 혼란스러워하는 것 같던 그 모습을 나는 그후로도 여러 번 떠올렸다. 그것이, 내겐 딸이 있었는데 이젠 죽었어, 하고 생각하던 순간 내 눈에 처음 들어온 풍경이었다.

케이트의 장례식을 주관한 이는 내 조부모의 옆집에 살던 이웃의 아들이었다. 수전과 내가 케이트의 화장과 장례를 준비하러 찾아갔던 날, 그는 진회색 양복을 입고 있었다. 이마 선이 점점 후퇴하고 있는 그의 짧은 머리는 내가 그때껏 그와 네 번의 만남—할아버지가 돌아가셨을 때, 할머니가 돌아가셨을 때, 어머니가 돌아가셨을 때, 그리고 내 딸이 죽은 지금—을 가지는 동안 거의 흰색으로 변해 있었다. 그에게서는 희미하게 소독약 냄새가 났다. 그가 손을 내밀어 나는 악수를 했다. 그의 손은 정기적으로 부석으로 문질러 씻은 것처럼 매우 부드럽고 깨끗했다. 손톱도 깔끔하게 정리되어 있었다.

"어서 오게, 수전, 찰리." 그가 말했다. "어서 사무실로 들어와. 마실 거 줄까? 커피, 물?"

"괜찮습니다, 릭." 그 사람을 릭이라고 부르니 어색했다. 가족들은 항상 그를 리키라고 불렀다. 그가 아직도 어린아이, 이웃집 아들, 리키 주니어인 것처럼. 나는 그가 성인이 된 후 어떤 이름으로 불리고 있는지 알지 못했다. 어머니가 돌아가셨을 때 내가 그를 어떻게 불렀는지도 생각이 안 났다. 내가 장례 절차나 장례에 관해 모든 결정을 내리는 사람이 되어 그와 직접 상대한 것은 어머니 임종 때가 처음이었다. 할아버지가 돌아가셨을 때는 할머니가 준비를 맡아 하셨고, 할머니가 돌아가셨을 때는 어머니가 준비를 했다. 그때 어머니가 그를 릭 리키라고 불렀던 것은 분명히 기억했다. 하지만 그것은 한 성인이 어린 시절의 일부를 공유하는 다른 성인을 친밀하고 다정하게 부르는 호칭이었다.

"어서 앉아." 그가 손을 흔들어 자주색 가죽소파를 가리키면서 말했다. 수전과 나는 자리에 앉았다.

"다른 건 우리가 모두 처리했어. 지금은 그냥 유골함에 대해 물어보려고 해. 그리고 케이트가 입을 헐렁하고 편안한 옷을 갖다줬으면 좋겠어. 잠옷이나 그 비슷한 걸로. 화장할 때 필요하거든."

수전이 말했다. "우리 아이는 잘 때 티셔츠에다 면으로 된 파자마 바지 입는 걸 좋아했는데…… 그런 옷을 뭐라고 부르는지 모르겠네요. 잘 때도 입고 누가 뭐라 하지만 않으면 학교 갈 때도 입는 바지 말이에요."

"아, 아. 그런 옷 잘 알아. 라운지 팬츠." 릭이 결혼을 했는지, 자식이 있는지 나는 알지 못했다. 그의 왼손 약지에 금으로 된 결혼반지가 있었다. 자식이 있다면 아마도 내 나이 정도일 것이다. 그래서 나는 추론했다. 그가 잘 때 입는 바지에 털 슬리퍼 차림으로 학교에 가는 아이들에 대해 안다면, 그것은 케이트 또래나 아니면 조금 더 큰 손주가 있기 때문일 거라고. 나는 고개를 끄덕였다. 뭐라고 말해야 할지 알 수 없었다. 수전이 말을 이었다.

"그리고 슬리퍼도요. 안쪽에 털이 달리고 발꿈치는 트인 거요. 케이트는 그걸 신고 학교에도 가려고 했어요." 케이트가 가장 좋아했던 잠옷은 흰색 바탕에 여러 가지 꽃무늬가 있고 각각의 꽃 아래에는 검은색으로 라틴어 이름이 적힌 바지와, '슈퍼걸'이라는 글씨가 실크스크린으로 인쇄된 얇고 부드러운 티셔츠였다. 죽기 전날 밤에도 그걸 입고 있었으니까 그 옷들은 분명 그 순간에도 아이 침대 옆 바닥에 놓여 있으리라는 것을 나는 알고 있었다. 아이는 내가 늦게까지 레드삭스 경기를 보고 있던 새벽 세시에서 네시 사이에 화장실에 가려고 아래층으로 내려왔다. 나중에 케이트는 그 바지와 셔츠를 벗고, 수영복 위에 데님 반바지, 그리고 칼라가 있는 연녹색 반소매 셔츠로 갈아입었다. 문득 죽을 때 그 옷을 입고 있었을 거라는 생각, 그리고 장의사 직원이 벗기지 않았다면 여전히 그 옷을 입고 있을 것이라는 생각이 떠올랐다.

"슬리퍼를 신겨도 되나요? 슬리퍼를 가지고 올까요?" 수전이 물었다. "얼른 가서 옷을 가지고 올게요."

"물론이지, 수전. 되고말고. 유골함 얘기는 집에 다녀온 다음에 하지."

"그래요. 그러면 좋겠어요. 그렇게 해요."

수전과 리키가 자리에서 일어나자 나도 따라 일어섰다. 두 사람은 악수를 나누었고, 나도 손을 내밀며 릭이 서 있는 쪽으로 두 발짝 다가섰다. 그는 내 쪽으로 다가오더니 왼손을 내 어깨에 잠시 가볍게 올렸다가 내 손을 잡고 악수를 했다.

"그래, 찰리. 우리가 할 수 있는 일이 있다면 뭐든 말만 하게."

"감사합니다, 릭. 죄송해요. 말을 잘 못하겠어요. 무슨 말을 해야 할지 정말이지……"

"괜찮아, 찰리. 괜찮아."

집으로 돌아온 후 수전은 지하실로 내려가 빨래 건조기에서 깨끗한 세탁물을 가져왔다. 케이트의 속옷을 빨아두었다고 했다.

"당신이 가서 티셔츠와 잠옷 바지를 좀 가져와주겠어?" 수전이 물었다.

나는 케이트의 방으로 갔다. 책상 위에는 압화를 만들려고 갖다둔 치커리꽃과 자홍색 백일홍, 주황색 참나리꽃 그리고 호숫가에서 주웠을 조가비들이 놓여 있었다. 나는 서랍장의 중간 서랍을 열었다. 조그맣고 알록달록하고 깔끔하게 접힌 아이의 티셔츠들을 보자 무릎이 탁 풀렸다. 하마터면 바닥에 주저앉을 뻔했다. 나는 서랍 가장자리를 꽉 쥔 채 잠시 눈을 감고 찬찬히 깊은 숨을 두어 번 들이쉰 다음 다시 눈을 떴다. 혹시 만화 캐릭터가 그려져 있거나 다른 부적절한 무늬가 있는지 정도만 확인하며, 따로 포개놓은 옷더미에서 상의와 하의를 각각 하나씩 꺼냈다. 하지만, 뭐가 부적절하겠는가? 나는 생각했다. 적절한 건 또 뭐란 말인가? 누가 빈소에서 우리 아이 옷을 벗기고 입힐까? 릭? 고무로 된 작업복과 장갑을 낀 어떤 남자? 아마도 분명 화장할 때 입히는 옷에 대한 보건 규정이나 법령이 있을 것이다. 리키는 우리 기분을 맞춰주느라 말은 그렇게 했어도 케이트에게 슬리퍼를 신기지 않고 그냥 내다버릴 것이다. 나는 생각했다. 누가 내 딸을 불구덩이 속으로 밀어넣을까? 그러자 나는 정말로 다리가 풀려 케이트의 방 한가운데 깔린 양탄자 위에 주저앉았다. 주저앉은 무릎 위에, 골라둔 아이의 옷이 놓여 있었다. 온몸이 떨리면서 앉아 있을 수조차 없어 바닥에 모로 누웠다. 십오 분 뒤에 수전이 나를 발견했다.

"뭐하는 거야?" 수전이 물었다.

"아무것도 할 수가 없어." 내가 말했다.

"그래도 해야 돼, 찰리." 수전이 말했다. 아내는 방으로 들어와 내 옆에 무릎을 꿇고 앉았다. 그녀는 울고 있었다. 수전은 내 머리를 손가락으로 빗어 넘겼다. "전부 우리가 해야만 해."

"할 수 있을 것 같지가 않아, 수. 하고 싶은데, 내 몸조차 움직여지질 않아."

미네소타 주에 사는 수전의 부모와 자매들은 핀란드 혈통으로 엄청나게 키가 큰 사람들이었다. 수 역시 키가 컸지만 부모나 자매들만큼은 아니었다. 아버지는 195센티미터가 넘고 어머니도 180센티미터가 넘었다. 언니와 여동생도 거의 183센티미터 가까이 되었다. 가족 중 가장 키가 작은 수는 175센티미터였는데(수전은 "177이라니까, 찰스" 하면서 내 말을 정정하곤 했다) 그래도 나보다 5센티미터가 더 컸다. 수전의 가족은 함께 스키를 타고 자전거를 타고 등산을 했으며, 사람들의 눈을 똑바로 들여다보는 습관이 있었고, 보는 사람을 위축시킬 정도로 심신이 건강했다. 수전의 부모님은 항상 나에게 다정했지만 딸이 나 같은 사람과 엮여버려 분명 실망했을 거라고 나는 확신했다. 그들에게 나는 체격도 왜소하고 말도 웅얼거리는 사람처럼 보일 게 분명했다. 내 뿌리깊은 습관대로 반어법을 섞어 말하면 그들은 알아듣지 못했다. 그래서 처가 식구들과 함께 있을 때는 곧이곧대로 말하려고 의식적으로 노력해야 했다. 내게는 다행인 것이, 수전은 자기 가족들에게 애정은 있지만 확실한 거리를 두고 싶어할 만큼, 딱 그만큼 그들과 달랐다. 우리가 미네소타의 처가를 방문할 때나 처가 사람들이 동부의 우리집으로 놀러올 때, 그들은 수전에게 우르르 몰려들어 등산이나 다른 활동을 하는 데 끌고 가려고 했다. 적어도 내 눈에는 그렇게 보였다. 둘 다 올림픽 선수처럼 생긴 수전의 언니와 여동생은 양쪽에서 수전의 팔꿈치를 붙잡고 금방이라도 스키장 오두막에 데려다놓을 것처럼 굴었다. 그들은 말했다. "수, 얼굴이 창백해. 핏속에 산소가 좀 돌게 해야지." 마치 한 그루 나무 같아 보이는 수전의 아버지는 콧수염이 하얬고, 백발이 한쪽 귀에서 다른 쪽 귀까지 후광처럼 둥근 테를 이루고 있었으며, 주근깨투성이의 벗어진 정수리는 사시사철 햇볕에 그을려 있었다. 그는 무더기로 쌓여 있는 내 책들과 지도들을 둘러보면서 말하곤 했다. "완전히 학자로군. 찰스 크로스비, 자넨 운동도 좀 해야 돼. 폐에 물이 차겠어." 그러고는 큼지막한 손으로 내 등을 토닥였는데, 그럴 때면 마치 나무로 된 노가 후려치는 것 같은 느낌이었다.

케이트가 죽었을 때, 수전의 가족은 소도시 두 개를 지나 있는 고속도로변 호텔에서 사흘을 묵었다. 그들은 장례식 전날 집으로 왔다. 수전과 어머니와 자매들은 소파에 앉아 구두 상자 몇 개에 담긴 우리 가족사진들을 훑어보면서 수전이 가장 마음에 들어하는 것들을 골라냈다. 장례식장에 붙여두기 위해서였다. 수전이 가운데 앉아 있었고, 어머니와 언니와 여동생은 상자에서 사진을 무더기로 꺼내 하나씩 살펴본 다음 수전에게 보여주었다.

"이것 좀 봐, 수지. 카누에 탄 모습이 정말 귀엽다."

"얘, 이건 어떠니? 이건 몇 살 때 생일이지?"

"얘 얼굴 찡그리는 것 좀 봐. 세상에, 너랑 정말 똑같이 생겼다."

수전의 어머니는 평정을 유지하고 있었다. 그래야 한다고 느끼는 듯했다. 한동안 못했던 방식으로 딸에게 엄마 노릇을 다시 하고 있었기 때문이다. 어쩌면 장모에게는 수전이 슬픈 일을 헤쳐나가도록 도와야 했던 적이 없었는지도 모른다. 수전은 가족 중 죽은 사람이 있다는 얘기를 한 적이 없었다. 자매들은 사진을 살펴보며 울기도 했고 얘기도 나눴다. 화장지로 눈가를 훔치고 사진에 떨어진 눈물을 닦아냈다. 밖으로 돌출된 창문 앞에 선 수전의 아버지는 신중하지만 어쩐지 무언가 명령을 기다리는 군인 같은 태도로 서성이고 있었다.

"사진을 붙이려면 보드지가 두 개 있어야겠군." 어느 순간 장인이 말했다. "유골함 양쪽에 각각 하나씩, 아닌가?" 아내의 어머니와 언니, 여동생은 사진을 넘기던 손을 멈추고 장인을 쳐다보았다.

"맞아요, 맞아. 그런 것 같아요."

"그럼 내가 가서 사와야겠군. 고속도로변에 사무용품 매장이 있는 걸 봤어."

아내의 가족은 어떤 종류의 보드지를 사야 할지, 거기에 사진은 무엇으로 붙여야 할지를 두고 논쟁을 벌였다. 코르크와 압정의 장점과 단점을 따져보던 처가 식구들은 아내 쪽을 슬쩍 보더니 사진 진열에 대한 논의에 더해 아내에 관한 무언의 대화를 나누었다. 그녀를 구해주어야겠다는 충동이 일었다. 내 가족이 그랬다면 난 질려버렸을 것이다. 나라면 조용히 혼자 있고 싶을 것 같았다. 양면테이프에 대한 실용적인 세부 정보라든가 사진이 상하지 않게 붙이고 떼는 일 따위는 의미 없는 잡음이었다. 소리를 질러 그 모든 지껄임을 중단시키고 싶은 충동이 갑자기 치밀었다. 이 모든 것이 케이트의 부재에서 비롯된 적막한 공허를 가리려고 급히 쳐놓은 엉성한 소음의 커튼처럼 느껴졌다.

"수." 내가 말했다. 처가 식구들이 말을 멈췄다. 나는 차분하게 위로하는 목소리를 내려고 노력했다. "수, 좀 쉬고 싶지 않아? 위층에 가서 잠깐 누울래?" 두 자매가 양쪽에서 아내의 어깨에 팔을 두른 채 머리를 아내의 머리에 기대고 있었다.

"그래, 언니. 좀 쉬어야겠지?" 여동생이 물었다.

수는 팔로는 여동생을 감싸안고 볼을 언니의 옆얼굴에 갖다 댔다.

"아니." 수전이 말했다. 그러고는 숨을 깊이 들이쉬었다. "아니, 이대로 좋아." 아내가 나를 쳐다보았다. "난 괜찮아, 찰리. 고마워. 정말 괜찮아. 와서 좀 도와줘. 거의 다 당신이 찍은 사진들이잖아. 어떤 걸 붙일지 고르게 좀 도와줘."

수전의 아버지가 말했다. "자, 그럼. 이제 뭐가 필요한지 알았으니 다녀오마, 자네도 갈 텐가, 찰리?"

"아닙니다." 내가 말했다. "아니에요. 저야말로 잠깐 누워야겠어요. 고맙습니다. 전 그냥 위에 올라가서 좀 누워 있어야 할 것 같아요."

케이트의 장례식이 끝나고 닷새 뒤, 수전의 가족들이 비행기를 타고 미네소타로 돌아가고 사흘 후, 나는 손을 다쳤다. 몸은 기진맥진한데도 잠이 안 와 어둠 속에 앉아 날을 새다시피 한 뒤 거실 소파에서 눈을 뜬 일요일 아침이었다. 오후 한시였다. 잠깐 눈을 붙인 동안에는 내 딸이 죽었다는 사실을 잠시 잊었으나 잠에서 깬 후에 그것을 다시 기억해내는 터무니없는 슬픔을 또다시 경험했다. 매번 그런 일이 일어날 때마다 나는 조금씩 더 무너졌고 그 무게를 견디는 것이 더 힘겨워졌다. 나는 오래된 모포를 덮고 몸을 웅크리며 소파의 등받이 쪽으로 몸을 돌렸다.

"일어나야 해, 찰리." 수가 말했다. 그녀가 보이지는 않았지만 목소리로 미루어 부엌으로 통하는 문간에 서 있다는 것을 알 수 있었다. "한시야. 하루종일 조용히 있으려고 애썼어. 그렇지만 일을 해야 돼. 당신 도움이 필요해."

나는 녹색 벨벳으로 된 소파 커버를 빤히 쳐다보았다. 커버가 새로 돋아난 양치식물 색깔이라는 데 케이트와 나는 항상 생각이 일치했다. 내가 말했다. "케이트가 없으니 모든 게 다 엿 같아." 수전은 아무 말도 하지 않았다.

"무슨 말인지 알아, 수?" 내가 말했다. 나는 몸을 돌려 아내를 보았다. 아내는 양손을 허리에 올리고 문설주에 기대어 있었다. 얼굴은 붓고 창백했으며 눈은 연붉은색에 눈 밑은 거무스름해져 있었다. 그녀는 고개를 저었다.

"그래, 찰리." 아내가 말했다. "무슨 말인지 알아. 하지만 난 당신 도움이 필요해." 거실을 가로질러온 그녀는 다른 쪽 문으로 나가 앞쪽 복도를 통해 위층으로 올라갔다. 그다음에 나는 자리에서 일어나 아내를 따라 거실을 가로질러 걸어갔다. 그녀를 도울 생각이었다. 아내를 따라가 설명할 생각이었다. 당신을 돕고 싶고 더 강해지고 싶지만 어찌할 수가 없다고, 내가 시들어버린 것 같다고, 기운이 빠져나가버린 것 같다고. 수전은 위층 침실에서 돌아다니며 서랍들을 여닫았다. 나는 아내를 부를 생각이었다. 위층으로 가서 내가 뭘 하면 되겠느냐고 물을 생각이었다. 게다가, 반드시 해야 하지만 아내가 미처 생각하지 못한 일을 찾아낸 다음, 그걸 하겠다고까지 말할 생각이었다.

손을 다친 것은 바로 그때였다. 내 안에서 모든 게 어그러졌다. 뱃속에서 뭔가가 툭 하고 무너져내렸다. 나는 소리를 지르며 주먹을 계단참의 벽에 쑤셔넣었다. 말총을 섞어 발라놓은 오래된 회벽은 가루가 되어 모래시계 속 모래처럼 흘러내렸지만, 내 주먹이 벽 뒤에 있는 쇠못을 강타하는 바람에 뼈 여덟 개가 부서졌다. 비명을 질렀던 것이 생생하게 기억난다. 케이트가 주변에 있을 때는 어딜 다치면 아이가 속상해할까봐 비명을 항상 의식적으로 억눌렀기 때문이다. 망치로 엄지를 내려치거나 잔디를 깎다가 튀어오른 자갈에 정강이를 얻어맞더라도, 케이트가 앞에 있으면 나는 한숨을 내쉬고 바보 같은 짓을 했다며 큰 소리로 웃어넘겼다. 한번은 측면 현관의 계단을 다시 만들다가, 두께가 가로 세로 5×10센티인 각목이 머리 위로 떨어지는 바람에 응급실까지 차를 몰고 가 머리를 꿰맨 적이 있었다. "네 아빠, 천재지?"

나는 그렇게 말하면서 구급상자를 꺼내 면포에 얼음 한 움큼을 쌌다. 하지만 손을 다쳤을 때의 통증은 완전히 달랐다. 통증은 내 의지를 깡그리 지워버렸고, 나는 어쩌면 그렇게까지 아플 수가 있는지, 손가락과 손의 뼈들이 어쩌면 그렇게 깔끔하게 꺾이는 느낌이 들 수 있는지, 충격에 빠져 숨을 헉헉거리던 기억이 난다. 나는 털썩, 무릎을 꿇고는 성한 손으로 다친 손의 손목을 잡고 있었다. 갑자기 방금 내가 한 짓을 수전에게 도대체 어떻게 설명해야 할지 난감해졌다. 내 주먹질이 마치 누군가가 큰 망치로 벽을 뚫으려 하는 소리처럼 들렸고 수전이 침실에서 계단 꼭대기로 뛰쳐나와 있었던 걸 보면, 나는 분명 정신을 반쯤 잃고 쓰러졌던 것 같다. 그 주먹질로 인해 코일 스프링을 누르고 있던 톱니바퀴가 풀려버린 것처럼, 수전은 마치 거실에서 테니스공을 던지지 말라고 여섯 번은 말했는데 결국 아이가 램프를 넘어뜨리는 소리에 화가 치밀어 달려드는 부모처럼 뛰어나왔다. 목선이 둥근 셔츠의 양어깨 부분을 잡아 들고 있던 아내는 복도 바닥에 무릎을 꿇고 있는 내 모습을 내려다보고는 셔츠를 품안에 움켜쥐었다.

목욕 가운 차림에 피폐하고 창백한 얼굴로 셔츠—몸에 딱 붙는 흰색 옷으로 목선과 소매 둘레에 꽃과 넝쿨 무늬의 검은색 자수 장식이 있고 왼쪽 가슴 위쪽에는 노란 새가 조그맣게 수놓인—를 든 채 계단 꼭대기에 서 있던 수전의 모습은 영화나 연극의 한 장면을 찍은 사진 같았다. 치아 관리 또는 채혈을 위해 순서를 기다리며 잡지를 넘겨보다가 마주치게 되는 사진. 보면서 속으로 이런 생각을 하게 되는 사진. 아, 저 장면 기억난다, 바로 저 순간 모든 게 산산이 부서지지. 남자는 벽에다 주먹질을 하고 여자는 아이에게 막 소리를 지르려는 부모처럼 침실에서 달려나와 계단 꼭대기에 서 있어. 계단 아래에서는 손가락이 모두 으스러진 손을 위로 쳐든 남자가 무릎을 꿇은 채 숨을 몰아쉬며 잿빛으로 변한 얼굴에 식은땀을 흘리고 있지. 여자의 얼굴 표정만 봐도—연기가 정말 좋아—그녀가 반사적으로 행동했음을, 아직도 딸을 키우는 엄마의 입장과 습관에서 벗어나지 못했음을 알 수 있지. 하지만 사실이야. 여자의 딸은 죽었고 그 사실은 지금도, 앞으로도 변하지 않아. 딸이 죽었다는 생각을 잠깐이라도 놓아버리면 여자의 마음은 딸이 죽기 전의 시간으로 자꾸만 되돌아가고, 그럴 때마다 "따님이 사고를 당했습니다"라는 말을 처음 듣던 순간을 반복해서 경험한다 해도 말이야. 그리고 바로 그 순간 여자는 깨닫지. 이제 다 끝났어, 난 친정으로 돌아가서 옛날 내 방에서 지낼 거야. 어머니가 그 방을 거의 이십 년 동안 바느질하는 방으로 쓰고 있었다 해도 상관없어. 그리고 그녀가 정말로 그렇게 할 거라고 스스로 믿든 말든, 집의 한구석에 있는 남은 방, 러그도 커튼도 블라인드도 없는 방, 재봉틀과 그 위로 빛을 드리우는 램프가 놓인 탁자와 의자가 있고 꽃바구니를 팔에 끼고 모자를 쓴 빨간 머리 여자애와 그 발치에 앉아 있는 토끼를 그린 자수 액자가 걸려 있는 방, 그녀가 어렸을 때 쓰던 그 방의 모습은 떠나야 한다는 확신이 그녀의 마음속에 펼쳐놓은 구체적인 그림인 거야. 그리고 여자가 그런 생각을 하고 있다는 것을 남자가 깨닫는 것도 바로 그 순간이지.

그것이 우리가 함께 나눈 생각이었는지 나 혼자만의 생각이었는지는 모르겠지만, 그 순간이 지나자 수전은 "나 옷 좀 입을게"라고 말하더니 침실로 황급히 들어갔다.

수전은 나를 태워 지역 병원으로 갔고, 응급실에 나와 함께 두 시간 동안 앉아 있었다. 그녀는 울고 있었다. 손이 끔찍하게 아팠고 온몸의 진이 다 빠진데다가 우리의 그런 모습이 창피했다. 우리는 외동딸의 죽음을 견뎌야 했을 뿐만 아니라, 그것도 응급실에서, 참담한 상황에 처한 낯선 사람들 앞에서 그리해야 했다. 나는 응급실에 온 다른 사람들의 얼굴을 보면서 마음을 진정시키려 애썼다. 손을 꼭 잡고 있는 노부부가 있었다. 아내는 얼굴에 산소마스크를 썼는데 거기 붙은 관이 산소탱크에 연결되어 있었다. 피부는 잿빛이었다. 남편은 아내의 손을 잡고 바닥을 응시하고 있었다. 아마도 열네 살쯤 된 것 같은 아이 옆에서는 형이거나 나이 어린 삼촌인 듯한 사람이 아이의 정수리에 피에 젖은 행주를 대고 있었다. 형이나 삼촌 같아 보이는 사람은 아이에게 계속 괜찮으냐고 물으며 의사가 곧 와서 봐줄 거라고 말했다. 정신이 몽롱해 보이는 아이는 형이나 삼촌인지가 말을 걸 때마다 "괜찮아"라고 말했다. 나는 이들이 지금까지 잃은 사람은 누구였을까 생각해보려 했다. 어떤 어머니, 어떤 누이, 어떤 친한 친구였을까? 의자에 구부정하게 늘어진 수전은 꽉 쥔 왼쪽 주먹으로 입을 누르고 있었다. 흐느낌을 따라잡을 수 있을 만큼 빨리 숨을 쉬려고 노력하는 것처럼 호흡이 가쁘고 얕았다. 아내는 응급실 저편의 유리문을 통해 사람들이 차에서 환자들을 내려놓고 있는 우회로를 응시했다. 계속해서 아니야, 아니야, 아니야, 하고 말하고 있는 것처럼 고개를 저었다. 그녀의 눈가에서 눈물이 흘러내렸다. 아내는 얼굴을 닦고 나를 바라보았다. 나는 미소를 지었지만 아내는 웃어주지 않았다. 그녀는 다시, 아니야, 하듯 고개를 저으며 주먹을 다시 입에 갖다댔다.

병원에서 엑스레이를 찍고 손에 깁스를 할 때까지 세 시간이 더 걸렸다. 다음날 하루종일 거실 소파에 누워 잠을 청했지만 잠이 오지 않았다. 그날 밤 역시, 의사가 처방해준 진통제를 먹었는데도 잠이 오지 않아 나는 침대에서 나와 소파로 갔다. 의식이 몽롱한 상태로 어둠 속에 앉아 악몽을 꾸다가 주기적으로 흠칫 놀라 깨어나면서, 꿈보다 더 나쁜 생시를 경험했다.

다음날 아홉시에 수전의 언니가 전화를 걸어왔고 자매는 삼십 분 동안 통화를 했다. 통화가 끝나자 수전이 거실로 들어왔다.

"좀 어때?" 그녀가 물었다.

"어, 그냥." 내가 말했다. "끔찍해."

"오늘 일어나서 몇 가지 일 좀 도와줄 수 있겠어?"

"애써볼게. 잠을 전혀 못 잤어. 손 때문에 죽겠어. 언니가 뭐래?"

"언니가…… 다들…… 가족들이…… 우리더러 그쪽으로 한 번 오면 좋겠다고."

"그래서 뭐라고 했어?"

"당신하고 얘기해본다고 했어."

화요일 아침이었다. 평소 같았으면 나는 잔디를 깎고 있었을 테고 수는 세일럼에 있는 초등학교에서 읽기를 가르치고 있었을 것이다. 밖에서는 강한 바람이 나무 사이로 일렁이다가 돌풍이 되어 집 벽에 부딪혔다. 우편배달부가 보도를 따라 다가왔고, 우편함이 끼익, 소리를 내며 열렸다 닫히는 소리가 들렸다.

그러면 안 된다는 것을, 그것은 우리의 결혼을 아슬아슬하게 지탱하고 있던 단 하나의 가는 줄을 끊어버리는 일이라는 것을 나는 알고 있었다. 하지만 나는 그것이 내 의무라고 느꼈다. 장례식 이후 한 주 내내 얼이 빠진 채 소파에 누워 지냈다. 정신이 나가 주먹으로 벽에 구멍을 냈고 손을 다쳐 일을 할 수도, 해야 할 일을 거의 해결할 수도 없었다. 불쌍한 수, 나는 생각했다. 나까지 감당하게 하면 안 되는 건데. 난 수에게 아무 소용이 없어. 아내는 마음이 착해서 나를 다정하고 자애롭게 대해주었지만, 아내에게 계속 그렇게 해달라고 할 수는 없었다.

"저기." 내가 말했다. "당신이 가는 건 어때? 나는 안 되겠어. 난 여기에 있어야 할 것 같아. 하지만 당신은 휴가가 한 주 더 남았잖아. 당신이 가지그래?"

수는 잠시 동안 나를 빤히 쳐다보았다. 내 기억에 우리 두 사람이 서로의 눈을 들여다본 것은 그 순간이 마지막이었다.

아내가 말했다. "좀 생각해봐야겠어."

부엌에서 찻주전자가 휘파람 소리를 냈다. 수전은 차를 만들러 갔다. 나는 그대로 소파에 남아 수전이 수납장 문을 여는 소리, 머그잔을 한 개 꺼내다가 다른 잔들에 부딪히는 소리, 문을 탁 닫고 다른 문을 연 뒤 상자에 담긴 티백을 여는 부스럭 소리와 긁는 소리, 문을 다시 탁 닫고 조리기구 서랍을 열어 수저를 꺼내는 소리 등을 들었다.

"수, 난 그게 좋은 것 같아." 아내 쪽을 향해 나는 외쳤다. "당신 언니, 여동생, 엄마, 아버지랑 말이야."

수전에게는 처음 본 순간부터 나를 끌어당긴 유순한 초연함이 있었다. 그녀는 수수께끼 같았고 결혼생활 내내 그런 모습으로 남아 있었다. 우리는 대학 재학중 처음 만났다. 내가 다른 남학생 네 명과 같이 살기 시작했을 때, 그중 한 명과 알고 지내던 수전이 친구 세 명과 함께 놀러왔다. 우리 모두는 벼룩시장에서 산 낡은 의자와 집 모퉁이에 버려져 있어 집으로 가져온 소파에 마주앉았다. 그날은 비가 내리면서 햇빛이 비치는 8월의 늦은 오후였다. 나는 줄담배를 피웠고 우리는 음악과 예술과 책에 대해 얘기를 나누었으며, 나는 수전이 언급한 것들 중에서 나도 좋아하는 것이 있으면 과장된 열의로 맞장구를 쳤다. 수전은 초록색 병에 든 포도주를 파란색 유리잔에 부었다. 그녀가 유리잔을 입에 갖다대면 햇빛이 잔을 보라색으로 물들이면서 그녀의 눈도 같은 색깔로 변하는 것처럼 보였다. 그녀가 잔을 내려놓으면 눈은 다시 그녀가 목에 두른 스카프와 같은 은빛 청록색으로 되돌아왔다. 그녀는 윗입술에 묻은 포도주를 닦아내고 막 내가 한 말에 미소를 지었지만, 내게 그랬다기보다는 그냥 혼자 웃음을 지은 것 같았다. 나는 절대로 그녀의 속을 진정으로, 완전히 헤아릴 수 없을 것임을, 그리고 그렇게 한다면 어쨌거나 날 이미 매료시키고 있는 어떤 것은 사라져버릴 것임을 알았다. 그런 깨달음은 모든 것을 불가능하게 했지만, 또한—혹은 특히—그녀를 더욱 더 매력적으로 만들었다. 몇 시간 후 그녀는 친구들과 함께 돌아가려고 자리에서 일어나 양팔을 머리 위로 쭉 뻗고 창밖을 내다봤고, 그때 그녀의 눈은 길 건너 텅 빈 장터 위로 모여들고 있던 소나기구름 같은 청회색으로 변했다.

어릴 적부터 나는 책을 좋아해서 끊임없이 독서를 했다. 미스터리나 공포물, 역사와 예술과 과학과 음악, 모든 것에 관한 책들을 좋아했다. 책은 길면 길수록 좋았다. 가능한 한 오랫동안 다른 세상과 다른 사람의 삶 속에 머무는 즐거움을 누리기 위해 나는 일부러 되도록 가장 두꺼운 책을 찾았다. 나는 도서관 대출 한도인 여섯 권을 매주 빌려다가 흥미 위주의 싸구려 책이나 전쟁 이야기, 아폴로 우주 계획의 역사나 갈피를 잡을 수 없는 러시아 소설까지 닥치는 대로 읽었다. 아주 흥미진진했다. 내가 가장 좋아했던 점은 함께 빌린 여러 책의 내용이 머릿속에서 서로 뒤섞여 상상하지도 못한 발상과 심상과 생각이 생겨난다는 사실이었다.

학교는 다른 얘기였다. 나는 형편없는 학생이었던 것이다. 과제는 정기적으로 낙제점을 받았으며 작문은 한심한 수준이었고 제출 기한을 놓치기 일쑤였다. 입학 허가를 받은 유일한 학교는 주립대학이었는데, 그것도 간신히 들어갔다. 수전을 만났을 때 나는 한 학기 동안 학사경고를 받은 상태였고, 다음 가을에는 학교를 그만두었다. 수전과 나는 같이 살기 시작했고, 그녀가 대학을 마저 다니는 동안 나는 페인트칠이나 잔디 깎기, 눈 치우기 등의 일을 했다.

수가 졸업한 후 우리는 에논으로 이사했다. 그즈음 그녀는 이미 임신 삼 개월이었다. 나는 할아버지의 이웃인 루이스라는 사람 밑에서 주택에 페인트칠을 하는 상근직 일자리를 얻었다. 고등학교 때 루이스 밑에서 여름 동안 일해본 적이 있었다. 루이스는 몇 년 전에 아내와 아이 넷을 데리고 내 조부모님 댁 건너편으로 이사를 왔는데, 그 집은 하숙집을 개조한 가정집이었다. 그 전에 거기 살면서 소방관이나 경찰, 우편배달부 등, 대체로 에논의 독신 공무원이던 사람들에게 방을 세놓던 여자는 수십 년 동안 내 조부모님과 친구로 지냈다. 그녀가 죽었을 때 루이스는 그 집을 사서 혼자 개조를 하고 페인트를 칠했다. 할아버지는 루이스가 지붕널을 교체하거나 문에 초벌 칠을 하는 동안 옆마당에 서서 동네에 대한 얘기를 하며 소일하기를 좋아했다. 루이스는 할아버지를 항상 '크로스비 씨'라고 불렀고, 눈이 올 때마다 할아버지 댁 진입로와 현관까지 이어진 통로의 눈을 삽으로 치우면서 말했다. "이제 우리는 이웃이니까요, 크로스비 씨. 그리고 이웃이라면 이런 일 정도는 해야죠."

루이스가 주는 보수는 두둑했지만 거스라는 늙은 전과자와 함께 일해야 했다. 날마다 하루종일 쉴새없이 우쭐거리고 불평하고 상스러운 말을 토해내는 거스 때문에 나는 거의 미칠 지경이었다.

"젠장, 루이는 멍청한 이탈리아계 잡놈인데 내가 빚진 게 좀 있어서 말이지." 그는 그렇게 말하곤 했다. "어린놈아, 너는 좆도 아는 게 없어. 난 플로리다에서 어떤 놈을 죽인 사람이라고. 그놈 마누라한테 잔에 우산까지 꽂힌 쌔끈한 술을 사줬더니 이놈이 칼을 꺼내더군. 나한테? 장난하냐? 거스에게 칼을 빼들어? 그건 골로 가는 지름길이라 이거야. 뭔 소린지 알아? 내가 그놈을 통유리로 된 창문에 그대로 내던져버렸다는 거지. 그랬더니 유리가 그놈 모가지에 직통으로 박혀가지고 아주 돼지새끼처럼 피를 철철 흘리더라고. 하! 그리고 너! 너 장난하냐? 네놈을 당장 여기서 죽여버릴 거야, 이 새끼야. 이 페인트 통에다 처박아 익사시켜버릴 거라고. 그렇게 요상한 눈으로 쳐다보기만 해. 이 지붕 밑으로 확 내던져버릴 거야. 그리고 난 껄껄 웃을 거다. 그러고는 어쩔 건지 알아? 페인트 한 통을 꿀꺽 들이마시고 다시 일을 하면서 휘파람으로 노랠 부를 거야. 그 노래 제목이 뭐냐고? '루이가 염병할 여름 내내 내 옆에 붙여둔, 대학물 먹은 어린놈을 방금 죽여버렸다네.' 그렇게 할 거야. 내가 잃을 게 뭐야? 뭐냐고? 내가 잃을 게 뭔지 말해주지. 좆도 없다, 바로 그 말씀이야. 그리고 나는 페인트를 사랑해. 내 핏속에 흐른다고, 이 쪼그만 새끼야. 내 피. 지금 바로 나를 칼로 찌르면 페인트가 흘러나올 거다. 해봐. 찔러보라고. 네가 덤비는 꼴을 한번 보고 싶다고. 그럼 재밌을 거야, 이 대학 나온 씨발놈아. 머리에 피도 안 마른 새끼, 네놈은 페인트에 대해 좆도 모르는 새끼야. 난 이 냄새를 사랑해. 이 느낌도 사랑하고, 맛도 사랑해. 난 하루에 열네 시간씩 일주일 내내 페인트를 칠하고 다녔어. 그러고는 집에 가서 마누라랑 침대에 뛰어들어 대마초를 빨면서 새벽까지 야한 영화를 봤지. 왜냐고? 좆만큼도 신경 안 쓰니까. 씨발, 여긴 왜 이리 덥냐? 난 그 엿 같은 이탈리아계 개새끼 루우이이지 놈 때문에 내 불알이 깨져라 일하다가 심장마비로 쓰러질 생각은 없거든. 좆 까라 그래. 난 좀 쉬어야겠어."

거스는 루이스를 "아는 거라곤 좆도 없는 빼빼 마른 생쥐 놈"이라고 부르며 발작적으로 흥분하곤 했다. 그러다가 우리는 페인트칠을 하고 있는 집 정면에 사다리를 두 개 세우고 그 위에 걸쳐놓은 널빤지 위에서 내려왔고, 거스는 젖은 수건으로 머리를 감싸고 불평하며 날 위협하곤 했다. (나중에 우리는 프랭키 슈이라는 사람과 함께 일하게 되었는데, 그는 사람들의 집 지붕과 진입로 곳곳에 페인트를 흘렸다. 그러면 거스는 나 대신 그 사람을 살해하겠다고 위협하기 시작했다.) 나는 담배를 피우며 한 주가 끝나면 받게 될 현금 봉투에 대해, 케이트가 곧 태어난다는 사실에 대해 생각했다. 그러면 조그만 신생아 여자아이 케이트와, 저편에 있는 거스, 개기름과 땀에 절고 늙어빠진 거스를 생각한다는 것이, 한때는 누군가의 아기였던 그의 모습을 그려본다는 것이, 그리고 그가 신생아였을 때의 모습을 생각해본다는 것이 참으로 이상하게 느껴졌다. 케이트가 열 살가량이 되어 직장에서의 내 모습을 궁금해하고, 내가 실제로 무엇을 하며 시간을 보내고 누구와 함께 일하는지 알고 싶어하는 모습을 상상했다. 그것은 내가 학교에 있을 때 할아버지에 대해 궁금해하던 것들이었다. 나는 기하학 수업에 정신을 집중하는 대신, 바로 그 시각에 할아버지가 무엇을 하고 계실까 궁금해했다. 지하실에서 공방용 외투를 입고 시계 장치에 선을 매달아 암모니아 수조에 담그고 계실까, 아니면 검은색 바람막이 외투에 검은색 그리스 선원 모자를 쓴 채 스테이션왜건 두 대 중 하나를 몰고(할아버지와 할머니는 항상 서로 잘 어울리는 스테이션왜건 두 대를 두었는데, 차를 살 때는 항상 노스쇼어 근처에 마련해둔 대여금고 한 곳에서 꺼내온 현금으로 지불했다) 은행들을 돌고 계실까? 할아버지는 수입을 신고하지 않으려고, 국세청에 근무하는 이웃이

가르쳐준 대로, 고객들이 대금으로 지급한 수표를 해당 계좌가 있는 은행으로 직접 가서 현금으로 바꾸곤 했다.

나는 수전에 대해서도 생각했다. 맷 그레이의 집에 얻은 우리의 셋방에 있는 그녀를. 맷 그레이는 에논의 경찰서장이었다. 내 할아버지와 할머니는 그의 아버지 맷 시니어와 오랜 세월 친구로 지냈기 때문에 아들인 그도 아주 잘 알고 있었다. 맷 시니어 역시 경찰서장을 지낸 사람이었다. 나는 일하고 있는 집의 잔디밭에 앉아, 거스가 험한 입으로 말도 안 되는 소리를 지껄이는 가운데, 바로 그 시간에 수전이 무엇을 하고 있을까 생각해보곤 했다. 서늘하고 습한 여름 아침 햇빛 속에서 전날 밤 우리가 치우지 않은 그릇을 씻고 있거나, 빨래를 개켜 우리가 함께 쓰는 서랍장에 넣고 있거나, 재미있는 책이 있나 보려고 도서관까지 걸어가기로 마음먹은 수전의 모습을 상상했다. 케이트를 임신했을 때 그녀는 미스터리 소설을 즐겨 읽었다. 그녀가 무슨 일을 하고 있을까 생각하면 때로는 걱정이 되었다. 왜냐하면 그녀는 여기, 남자친구의 고향에 있는 경찰서장의 집에 세낸 단칸방에서 임신 육 개월의 몸으로 점점 더워지고 있는 여름을 나며, 직업도 돈도 없이 남의 집 페인트칠이나 하고 다니는 나와 함께 살고 있었기 때문이다. 그녀가 불행할지도 모른다는 생각을 하면, 그리고 인생이 바라던 대로 흘러가고 있지 않다는 실망감의 원인이 나일 거라는 생각을 하면, 그리고 그즈음 밤이면 밤마다 식탁에 앉아 우리가 얘기한 계획들이 나로 인해 실현되는 것이 아니라 많은 부분 나 때문에 이루어지지 않을 거라는 생각을 하면, 나는 거의 공포에 빠지다시피 했다.

수전이 케이트를 임신한 지 육 개월이 된 8월의 어느 날 밤, 그녀가 잠을 이루지 못해서 우리는 밖은 어떤지 보려고 나갔다. 맑고 아름다운 밤이었다. 나무 위에는 시원한 바람이 불고 있었으며 초원에는 반딧불이가 날아다녔다. 우리는 손을 잡고 함께 걷기 시작했다.

"수전." 잠시 후에 내가 말했다. "우리 아이를 어서 빨리 만나고 싶어." 나는 임부복 블라우스 위로 그녀의 배를 만졌다. "거기 안에 누구니?" 내가 물었다. "난 네 아빠야. 나와 엄마는 어서 빨리 너를 만나서 네가 누군지 보고 어떤 아인지 알고 싶단다." 수전이 자기 배에 놓인 내 손을 가져다 입을 맞췄다.

"애가 어떤 아이건, 우리를 좀더 나은 사람으로 만들어줄 거야, 그렇지?" 수전이 말했다. 우리는 한 번도 태아의 성별을 알아보지 않았다. 수전은 임신 사실을 안 순간부터 아이가 딸임을 알았다.

"그럴 거야, 수." 나는 내가 그녀에게 어울릴 만큼 좋은 남편,

좋은 동반자가 아니라서, 그리고 그럴 만큼 출세했거나 포부가 크지 않아서 미안하다는 말을 하려고 운을 뗐다. "수지, 있지, 내가 정말 미안해, 내가……"

"그러지 마, 찰리." 그녀가 말했다. "기분이 이상하고, 슬프고, 또 조금 무서워. 그리고 사실 괜찮아." 그녀는 걸음을 멈추었다. 우리는 에논의 가장 오래된 길 중 하나가 두 갈래로 갈라져, 하나는 마을 중심 쪽을 향하고 다른 하나는 이집트라고 불리는 구역으로 뻗어가는 곳에 이르렀다. 저마다 조그만 헛간이 하나씩 딸린, 조그맣고 깔끔하고 오래된 집 네 채가 교차로를 면하고 있었다. 길이 갈라지는 곳에 서 있는 단 하나의 가로등 주위로 나방과 다른 벌레들이 떼를 지어 모여 있었다. 수전은 내 두 손을 모아 잡았다. 그녀는 몸을 기울여 내게 입을 맞췄다.

"나도 그리 대단한 신붓감은 아니잖아." 그녀가 말했다.

"어허, 그 얘긴 더이상 하지 마, 자기야. 난 이해해. 우리 그냥 좀더 걸어. 그리고 우리에게 오고 있는 이 조그만 우주비행사를 생각하며 행복해하자." 수전은 내 기분을 낫게 해주려고 거짓말도 할 준비가 되어 있는 것 같았고, 그건 정말 괴로운 일이었다. 그녀는 우리에게 더 좋은 일이 생기기를 기원했다. 바로 그 순간 그것은 축복처럼, 사랑 그 자체처럼 느껴졌고, 비록 한쪽으로 조금 치우친 사랑이어도 그것으로 충분했다.

"걸을 때도 다리가 저려." 그녀는 손바닥을 허리에 대고 몸을 뒤로 젖히더니 툴툴거렸다. "휴." 그녀가 말했다. "참 엄청난 일 같아, 찰리. 아이를 갖는다는 건 말이야. 집으로 가자."

우리는 집으로 걸어왔다. 수전이 들어올 수 있도록 문을 잡고 있었더니 나방들이 따라 들어왔다. 나는 부엌 수납장에서 대접 두 개를, 서랍에서 숟가락 두 개를 꺼낸 다음 냉장고에서 아이스크림 통을 꺼내 그릇에 떠 담았다. 그녀와 함께 식탁에 앉아 차갑고 달콤하고 감미롭고 서걱거리는 아이스크림을 먹는 동안, 나방들은 머리 위 전등에 부딪히며 찌르르 소리를 냈다.

여름은 점점 더워졌고 수전의 배는 점점 불러왔다. 케이트의 윤곽이 밖에서도 거의 보일 정도였다. 케이트가 움직일 때마다 팔꿈치와 무릎과 머리와 엉덩이가 수전의 배에 부조처럼 드러났다. 수전은 밤마다 힘들어했고 어떻게 해도 편히 잠들지 못했다. 임신 기간 마지막 삼 주 동안 나는 소파에서 잤다. 침대 매트리스의 스프링이 두 번 이상 삐걱거리거나 수전의 신음 소리가 들리면 나는 얼음물을 한 잔 가져다주었다. 그러고는 내가 베개를 다시 정리해주거나 책을 갖다주거나 아니면 그냥 잠시 옆에 있으면서 힘든 시간을 함께 보내주기를 바라는지 살폈다. 때로는 앉아서 잠들었다가 깨어나면, 수전은 여전히 잠들지 못한 채 얼굴을 찡그리며 편안한 자세를 잡아보려고 애쓰고 있기도 했다.

드디어 케이트가 태어나고 수전이 아기를 처음으로 보았을 때, 그녀에게서 먼 곳을 보는 듯한 눈빛이 사라졌다. 케이트의 존재로 인해 수전은 이 세상에 온전하게 그리고 전적으로 발을 붙이게 되었다. 이전에 수전과 나를 잇던 끊어질 듯 가느다란 끈은 케이트가 태어나자 더이상 쓸모가 없어졌다. 이전에 우리는 서로에게서 서서히 멀어지고 있었고, 나는 피할 수 없는 슬픔이 점점 닥쳐올 때 느낄 법한 우울감에 빠져 그 과정을 곱씹어보곤 했다. 그러나 케이트가 생겼다는 소식을 들은 후에는 상황이 달라졌다. 케이트는 우리를 다시 하나로 묶어주었다. 아니 사실은, 우리 각자가 따로 케이트와 단단히 묶여 있었기 때문에, 우리의 하나뿐인 소중한 딸을 통해 수전과 나도 한데 묶인 것이었고, 그것만으로도 우리는 좋았다. 결국 우리는 서로를 향한 진정한 사랑 같은 걸 느끼게 되었다. 아니면, 나는 수전에게 그런 사랑을 느꼈고 그녀는 내게 깊은 애정을 품게 된 것이리라.

그러니 딸은 가버리고 우리 둘만 남은 집에서 슬픔이 갑작스럽게 내리는 수많은 명령, 그중 단 하나만 닥친다 해도 우리를 서로의 주변을 맴도는 부실한 궤도 밖으로 밀어내버릴 만한 그런 명령들을 감당하려고 애쓴다는 것은 얼마나 끔찍한 일인지. 수전은 찻잔을 들고 침실로 올라갔다. 나는 계단 밑으로 가서 수전을 불렀다. 그리고 그녀 혼자 친정에 가서 가족들과 함께 지내는 게 좋을 것 같다고 말했다. 나는 다친 손을 들어 내가 벽에 뚫어놓은 구멍에 넣어보았다. 주물을 거푸집에 다시 끼워넣으려는 듯이. 나는 손을 몇 센티미터 정도 빼내면서, 구멍이 도로 막히는 모습과 부러진 뼈가 치유되는 모습을 상상했다. 가장은 그만 두자, 나는 생각했다. 사실을 똑바로 봐.

"수전." 내가 말했다. "당신은 어떤 것 같아? 당신이 가족들을 보러 가는 거 말이야." 나는 손을 내렸다. 연극 무대에 선 배우가 된 기분이 들었다. 집은 안이 들여다보이는 세트로서, 일층에는 거실과 복도와 계단 입구가 있고 위층에는 침실이 있다. 남편은 계단 밑에 서서 위에 있는 아내에게 외친다. 아내는 침실 안을 돌아다니며 쌓여 있는 옷더미를 치우고, 어떤 옷들은 따로 골라 조그만 안락의자 위에 쌓아놓는다. 안락의자는 분명 물려받은 가구인 듯, 의자 커버에 빛바랜 분홍색과 푸른색으로 수국과 장미 꽃다발, 나뭇잎, 산딸기 가지 등의 유행 지난 무늬가 그려져 있다. 관객들은 남편을, 아니 남편을 연기하는 배우를 바라보고, 남편을 연기하는 배우는 마치 자기 대사를 직접 써내려고 애쓰는 것처럼, 마치 할말을 즉석에서 만들어내려고 고투하는 것처럼, 뭐라 말을 해야 할지 생각하며 안간힘을 쓰고 있다. 그때 비록 남편에게 대답은 하지 않지만 아내가 옆으로 따로 골라내고 있는 옷은 전부 자기 것이며, 가족에게 돌아가기 위해 싸고 있는 짐, 또는 나중에 싸려고 생각한 짐이라는 사실이 점점 분명히 드러난다. 관객들은 그녀가 갈 거라는 사실을 이미 알고 있고 관객 중 일부는 그녀가 다시 돌아오지 않을 것이라 의심, 또는 생각하고 있다. 그래도 당연히 남편과 아내는 그 장면에 집중해 연기해야 한다. 관객은 아내가 여행 가방에 옷을 쌀 것임을 이미 알고 있지만, 아내 자신은, 그리고 남편 역시, 아직은 잘 모르고 있다. 그들은 어린 나이에 아이를 하나 낳아, 불꽃처럼 연소된 한순간에 그 아이를 잃고, 자식의 죽음으로 인한 충격에 집안을 하염없이 헤매고 다니는 젊은 부부다. 그러나 그들은 위태로운 결혼생활의 종말이 가져올 전면적인 충격을 서로에게서 조금이나마 덜어주려고, 마치 당분간은 끝나지 않을 것처럼 행동하며, 그 충격을 아주 잠깐이라도 분산시켜 모든 것이 한꺼번에 무너지는 일을 막으려 하고 있다.

시간이 약이야, 나는 생각했다. 그걸 안다고 해서 도움이 되는 것은 전혀 없어서, 마음 한편으로는 "괜찮아, 수전. 가도 돼. 다 끝났다는 거 나도 알아. 그냥 다 끝내버리자"라고 계단 밑에 서서 큰 소리로 외치고 싶기도 했지만, 나머지 내 마음은 피할 수 없는 그 일이 때가 무르익었을 때 벌어지게 하려면 다음에 무슨 말을 해야 할지 생각하느라 안간힘을 쓰고 있었다. 그런 깊은 고통의 한복판에서조차 어떤 조급함이 나를 사로잡았다. 처음으로 나는 묘지를, 경사지에 놓인 묘비를, 노르웨이 단풍나무와 화강암 지하 묘소를, 무덤 파는 사람의 오두막과 꽃에 물을 주기 위한 수도꼭지와 플라스틱 단지를 상상했고, 케이트의 묘비 뒤에 앉아 그 위로 몸을 숙인 채 아이를 생각하고 아이와 이야기하는 나를 상상했다. 나는 수전과 내가 돌아다니고 있는 집 모양 세트가 회전하면서 다른 세트, 묘지 모양의 세트가 드러나는 모습을 상상했다. 남편을 연기하는 배우는 집 모양 세트 바닥에 뚫린 문을 통해 아래로 내려간 후, 무대가 돌고 있는 사이에 좁은 사다리를 타고 위로 올라가 천장에 난 쪽문을 통해 묘지 세트로 들어갈 수 있다. 세트가 관객을 향하도록 돌고 있는 사이에, 그는 천장의 쪽문을 열고 묘지의 인조 잔디밭으로 올라가 쪽문을 닫은 후 자신의 자리로 표시된 곳을 찾는다.

"수?" 아내를 불렀다. "모르겠다. 이 모든 게 정말, 정말, 더럽게 어이없어. 그렇지만 집에 가는 건 긍정적으로 잘 생각해볼 문제인 것 같아." 저 남편 말투가 왜 저러지? 하고 나는 생각했다. 저 배우 말투가 왜 저래? 일종의 억지스러운 경박함을 섞어서 진실을 전하고 있지만 그런 말투가 원래 의도대로 자기 말에 깃든 비극성을 누그러뜨리기는커녕 오히려 강조하고 있다는 사실을 대사를 내뱉음과 동시에 깨닫고 있는 거야.

다음날 수전은 미네소타로 떠났다. 나는 진통제 때문에 정신이 너무 혼미해서 아내를 태워다줄 수 없었기 때문에 아내의 학교 동료 한 사람이 그녀를 태우러 왔다. 수전은 떠나기 전에 장을 봐서 내가 직접 해먹기 쉬울 거라 생각되는 빵과 햄, 땅콩버터와 잼 여러 병, 깡통에 든 수프 십여 개 등의 음식을 사다놓았다. 나는 도착하면 전화하라고, 그리고 처가 식구들에게 안부 전하면서 같이 못 가는 나의 애석하고 난처한 마음도 함께 전해달라고 말했다. 우리는 서로를 안았고, 나는 아내의 이마에 키스한 다음 미안하다고 말했다. 난 이름을 모르는 아내의 직장 동료에게 인사를 하고 차 뒷좌석에 여행 가방을 올려놓은 후, 다시 한 번 아내에게 키스했다. 아내가 차에 올라타자 차는 진입로를 벗어나 멀어졌다. 그것이 내가 본 그녀의 마지막 모습이었다.

2

케이트는 에논 강 조수보호구역에서 새들에게 모이 주는 것을 좋아했다. 우리가 처음 그곳에 가게 된 것은 내 할아버지 조지 크로스비 때문이었다. 할아버지는 내가 열서너 살쯤 되었을 때 날 그곳에 한 번 데려간 적이 있다. 아마도 마음이 싱숭생숭했거나 따분해서였을 텐데, 학교에서 걸어서 할아버지 댁으로 갔더니, 할아버지는 몇 킬로미터 떨어진 곳에 야생동물 보호구역이 있다면서 거기서 한 시간 정도 산책을 하면 어떻겠냐고 물었다. 우리는 에논 강을 찾아가 아무 길이나 따라서 초원을 지난 후, 습지를 가로지르는 판자가 깔린 산책로에 도착했다. 10월 초였고 태양은 서쪽에서 나무들 뒤로 낮게 떠 있었다. 낮 동안 소나무들 사이에 모여 있던 냉기가 다시 오솔길로 흘러나오기 시작했다. 판자 산책로에 올라서자마자 작은 무리의 박새들이 주변의 덤불과 낮은 나뭇가지 주위를 돌며 삑삑거렸다.

"이런!" 할아버지가 말했다. "애야." 할아버지가 속삭였다. "손을 밖으로 내밀고 있으면 새들이 여기 네게로 올 것 같구나." 우리에게는 씨앗이 전혀 없었지만 할아버지와 나는 손바닥을 위로 하여 손을 밖으로 뻗은 채 꼼짝 않고 나란히 서 있었다. 새들이 점점 더 좁은 반경의 원을 그리며 주위를 돌더니, 우리가 내민 손에서 몇 센티 떨어지지 않은 곳에 있는 덤불 끝에서 우리에게 인사를 하듯 고개를 까딱거렸다. 첫번째 박새가 내 손가락 끝으로 팔짝 뛰어오르자, 나는 새의 따끔하고 무게도 없는 조그만 발이 내 손가락을 움켜쥐는 느낌에 흠칫했고, 그 바람에 새는 다시 덤불로 날아 돌아갔다.

할아버지가 속삭였다. "어허! 꼬옴짝도 하지 말고 서 있어야지이. 안 그러면 쪼오그만 새들이 겁을 먹어요오." 할아버지는 어딘가 슬라브어 같기도 하고 악극단 사회자 같은 느낌도 나는 이상한 말투로 내게 말했다. 우리는 분명 꽤나 우스워 보였을 것이다. 키가 작고 배가 불룩 나온 노인과, 열세 살에 이미 할아버지보다 10센티미터는 크지만 아직 목소리가 가늘고 비쩍 마른 어린애인데다, 여전히 장난감 병정과 플라스틱 탱크에 관심이 있고 모형 기차를 폭죽으로 터뜨리기나 하는 손자가 판자가 깔린 산책길 위에서 덤불을 향해 나란히 서 있었다. 손을 나뭇가지 끝에 닿을락 말락 밖으로 뻗고 꼼짝하지 않은 채 그림자와 빛 쪽으로 눈을 찡그리며 가끔씩 서로 속삭거렸는데, 노인이 소년에게 가만히 있으라고 말하면 소년은 그 목소리가 우스워 자꾸만 웃음을 터뜨리며 노인에게 말하는 것이었다. "그만해요, 할아버지."

다른 새 한 마리가 내 손가락으로 날아들었다. 새는 내 머리 위, 얼추 6미터 정도 높이에 드리운 나뭇가지에 있었다. 새는 머리부터 앞으로 기울이며 가지에서 발을 떼더니 날개는 양옆에 꼭 붙인 채 실감개처럼 곧장 내 손바닥을 향해 떨어졌다. 새는 내 손에서 15센티미터쯤 위에서 날개를 휙 펼치더니 몸을 똑바로 세우고 내 손가락 끝으로 내려앉았다. 나는 이번에는 놀라지 않았다. 새는 빈손을 보고 얼떨떨한 듯 곁눈질을 하더니 휘리릭 날아가버렸다.

그뒤로 할아버지와 조수보호구역에 다시 간 적이 없지만 그날의 경험은 오랫동안 내 마음속에 가라앉아 있다가 케이트가 일곱 살이던 어느 오후에 다시 떠올랐다.

"있잖아, 케이트. 지금 아빠한테 정말 멋진 생각이 떠올랐어. 좀 신기한 일이야. 아주, 아주 오래전, 아빠가 어렸을 때 있었던 일이 생각났어."

"그게 뭔데, 아빠?"

"음, 먼저 아빠가 보여줄게, 알았지?"

우리는 차를 타고 조수보호구역으로 가서, 금관화가 높이 피어 있고 제비집이 군데군데 자리한 초원 옆으로 풀이 무성한 넓은 내리막길을 따라 함께 걸었다. 그러다 숲의 가장자리에 도착한 우리는 길 양옆의 나무가 푸른 지붕을 드리운 길을 따라 숲으로 들어갔다. 오솔길은 통나무를 약 4.5미터 간격으로 눕혀 계단을 만들고 거기에 흙과 돌을 채워 만든 길로 바뀌었다. 언덕은 습지 가장자리에서 끝났는데, 그곳에는 습지와 서로 연결된 연못들이 몇 킬로미터에 걸쳐 펼쳐져 있었다. 우리는 비목나무와 버드나무로 울타리가 쳐진 판잣길을 건너갔다. 새들이 우리 앞에서 짹짹거리며 울고, 이리저리 휙휙 날아다녔다. 우리는 판잣길에서 내려와, 김이 오르는 열기와 밝은 햇살 아래 벌레가 윙윙거리며 떼 지어 날아다니는 습지에 면한 모랫길로 들어섰다. 그 길은 습지 가장자리의 낮은 돌담 구역을 지났다. 돌담 양쪽에는 얼룩덜룩한 오리나무 덤불이 자라고 있었다.

"자," 내가 말했다. "멋진 일이 뭐냐면 씨앗을 손바닥에 조금 놓고 손을 밖으로 내밀면 새들이 날아와서 네 손에서 바로 씨앗을 먹을 수도 있다는 거야."

"그래?" 아이가 말했다. 케이트는 청바지에 분홍색 운동화, 원숭이 그림이 그려진 초록색 티셔츠를 입고 있었다. 긴 머리는 아직 갈색으로 짙어지기 전이라 밝은 금발이었고, 내 기억으로는 그다지 빗질이 잘되어 있지 않은 상태였다. 뒤엉킨 머리가 약간 제멋대로 흐트러져 덩굴처럼 보였다.

나는 까만 해바라기씨를 채워넣은 비닐봉투를 열었다.

"한줌 꺼내서 손 내밀고 서 있어봐. 저 덤불 바로 근처에서 말이야. 그리고 꼼짝 않고 아주 조용히 있어야 돼." 아이는 봉투에서 씨앗을 조금 퍼냈다.

케이트가 속삭였다. "아빠!" 박새 세 마리가 아이 근처의 오리나무로 와 있었다. 새들은 나무 뒤편 가지 주변을 쫑쫑 뛰어다니다가, 마치 안무를 따른 듯한 대형을 이루며 조금씩 앞으로 나오고 있었다.

"가만있어!" 나는 속삭였다.

"아빠!"

"걱정 마." 내가 속삭였다. "괜찮아. 너보다 새들이 더 겁날 거야." 그건 사실이 아니었다. 새들은 사람 손을 많이 타서 사람들에게서 먹이를 받아먹는 일이 익숙했다. 케이트는 나뭇가지 쪽으로 몸을 살짝 틀었다. 그리고 등을 구부리더니 볼과 귀를 보호하려는 듯 새들과 가까이에 있는 쪽 옆얼굴을 어깨로 감쌌다. 아이는 씨앗이 놓인 손바닥을 오므리기 시작했다.

"손바닥 펴, 케이트. 괜찮아. 아빠가 보장할게." 앞장선 박새가 가장 가까이 있는 나뭇가지 끝에 앉아 몸을 앞으로 내밀었다. 새가 케이트 쪽으로 다가오려는 듯하자 아이는 꺅, 비명을 지르며 손을 잽싸게 움츠렸다. 새는 나뭇가지로 다시 홱 날아가더니 화가 난 듯 짹짹 소리를 두 번 냈다.

"괜찮아, 우리 예쁜이. 새가 조금 겁이 많구나. 하기 싫으면 안 해도 돼."

케이트는 통통 튀는 새들에게서 눈길을 거두지 않았다. 나무에는 이제 다섯 마리가 남아 있었다. 아이는 손을 위로 올리고 있었다. 앞장선 박새가 다시 근처 가지 끝으로 다가와서 케이트 쪽으로 덤벼들었다. 아이는 이번엔 움직이지 않았다. 밑으로 내려온 새는 아이의 손가락 끝에 달라붙어 씨앗에 부리를 콕콕 대보다가 제 맘에 드는 씨앗을 하나 찾아 나무 위로 쌩 날아갔다.

"아빠! 아빠! 봤어?"

"봤어, 봤어. 가만있으면 새들이 엄청 많이 올 거야." 그래서 케이트는 거의 동상처럼 서 있었고 박새들은 차례로 오리나무와 케이트의 손을 오고갔다. 정신없이 빽빽거리는 쇠박새 사중주단이 도착했다. 케이트의 손에서 씨앗 한두 개씩을 간신히 얻어간 그 새들을 아이는 좋아하지 않았다. 그 새들은 너무 시끄럽게 빽빽거리고 손을 좀 아프게 한다는 것이었다. 하지만 쇠박새들은 그저 초조하게 날개를 파닥거리며, 대체로 박새들의 뒤쪽에서 맴돌았다. 근처의 죽은 소나무에서는 동고비 두 마리가 재빨리 위아래로 오르내리고 케케케 소리를 내며 참을성 있게 박새들이 모이를 다 먹을 때까지 기다렸다. 박새들이 대장 행세를 하며 자기들이 모이를 먹고 있는 동안에는 다른 새들이 가까이 오지 못하게 하고 있었던 것이다. 손에서 모이를 받아먹지 않는 야생성이 강한 새들도 활기에 이끌렸는지, 나무 위에서는 홍관조와 큰어치가, 아래쪽 덤불에서는 참새와 굴뚝새가 우리 주변을 맴돌았다. 마침내 박새들이 원하는 만큼 모이를 먹고 나자 동고비들이 아래로 내려앉아 씨앗을 조금 물어갔다.

케이트의 팔힘이 바닥나기 직전, 조그맣고 노란 새가 습지의 갈대 사이에서 나타났다. 새는 메트로놈의 추처럼 앞뒤로 까딱거리는 부들 꼭대기에 앉았다. 케이트는 내 쪽을 돌아보며 속삭였다. "그만해도 돼, 아빠?" 아이가 말하고 있는 그 순간, 조그맣고 노란 새가 포물선을 그리며 날아올라 케이트의 집게손가락 끝에 앉았다.

나는 그쪽을 가리키며 아이를 쿡 찔렀다. "짹짹."

케이트가 제 손을 돌아보았다. 새는 씨앗을 보지 못한 것 같았다. 벌새를 제외하면 내가 이전에 본 그 어느 새보다 작았다. 하지만 벌새는 아니었다. 되새도, 휘파람새도, 굴뚝새도 아니었다.

숲에서도, 초원에서도, 또는 책에서도 그런 새는 본 적이 없었다. 케이트는 새를 보고 미소를 지었다. 새의 울음소리는 너무나 청명하고 맑아서 어디에서 들려오는지 알 수가 없는데다 공기중에 잠깐 떨리다가 흔적도 없이 사라지는 청아하고 낭랑한 소리였다. (후에 케이트가 처음으로 새에게 모이를 준 그날에 대해 함께 얘기할 때마다 우리는 항상 그 조그맣고 노란 새 이야기, 새가 부르던 낭랑한 노래, 상대도 역시 들은 것 같다는 사실만 빼면 우리가 정말 들은 것인지 둘 다 확신하지 못하는 그 새소리에 대해 이야기하며 회상을 마무리했다.) 새는 케이트의 손가락 끝에 잠시 머물다가 다시 갈대숲으로 윙 하고 날아갔다. 나는 망원경으로 그 새를 찾아보았지만 다시는 눈에 띄지 않았다.

우리는 판잣길을 가로질러 숲속의 통나무 계단을 오른 다음 금관화가 피어 있는 들판으로 나갔다. 그곳에서는 제비들이 쌩쌩 날아다니며 해질녘 하늘에서 비행중인 곤충을 잡고 있었다.

케이트가 팔을 문지르며 말했다. "아, 세상에. 내가 모이를 준 새가 백 마리는 되는 것 같아. 그 조그맣고 노란 예쁜 새가 최고였어. 손가락에 앉았는데 아무 느낌도 없었다니까."

내가 어렸을 때, 전몰장병 추모일이 되면 우리는 마을 중심에 있는 남북전쟁 기념관에서 메인 스트리트를 따라 묘지까지 가두행렬을 따라갔다. 묘지에 도착한 참전 용사들과 경찰, 소방관, 보이스카우트와 걸스카우트 무리들, 고등학생 악단은, 한 번도 큰 소리를 제대로 낸 적이 없는 마이크와 스피커가 장착된 이동식 연단 앞으로 반원을 그리며 둘러섰다. 그 연단은 해마다 이 행사를 위해 동일한 모양으로 나란히 일렬로 늘어선 독립전쟁 참전 용사들의 묘비 앞에 설치되었다. 묘비 바로 옆 땅바닥에는 저마다 성조기가 하나씩 꽂혀 있었다. 보통 육군이나 해군의 예비역 장교가 나와서 하곤 했던 연설은 연단의 부실한 스피커를 거치고 나면, 매년 전몰장병 추모일마다 전국의 모든 조그만 마을에서 하는 모든 연설이 뒤섞여 증류되고, 말 자체보다는 그 말을 전달하는 기백이 더 중요한, 어눌한 지껄임으로 변했다. 날씨가 화창하고 바람이 거센 날이면, 스피커에서는 펑펑 터지거나 우르릉거리는 바람 소리가 연설과 함께 흘러나왔다. 흐리고 비가 오는 날에는 연설이 거의 지하 세계의 소리처럼 들리면서, 연사 뒤편의 땅에 묻힌 병사가 낸 소리가 연단에 선 장교를 통해 흘러나오는 듯했다. 마을 사람들은 연단이 내려다보이는 언덕에 앉아 있거나, 묘비 사이를 돌아다니며 가장 오래된 날짜를 찾아보았고, 유모차에 앉은 아이를 데리고 군중 뒤에 서 있기도 했다. 아이들은 술래잡기나 숨바꼭질을 하며 뛰어다녔는데, 아이들이 너무 큰 소리를 지르면 근처에 있는 어른이 조용히 시켰다.

연설이 끝난 후 악단의 제1 트럼펫 주자가 영결 나팔을 불었다. 그의 연주가 끝나면 제2 트럼펫 주자가 묘지 뒤편의 단풍나무 뒤에서 같은 곡을 다시 연주했다. 주 방위군 출신 참전 용사 세 명이 소총으로 공포탄 세 발을 발사했고, 컵스카우트* 아이들이 탄피를 줍겠다고 그들의 발밑으로 파고들었다. 가두행렬이 다시 대열을 이루어 드럼 주자들부터 행진을 시작해 마을로 향했고, 마을에 도착하면 읍사무소 앞에서 다시 한번 짧은 연설을 하고 행사가 끝났다.

고등학생 악단에서 드럼을 연주한 나는 전몰장병 추모일이면 진저리를 쳤다. 반짝이는 파란색 폴리에스터 양복에 하얀 띠를 두르고 흰 사슴가죽 구두와 파란 깃털을 꽂은 흰 비닐수지 군모 차림으로 내가 아는 사람들 틈에서 하루를 보내야 했기 때문이다. 고등학교를 졸업한 후에는 가두행렬에 대해 떠올린 적이 없었는데 에논으로 다시 돌아와 케이트를 얻게 되자 다시 생각이 났다.

케이트는 11월, 추수감사절 바로 전 월요일에 태어났다. 이듬해 5월, 아이가 태어난 지 육 개월이 되었을 때, 나는 아이를 유모차에 태워 가두행렬에 데려가 악단을 따라 나란히 걸었다. 케

* 보이스카우트의 유아부.

이트가 브라우니*에 가입할 나이가 될 때까지 나는 매년 아이를 가두행렬에 데리고 갔다. 그 이후에는 아이가 행렬에 참가했고, 나는 딸이 속한 분대 옆을 따라가며 사진을 찍었다. 케이트는 걸스카우트로 올라가지 않았다. 그즈음에는 테니스와 달리기에 몰두해 있었기 때문이다. 하지만 나는 케이트가 죽기 두 해 전에도 아이를 꼬드겨 가두행렬에 데려갈 수 있었다. 비록 살아 있던 마지막 해 봄에는 케이트가 친구들 세 명과 함께 도망쳐버리긴 했지만. 아이들은 행렬이 지나는 길가의 돌담에 앉아 막대사탕을 입에 문 채 서로 어깨를 부딪치면서 행렬에 있는 친구들에게 소리를 지르며 웃어댔다. 내가 사진을 찍자 아이들은 모두 우스꽝스러운 표정을 지었다. 그 사진은 우리집 냉장고에 붙어 있었다. 케이트가 죽고 수가 미네소타의 친정으로 돌아가면서 가져가기 전까지는.

수가 떠나고 집에서 혼자 보낸 첫날밤에, 나는 어둠 속에서 다친 손을 가슴에 올려놓고 거실 소파에 누워 있었다. 손은 부어 있었고 검푸른 손가락이 깁스 밖으로 삐져나와 있었다. 의사는 통증을 빠르게 완화시켜주는 진통제라면서 알약 서른 개를 처방

* 걸스카우트의 유아부.

해주었고, 나는 약병에 적힌 지시에 따라 네 시간에서 여섯 시간 간격으로 약을 한 알씩 복용하고 있었다. 약을 한 알 먹으면 머릿속이 약간 물렁해지는 느낌이 들었다. 하지만 손이 너무 아프다보니, 내 생각을 케이트에게서 떼어놓는 통증이 원망스러워지기 시작했다. 나는 어느덧 케이트를 생각할 것인지 통증에 정신을 모을 것인지를 고민하고 있었다. 그런 마음속 논쟁은 지루하고 끝날 것 같지 않은 꿈, 나를 거슬리게 하고 자극하지만 깨어날 수 없는 꿈, 정확히 말해 사실은 잠든 것도 아닌데 찾아오는 여러 꿈 중 하나가 되었다.

그전에 수년간 나는 처방약에 다른 약과 술을 섞어 먹는 사람들을 여럿 봐왔다. 나는 생각했다. 한 알 더 먹는다고 죽진 않아. 날카롭게 모난 통증을 누그러뜨리고, 이 목소리들, 도대체 나를 조용히 내버려두는 예의라고는 없는 이 원수들을 잠재워줄 거야. 나는 좀 쉬어야 돼. 휴식이 필요하다고. 너무 녹초가 된데다 제정신도 아니고 삐딱하잖아. 잠깐 쉬는 시간을 가지면, 뒤로 좀 물러나 있을 시간을 갖고 안정을 찾으며 날 이토록 괴롭히는 손이 좀 아물도록, 그래서 날 그만 괴롭히도록 기다리다보면 스스로를 추스를 방법을 떠올릴 수 있을 거야.

나는 자리에서 일어나 약병에서 알약을 하나 더 꺼내 물도 없이 삼켰다. 목이 말랐다. 입안이 쩍쩍 들러붙어서 알약은 목 뒤편 어딘가에 걸린 것 같았다. 물을 마시려고 일어나는 대신 다시 드러누워 손을 가슴에 올리고 눈을 감으며 속삭였다. "불쌍하게 여겨줘. 제발 불쌍히 여겨달라고."

네 시간 후, 나는 땀에 젖고 입이 바싹 마른 채 의식의 수면 위로 떠올랐다. 자리에서 일어난 나는 화장실로 달려가 세면대의 찬물 꼭지를 틀고, 수도관에 남아 있는 미지근한 물이 다 나오고 지하에서 차가운 물이 올라올 때까지 기다렸다. 케이트가 양치할 때 입을 헹구는 데 쓰던 빨간 플라스틱 컵에 물을 채워 벌컥벌컥 삼키고는, 다시 컵에 물을 채웠다. 잠시 어둠 속에 서 있었다. 나는 생각했다. 만약 케이트와 수전이 그냥 위층에서 자고 있는 거라면? 내가 그저 화장실에 갔다가 물을 한 잔 마시려고 내려온 것일 수는 없는 걸까? 아니면 냉장고를 열고 닫히지 않게 옆구리로 막은 후 냉장고 불빛 속에서 톨하우스 쿠키 몇 개를 먹으며 우유를 통째로 들고 마신 다음, 부엌문에 달린 블라인드를 십여 센티 정도 젖히고 달빛에 잠긴 마당을 내다보면서 밖에 있는 모든 동물들, 숨어서 각자 할 일을 하고 있는 동물들에 대해 잠깐 생각하다가, 좀 으스스한 기분이지만 약간은 위안도 느끼면서, 위층으로 올라가 케이트 방을 살짝 들여다보며 아이가 종종 그러듯 몸을 반쯤 침대 밖에 내놓은 채 자고 있는 건 아닌지 확인한 후, 침실의 수전 옆자리에 누워 어쩌면 돈 걱정을 좀 할 수도 있고 아니면 한 시간 정도 일을 하다가 잠들 수는 없는 걸까? 얼마나 위안이 되는 일일까, 딸이 잠들어 있는 동안 돈 걱정을 한다는 것은.

위층으로 올라가 텅 빈 케이트의 방 옆, 수와 나의 침대에서 다시 잠을 청한다는 것이 끔찍한 일처럼 느껴져, 거실로 되돌아왔다. 그러고는 약병을 들고 흔들어본 뒤 손바닥에 약을 십여 개 정도 털어놓았다. 진통제 두 알을 집어 입에 넣은 뒤 빨간 컵에 남아 있는 물과 함께 삼켰다.

다음날 오후 두시에 잠에서 깬 나는 성한 손으로 커피 한 주전자를 끓이려고 애를 썼다. 다친 손을 옆에 늘어뜨리면 너무 아파서 볼 가까이로 올려 들었다. 습관적으로 밖을 내다보며 새를 찾아보았다. 예전에 우리는 새 모이통을 몇 개 샀고 케이트는 모이가 떨어지지 않게 채워두곤 했다. 아이는 모이를 손바닥에 올려놓고 박새들을 유인해봤지만 새들은 손에 있는 모이는 먹지 않았다. 모이통은 케이트를 묻을 때쯤부터 비어 있었으나 그것을 채울 마음이 도저히 들지 않았다. 그래서 나는 차고에 있는 낡은 서랍장 맨 아래 칸에 보관해둔 씨앗 봉지를 부엌으로 가져왔다. 그러고는 모서리에 있는 창문을 손잡이를 돌려 열고 방충망을 젖힌 다음, 곰 가족 만화 그림이 희미하게 남아 있는 헌 플라스틱 주스 통으로 씨앗을 듬뿍 떠내 마당에 뿌렸다.

빈집을 채운 적막이 부피가 있는 실체처럼 느껴졌다. 심지어 무게도 있는 것 같았다. 라디오 대담 프로그램 진행자들의 말은 경솔하고 건조하고 무감하게 들렸다. 클래식 채널에서 흘러나오는 음악은 치과에서나 나오는 음악 같았다. 록 음악은 선정적이고 가식적으로 들렸다. 신문을 읽어보려 했지만 나쁜 소식을 보면 더욱 절망적인 기분이 되었고 좋은 소식은 지어낸 것처럼 느껴졌다. 처가에 전화해서 수가 잘 도착했는지, 그곳에 있으니 기분이 좀 나은지 묻고 싶었지만, 안 그러는 게 낫다는 것을 나는 알고 있었다. 지난밤 언젠가 수가 전화를 했다. 자동응답기에서 아내의 메시지를 들었고 그녀의 말투로 미루어 별문제 없이 도착했을 거라 생각한 기억이 났다. 전화를 받지 않았고 진작 전화를 걸었어야 했는데 그러지 않았더니, 단 한 번의 빈약한 기회를 놓친 것처럼 벌써 마음이 안 좋았다. 도저히 메시지를 들어볼 엄두가 나지 않아 전화선을 뽑아버렸다. 휴대전화를 보니 거기에도 아내의 메시지가 있었다. 나는 전화기의 뒤판을 열고 메모리 카드를 빼버렸다.

세시경이 되자 더이상 집에 있을 수가 없어서 밖으로 나가 걷기 시작했다. 차도 옆에 난 인도를 따라 걷고 싶지 않았다. 누군가 나를 보면 가던 길을 멈추고 위로를 한다거나 애써 잡담을 하려 들지도 몰랐다. 인도를 걸어가는데 어떤 여자가 길가에 차를 세우고 내게 괜찮으냐고 묻는다거나, 차를 몰고 지나가던 사람들이 나를 보고 내가 딸을 잃은 아빠, 아내와 헤어진 남편이라는 것을 알아볼 때 그런 노출, 당혹감, 수모를 견디지 못하는 내 모습을 상상했다. 하지만 페어필드 저택의 사유지가 이십 년 전에 개발지로 분할 분양된 터라, 에논에 처음 사람들이 정착하던 시기에 '야만인의 초원'이라고 불리던 들판을 가로질러간다는 것은, 최소한 낮 동안에는, 더이상 가능하지 않았다. 도로를 따라 홀로 걸으면 너무 눈에 띌 것 같았지만, 초원을 가로질러가면 그보다 더 시선을 끌 것이었다. 그럴 수밖에 없는 이유는 주변에 집들이 들어선 지 삼십 년이 지났지만 어른이든 아이든 이 초원에 얼씬거리는 사람이 하나도 없었다는 사실, 여름의 무성한 풀을 탐사하거나 휘젓고 다니는 사람도, 겨울에 쌓인 눈을 밟고 다닌 사람도 전혀 없었다는 이상하고도 슬픈 사실 때문이었다. 그곳을 지날 때면 나는 항상 벌레가 득시글거리는 키 큰 풀들을 후려치며 초원을 관통해 지나갔던 일이 떠올랐다. 그럴 때마다 그곳의 원래 이름의 유래이자 이웃의 형과 누나들의 단골 화제였던 야만인이 초원 경계에 한 줄로 심긴 나무들 사이 어딘가에서 정확히 나를 향해 비정상적인 속도로 성큼성큼 다가오고 있을 거라는 생각에 거의 공포에 질렸던 일을 회상했다. 나의 공포는 환한 대낮에 가장 극심했다. 야만인이 너무 지독하고 야만적이라, 어둠 속에 숨거나 살금살금 다가올 필요조차도 없이 자기 영역에 들어온 사냥감을 잡아버릴 것 같았기 때문이다. 언젠가 초원 옆을 걸어가다가 케이트에게 그 야만인에 대한 얘기를 해주었다. 아이는 일고여덟 살이었고, 그런 이야기를 들으면 무서워하기보다는 오싹한 재미를 느낄 만한 나이였다. 하지만 아이는 전혀 재미있어하지도 무서워하지도 않았다.

"저건 그냥 사람 사는 집 뒷마당이잖아." 아이가 말했다. 그리고 그것은 일고의 여지도 없이 사실이었다. 풍경에 대한 아이의 생각이 내 생각을 몰아냈다. 미신적인 초원의 야만인은 그냥 사라져버렸다. 아니, 그냥, 아이에게는 아예 존재하지도 않았을 것이며 그 장소에 대한 아이의 인상에 각인될 일도 없었다.

초원 옆을 서둘러 지나며, 숲에 도착하기 전 누군가 길가에 차를 대고 내게 말을 걸까봐 겁에 질린 나머지, 나는 두 번이나 가던 길을 멈추고 뒤돌아 집으로 내달려갈 뻔했다. 웨스트에논 운동장에 도착하자 나는 서둘러 인도에서 벗어났고, 텅 빈 농구장을 지나 긴 돌담이 부분적으로 끊긴 부분까지 걸어갔다. 오래된 오솔길이 그곳에서부터 숲속으로 이어져 있었다. 나는 잠시 돌담 위에 앉아, 몸을 숨길 곳에 도착했다는 안도감에 반쯤 흐느껴 울었다. 다친 손이 끔찍하게 아팠다. 손에서 맥이 뛸 때마다 아팠다. 나는 플란넬 셔츠의 가슴 주머니에 있던 진통제 여섯 알 중 하나를 꺼내 삼켰다.

숲속 오솔길은 독립전쟁 시기부터 있었는데, 그즈음에는 오래 전부터 동물들과 아이들만이 그 길로 다니고 있는 것 같았다. 사슴과 코요테를 비롯해, 당시 에논에는 개를 반드시 목줄에 매어 데리고 다녀야 한다는 법이 없어서 완전한 자유를 누리며 돌아다니던 마을의 개들, 아울러 최소한 내 어릴 적에는, 아홉 살이나 열 살 정도가 되면 항상 마을 곳곳 어디든 자유롭게 다닐 수 있었던 아이들 정도만이 그 숲길로 다녔다. 나도 어렸을 때에는 친구들과 이 오솔길로 다니곤 했다. 문득 이 길을 케이트에게 보여준 적이 없다는 사실, 그리고 이 길을 걸어본 지 이십 년이 넘었다는 사실을 깨달았다. 그런 것들을 떠올리며 숲으로 400미터쯤 들어가니 오솔길은 노박덩굴 수풀로 에워싸인 오래된 오두막의 잔해 앞으로 이어졌다. 오두막은 해를 끼칠 만한 건 없었으나 으스스했다. 어린 시절, 낮시간에 도전 삼아 오두막 안에 몇 번 들어간 적이 있었다. 그때를 빼고 나는 항상 그 앞을 거의 뛰다시피 지나갔다. 버림받은 영혼이 뒷방에 누워 있을 것 같은 느낌을 주는 오두막이었다. 그곳에는 이백 년 동안 병들어 의식이 반쯤 사라진 상태로 사지와 몸통까지 노박덩굴에 감싸인 누군가가 누워 있을 것 같았고, 앞길을 지나는 나를 인지한 그는 내가 안으로 들어가 그의 몸에 감긴 덩굴을 잘라내 그의 손을 잡아주고, 찬물에 적신 수건을 그의 이마에 올려주기를 바랄 것 같았다. 하지만 그의 손에는 잔뿌리들이 털처럼 나 있을 테고 내가 덩굴을 자르고 손을 잡으면 그 손은 흙처럼 부스러질 것이었다. 그의 낡은 줄무늬 셔츠는 썩어 온통 홀씨들이 내려앉아 만지기만 하면 기침이 나올 테고, 그의 늙은 몸은 반쯤 썩어 침대보로 스며든 흙덩이처럼 변해 있을 것이며, 방에는 백 년 넘게 발효된 유독물질이 가득 떠다닐 것 같았다. 죽어가던 그 사람은 격리된 채 잊혀서 컴컴한 죽은 물 같은 시간 속에 유배된 사람이었을 테니까. 에논은 그런 시간으로 꽉 차 있는 곳이다. 충분히 주의깊게 살펴보면 알 수 있듯이.

오두막이 있었다고 기억하는 곳에 오두막은 흔적도 없었다. 나는 그것이 있어야 할 장소 주변을 이리저리 돌아다니며, 통나무 더미나, 왠지 오두막을 삭아 없어지게 만들었을 것 같은 노박덩굴의 흔적을 찾아보았지만 아무것도 없었다.

"아빠가 어렸을 때 여기 오래된 오두막이 있었어, 케이트." 문지방이나마 찾을 수 있을지도 모른다는 막연한 기대를 품고 덤불을 발로 긁어보면서, 나는 소리 내어 속삭였다. "그런데 없네. 그냥 사라졌어. 아예 존재하지 않았던 것처럼." 나는 오솔길로 돌아가 다시 걷기 시작했다.

오후 내내 에논의 숲과 숨겨진 초원들을 걸어다녔다. 해가 지고 황혼이 깃들며 어둠이 내리기 시작했다. 어느 순간, 나는 여태 아무것도 먹지 않았다는 걸 깨달았지만 배가 고프지도 목이 심하게 마르지도 않았다. 하늘에서 마지막 빛이 사라졌을 때쯤, 나는 에논 호수의 서쪽 기슭에 도착했다. 나는 물가에 무릎을 꿇고 다친 손이 물에 젖지 않게끔 머리 위로 올린 후 성한 손으로 물을 떠서 몇 모금 마셨다. 물은 차가웠고 광물질이 함유된 맑고 깨끗한 맛이었다. 물을 한 모금 더 떠서 진통제 두 알을 삼키고는, 달려서 도로를 건너가 반대편에 있는 나무들 사이로 들어갔다. 에논에 있는 나인홀 골프장 두 곳 중 하나가 근처에 있었다. 그곳에서 다시 마을 방향으로 400여 미터 떨어진 곳에는 두 골프장 사이로 넓게 자리한 언덕 측면에 묘지가 있었다. 골프장과 묘지는 예전에 보스턴까지 가던 우편물 수송 도로 바로 옆 평평한 지대에서 시작되었고, 그곳에서 땅은 급경사를 이루며 계속 높아졌다. 나는 가까운 쪽에 있는 골프장을 가로지른 후 돌담을 넘어 묘지의 위쪽으로 건너갔다. 케이트는 공동묘지의 아래쪽 앞부분에 묻혔다. 그곳은 내 할아버지 조지 워싱턴 크로스비와 할머니 노마 크로스비, 그리고 어머니 벳시 크로스비가 묻혀 있고 내가 죽으면 나 역시 묻히게 될 가족묘 구역이었다. 내 증조할머니 캐슬린 크로스비 역시 공동묘지의 다른 구역에 묻혀 있다.

미신일 뿐이었지만 케이트의 무덤 앞으로는 지나가고 싶지 않았다. 오늘 하루 내가 먹은 만큼의 약을 먹고 살아 있는 딸 앞에 선다면 들 법한 기분이 들었다. 약을 별생각 없이 정량의 최소 두 배, 어쩌면 그 이상을 먹었다는 것을 깨달았다. 걸음을 멈추고 가만히 서서 그림자가 드리운 케이트의 묘비 쪽을 내려다보는데 몸이 공중부양을 하는 듯한 느낌이 들었다. 달이 떴고 묘지 꼭대기에서 보는 풍경은 아름다웠다. 오른편 아래쪽에서 사슴들이 골프장의 풀을 뜯어먹고 있었고, 흰색 대리석으로 된 묘비들이 달빛에 빛났다. 저 아래, 도로 건너 나무들 너머로 반짝거리는 호수의 한 귀퉁이가 보였다.

나는 바닥에 앉아 주변 땅을 살피며, 내 조부모와 어머니와 딸이 누워 있는 묘지 가의 노르웨이단풍나무를 내려다보았다. 정신이 혼미해졌다. 한동안, 어쩌면 몇 시간 동안, 정처 없이 떠돌아다니다가 어린 소녀 둘의 목소리에 정신을 차렸다. 아이들은 내게서 왼쪽으로 10여 미터 떨어진 곳에 있었고, 도로에서 보이지 않도록 장방형의 거대한 흰색 묘비 뒤에 숨어서 책상다리를 하고 서로 마주앉아 있었다. 거창한 것이든 소박한 것이든 가리지 않고 이 공동묘지에 있는 모든 기념비의 비문들을 읽기 위해 이곳에 여러 번 다녔던 나는 그 큰 묘비 반대편에 1839년에 유행한 전염병으로 가족 여섯 명이 전부 사망한 스미스 가족이 잠들어 있다는 것을 알았다. 소녀들은 담배 한 개비를 나눠 피우며 포도주 한 병을 교대로 마시고 있었다. 둘 다 몸을 앞으로 숙이고 두 사람 사이 땅바닥에 놓인 무언가를 들여다보고 있었다. 한 소녀가 담배 한 모금을 빨고 상대에게 다시 넘기고는 무릎 위에 올려놓은 조그만 책을 펼쳤다.

책을 가진 소녀가 책을 얼굴 가까이에 가져가 손가락으로 책장을 넘기더니 말했다. "여기 있다."

"뭐야, 뭐야, 뭐냐고?" 다른 소녀가 물었다.

"좀 기다려봐, 응?" 소녀는 책을 들여다보더니 무릎 위에 털썩 내려놓고 친구를 빤히 쳐다봤다. 소녀가 말했다. "야, 이 카드 완전 귀신같아, 항상 너무 잘 맞아. 이 카드의 의미는 네가 어떤 사람이 나쁜 줄 알면서도 그 사람을 탐한다는 거래."

다른 소녀가 코로 담배 연기를 뿜어낸 후 자기 머리를 탁 쳤다. 그러자 팔목 가득 차고 있는 팔찌와 장신구들이 쨍그랑거리며 달빛에 번쩍거렸다. 소녀가 신음 소리를 냈다. "헐, 망할 놈의 칼 자식 얘기네!"

두 소녀 모두 아주 어두운 색의 헝클어진 긴 머리를 하고 있었다. 검은색으로 염색한 것 같았지만 확실히 알 수는 없었다. 둘 다 창백한 피부에 검은색 아이라이너를 진하게 칠했고, 검은색, 아니면 아주 어두운 자주, 혹은 빨간색처럼 보이는 립스틱을 발랐으며, 온통 검은 옷으로 차려입었다. 추측건대, 케이트보다 두어 살 많은 것 같았다. 나는 그 소녀들이 바로 좋아졌고, 케이트가 그애들의 친구로서 안전하면서 시끌벅적한 사춘기를 함께 보내는 모습을 상상했다. 심지어 그 아이들이 거기에서 하던 일을 케이트의 묘비 앞에서 한다면, 그래서 케이트에게 목소리를 들려주고 친구가 되어줄 수 있다면 좋겠다는 생각까지 했다. 하지만 케이트의 묘는 도로에 너무 가까이 있어서 개를 산책시키러 나온 사람이 아이들 말을 엿듣고 휴대전화로 경찰을 부를지도 모르는 일이었다. 두 소녀가 포도주를 마시고 담배를 피우며 타로 카드의 패를 놓고 자기들에게 중요한 것들에 대해 이야기하는 동안, 나는 그곳에서 삼십 분 정도 가만히 누워 있었다. 아이들의 대화는 사랑스러웠다. 비록 당혹스러운 부분도 많았고 내가 엿듣고 있다는 사실이 겸연쩍긴 했지만. 그래도 몰래 빠져나가려 하거나 자리에서 일어나 우연히 그애들과 마주친 것처럼 행동하고 싶지는 않았다. 아이들을 놀라게 하거나 화나게 하고 싶지 않았다. 그래서 나는 아이들이 계속 웃으며 수다를 떨도록 조용히 누워 아이들이 피우는 담배의 연기 냄새를 즐기면서, 위편 하늘에 보이는 별들의 움직임이 감지되는지 살펴보았다. 그리고 케이트가 이 모든 장면을 지켜보면서 우스워하고 함께 집에 돌아간 후에 나를 놀리는 모습을 상상해보았다.

자정 무렵이 되자 한 아이가 말했다. "헐, 열두시가 다 됐네. 나 가야 돼. 부모님이 곧 집에 올 텐데, 내가 자기들보다 늦게 들어오면 난리를 떨 거야."

다른 아이가 말했다. "맞아, 나도 그래." 두 소녀가 일어서서 기지개를 켜고 팔찌를 짤랑거리며 치마 뒤를 털었다. 포도주 병 입구에 코르크를 다시 끼워넣는 소리가 들렸다. 소녀들은 내 가족들을 지나 언덕을 내려갔고, 여전히 이야기를 하고 있었지만 목소리를 한층 낮추었다. 그들은 가로등 불빛 아래를 지나 그늘 속으로 들어가 사라졌다.

에논 공동묘지 관리인의 이름은 앨로이셔스 생크였다. 그는 줄을 목둘레에 감아 고정시킨 인공후두를 통해 말을 했다. 목에 암 수술로 생긴 구멍이 있었다. 그래도 그는 파이프 담배를 피웠으며, 언젠가 내게 여덟 살 때부터 오십 년 동안 담배를 하루에 네 갑씩 피웠다고 말했다.

그는 파이프를 뻐끔뻐끔 피워대며 말했다. "하지만 그놈의 암에 걸려 담배를 끊었지."

케이트가 죽기 전에는 앨로이셔스와 거의 말을 해본 적이 없었지만, 내 기억이 미치는 시간 동안은 항상 그에 대해 알고 있었다. 나에게 그는 언제나 그저 묘지에 있는 사람이었다. 언젠가 어렸을 때, 그를 이미 오랫동안 수도 없이 많이 본 뒤였는데, 차를 타고 묘지를 지나가다 어머니에게 질문했던 기억이 난다. "엄마, 맨날 묘지에 있는 저 사람은 누구예요?"

엄마가 대답했다. "앨로이셔스 생크란다." 엄마가 읊었다. "불쌍한 앨로이셔스 생크! 오두막은 춥고 눅눅. 집세는 꿀꺽. 찌그러진 머리는 움푹. 널빤지 다리는 삐걱." 그것은 엄마가 베시 보스턴 초등학교에 다니던 어린 시절 쉬는 시간에 배웠다는, 각운을 잘 맞춘 노래였다. 나도 엄마와 같은 초등학교를 다녔는데, 그때는 아마도 내가 초등학교에 들어가기 전이었던 것 같다. 어머니에게 앨로이셔스에 대해 묻던 그때, 나는 차체에 나무를 덧댄 스테이션왜건의 고동색 비닐수지로 된 드넓은 뒷좌석에 앉아 있었다. (그 스테이션왜건은 내 외할아버지, 그러니까 엄마의 아버지가 우리에게 주신 것으로, 할아버지는 돌아가실 때까지 계속 당신의 스테이션왜건을 모두 물려주셨는데 맨 마지막 차는 할아버지가 돌아가시고 십오 년, 어머니가 돌아가시고 십 년, 케이트가 죽고 두 주가 지난 지금도 내 집 진입로에 주차되어 있고 여전히 잘 굴러갔다.) 안전띠도 매지 않고 창문을 열어둔 엄마의 차에는 바람 소리가 윙윙거렸고 햇볕이 쏟아져 들어왔다. 우리는 울워스 저가 잡화점으로 가는 길이었다. 엄마는 의류와 장신구를, 나는 가게 안의 조그만 음반 매장에서 음반을 찾아보며 돌아다니다가, 나중에 드러그스토어의 간이식당에서 엄마는 커피와 블루베리 머핀을, 나는 꿀을 바른 초콜릿 도넛과 종이팩에 든 초콜릿 우유를 사 먹으려는 것이었다. 내가 그런 노래를 지어낸 사람이 누구냐고 물었더니 엄마는 누가 지었는지는 몰라도 그 노래를 모르는 사람은 없는 것 같다고 말했다.

앨로이셔스의 다리가 의족인 것은 사실이었다. 원래는 나무로 된 의족이었다지만 내가 그를 알게 되었을 무렵에는 플라스틱 소재였는데, 앨로이셔스가 묘지관리인을 하는 내내 소방서의 상징적 인물 혹은 명예 대원이었기 때문에 에논 소방서 대원들 모두가 돈을 모아 마련해준 의족이었다. (에논 소방서의 대원들은 모두 묘지의 같은 구역에 묻혀 있으며 앨로이셔스는 그곳을 특별히 세심하게 관리했다. 거기에는 소방서 설립 초기의 첫 공식 대원들까지 포함해 스물네 명의 소방관이 묻혀 있었다. 지역 사료에 의하면 소방서는 기금을 모아 구입한 사다리 여섯 개와 갈고리 세 개를 갖춰 1821년에 설립되었다고 한다.) 그는 제2차세계대전 당시 태평양에 있는 수송선에서 소위로 복무하고 있었는데, 일본의 가미카제 전투기가 갑판을 덮치면서 다리 하나를 잃게 되었다고 내게 말했다. 백색으로 작열하는 파편 덩어리를 맞은 그의 왼쪽 다리가 무릎 부분에서 찢겨나갔다고 했다.

"파편이 뜨거워서 다행이었지." 그가 입을 오므려 파이프를 빨면서 말했다. "물에 빠지기도 전에 상처를 뜸질한 거야." (그는 폭발로 인해 갑판 밖으로 튕겨져 나갔다고 한다.) "안 그랬으면 바로 그 자리에서 피를 다 쏟아내고 물고기밥이 되었겠지."

앨로이셔스의 머리에 움푹 들어간 자리가 있다는 것도 사실이었다. '접힌 살'이 좀더 정확한 묘사가 될 것이다. 가미카제 전투기가 폭발할 때 파편이 빙글빙글 돌아나와 그의 이마, 왼쪽 눈썹 바로 위에 꽂혔다고 했다.

"병원선에서 깨어났을 때 그 쇳조각이 아직도 머리에 박혀 있었다니까. 그걸 꺼내면 내가 죽을까 두려워 빼지 못한 거지. 뇌가 밖으로 쏟아지지 않는 유일한 이유가 그 쇳조각 때문이라고 생각했던 거야." 그가 말했다. "난 그냥 빼라고, 상관 안 한다고 했어. 그 톱날 같은 일본 쇳조각이 머리 꼭대기에 박힌 채로 살면 나 자신이 반역자같이 느껴질 거라고, 놈들이 나를 비밀 병기로 이용해 쇳조각을 통해서 도청하거나 방사선을 보낼 수도 있으니까 말이야. 쇳조각 때문에 눈 바로 뒷부분에 두통이 무척 심하기도 했고. 그랬더니 그걸 빼주면서 양철 조각인지 뭔지를 넣고 구멍을 때운 거야. 그게 다였어. 그러고 나서 달라진 게 있다면, 지금은 아무 냄새도 맡을 수 없고 초록색이 빨간색으로 보이고 가끔씩 내가 누군지 깜빡하는 순간이 있다는 것뿐이야."

앨로이셔스는 집중을 할 때 한 손의 검지를 이마의 '접힌 살'

흉터에 대고 위아래로 훑으며 만지는 버릇이 있었다. 그 부상으로 인해 성격에 변화가 생겼는지는 알 수 없었다. 그는 장례식이건 전몰장병 추모일 연설이건 담배를 피우며 휴식을 취하는 시간이건 상관하지 않고, 근처에 있는 사람들 앞에서 아무렇지도 않게 트림을 하고 방귀를 뀌고 코를 팠다. 그의 머리에 있는 쇠판, 내가 머릿속에서 녹슨 금속 경첩과 죔쇠로 고정해보던 낡은 나무다리, 그리고 이마에 쇠로 된 수탉의 볏처럼 삐죽 내민 테이블톱 날 같은 모습으로 내 상상 속에 나타나던 비행기 파편을 가끔 생각해보면, 앨로이셔스가 실패한 구식 군사 실험을 당한 사람처럼 느껴졌다. 그는 진공관 시대의 프랑켄슈타인 같았다. 일본은 적에 대한 방해 공작을 펼칠 이중간첩 로봇을 만들려고 했지만 결국, 묘지의 푸르른 풀밭을 피바다처럼 느끼고 소방관들을 변함없이 사랑하며 파이프를 질겅거리는 사토장이를 만들어낸 것이다.

어머니는 할아버지가 돌아가셨을 때 앨로이셔스를 알게 되었다. 할아버지의 재를 그곳에 묻은 후로, 어머니는 집에서 4킬로미터 정도를 걸어 묘지로 가서 비석 위에 손을 올려놓고 할아버지와 얘기를 나눴다. 어머니는 핸드백에 넣어둔 화장지를 꺼내 비석 위에 쌓인 꽃가루와 먼지를 닦아냈다. 매년 봄이면, 어머니는 전몰장병 기념일 가두행진 시기에 맞춰 묘비 앞에 빨간 제라늄을 심었다. 어머니는 꽃에 물을 너무 많이 주었으나, 무덤이 경사지 위로 1미터 정도 올라간 곳에 있었기 때문에 물이 아래로 빠져 꽃이 썩지는 않았다. 평생을 마을에서 산 어머니는 묘지에 묻힌 사람들을 많이 알았다. 어머니의 부모님 외에도 친할머니 캐슬린 크로스비, 그리고 할아버지의 누이들인 마저리와 달라도 거기에 묻혀 있었다. 고모할머니들은 할아버지를 따라 메인 주에서 내려와 죽을 때까지 할아버지와 500미터도 떨어지지 않은 곳에서 살았다. (마저리는 폐암, 달라는 뇌졸중으로 죽었는데, 할머니는 늘 뇌졸중이라는 말이 진gin을 뜻한다면 달라가 뇌졸중이었다는 말이 맞다고 말했다.) 어머니가 어렸을 때 할아버지 할머니의 친구였던 사람들 중에도 여기 묻힌 사람들이 여럿이었다. 어머니는 옛 이웃들의 거취를 훤히 꿰고 있었고, 부모의 친구들 중 누가 어디에 묻혀 있는지 다 알았다. 할아버지가 돌아가시고 얼마 지나지 않아 할머니까지 거기 묻히게 되자, 어머니는 부모님 친구들의 묘비 앞에도 정기적으로 꽃을 심고 가꿨다. 어머니는 묘지에서 아주 많은 시간을 보냈기 때문에 앨로이셔스와 친해졌다. 앨로이셔스는 어머니가 돌아가시고 처음 돌아오는 전몰장병 기념일 가두행진 시기에 맞춰 어머니의 묘비 앞에 제라늄을 심었다. 묘지에서 그를 보고 난처해진 나는 어머니를 기억해주고 꽃을 심어줘 감사하다는 말과 함께 다음해에는 잊지 않고 내가 꽃을 심겠다고 말했다.

그가 말했다. "우리 모두 조만간 여기에 오게 되겠지. 자네 어머니는 좋은 분이셨어."

늦여름이 초가을로 바뀌고 있을 때, 나는 매일 에논 구석구석을 쏘다니며, 사슴이 풀을 뜯고 가끔 코요테가 오가는 오솔길과 옛 철길을 거닐었다. 손의 골절이 매우 심했기 때문에 진통제를 더 처방받을 수 있었다. 약을 아끼기 위해 나는 아침에 한 알을 먹고 산책을 시작해 오후에 두세 알을 한꺼번에 먹은 다음, 밤에는 약을 삼가고 잠들 때까지 위스키를 마시며 다음날까지 버티는 습관을 들였다. 아침 내내 돌아다닌 후 정오가 되면 솔송나무나 밤나무 줄기에 기대앉아 사과 한 알과 초콜릿 바 하나, 또는 계속 비어가고 있는 집의 찬장을 뒤져 닥치는 대로 가져온 것을 먹었고, 오래된 양철 물통에 담아온 녹슨 맛이 나는 물을 마셨다. 산들바람이 불면 바람이 양치식물 위에 그리는 흔적들을 바라보며 잠이 들었다. 깨어났을 때에는 보통 몸을 웅크리고 모로 누워 있었다. 땅과 닿은 부분은 따뜻했지만 등은 서늘했다. 좀 더 웅크려봐도 몸이 따뜻해지지 않았다. 그런 때는 대개 오후 늦은 시간으로, 태양의 온기는 이미 사라졌고 햇살은 나뭇가지들 사이로 날카로운 금빛 칼날처럼 쏟아졌다. 쌀쌀했지만 집으로 돌아가기는 싫었다. 내 발소리가 텅 빈 방들 사이로 울리는, 마찬가지로 추운 집으로 돌아간다고 생각하면 견딜 수가 없었다. 부엌 개수대에 첩첩이 쌓인 그릇들 속에서 쨍그랑거리는 접시와 유리컵들을 헤치고 대접을 하나 집어올려 더러운 행주로 닦은 뒤 퀴퀴한 콘플레이크를 담고, 이미 상해버린 우유 대신에 수도꼭지에 그릇을 대고 물을 받아 시리얼과 섞은 다음, 오래된 음식이 말라붙어 있지 않은 숟가락을 찾아봐도 보이지 않아 시리얼이 든 대접을 그냥 개수대에 던져버려서 그릇이 두 동강이 나고 부딪친 주스 컵은 산산조각이 나는, 그런 일련의 상황을 떠올려보았다. 그러고 나니 그런 집의 상황과 거기에 있는 나 자신에 대해 당연히 느낄 절망을 무시할 수 있을 만큼 알약을 충분히 먹고 위스키를 충분히 마시기 전까지는 집에 돌아간다는 생각이 감당이 되지 않았다.

수전이 떠난 지 일주일이 넘었다. 전화를 걸어 아내의 목소리를 듣고 싶었다. 아내의 목소리를 들으면, 케이트가 있는 곳이 어디든 그곳에 전화해 아이의 목소리를 듣는다면 느낄 법한 위안과 조금은 비슷한 느낌을 받을 것 같았다. 하지만 나는 전화하지 않았다. 전화기 숫자판에 번호를 누르고 수화기 건너편에서 신호음이 들리는 소리를 들은 뒤 수전이나 케이트가 전화를 받는 목소리를 듣는다면 이미 딱지가 앉기 시작한 무언가가 다시 벌어질 것만 같았다. 케이트의 목소리를 듣는다는 생각은 바로 내가 빠져들고 있던 백일몽의 단적인 한 예였다. (숲 어딘가에 지하 세계로의 직통전화가 있다면, 어두운색 뿔로 만들어져 뼈로 된 거치대에 놓인 그 전화가 나를 유골함에 있는 케이트에게로 연결해준다면?) 하지만 수전에게 전화를 거는 것은 점점 더 불가능한 일처럼 느껴졌다. 그녀가 여보세요, 하고 전화를 받았을 때 나는 무슨 말을 할 것인가? 또는 그녀의 어머니나 아버지가 전화를 받는다면 그것은 더 안 좋은 경우일 것이다. 이를테면 전화를 받은 수전의 어머니에게 인사를 하고 수전을 바꿔달라고 부탁해도 어쩌면 그녀는 전화를 받고 싶지 않을 수도 있고, 어쩌면 그녀의 어머니에게서 "아니야, 찰리. 지금은 수전을 위해서 그러지 않는 게 좋겠어"라든가, 그와 비슷하게 부드럽지만 부정적인 말을 듣고 그냥 그렇게 전화를 끊어야 할 수도 있었으므로. 어쨌든 수전이 전화를 받는다면, 수화기를 건너오는 그 개방된 소리, 이 세상에 가득한 주변의 소동에서 오래된 전화기들이 뽑아내는 그 백색소음이 흐른 다음, 나는 무슨 말을 할 것인가? 무슨 말을 할 수 있을 것인가? 내가 무슨 말을 내뱉어야 침묵의 그 거센 흐름을 깨뜨려 이 상황을 바꾸고, 수전을 에논에 다시 데려오고, 케이트를 우리 두 사람에게로 다시 돌아오게 할 수 있을까?

우리집은 낡고 허술했다. 더운 날씨에는 낡은 배관에서 암모니아 냄새가 풍겼고, 겨울에는 난방장치에서 밤새도록 철커덩 소리가 들렸다. 그리고 벽에 액자걸이라도 하나 달려고 두드리면 오래된 말총 회벽이 부서져내렸다. 우리는 케이트의 세번째 생일 직후에 이 집을 샀다. 내 할머니와 어머니의 도움을 받았고 미네소타에 사는 수전의 부모님도 좀 거들었다. 집은 작은 구조물 두 개로 이루어져 있는데 둘 다 다른 곳에서 지은 것을 이곳에 가져다 서로 이어붙인 것이었다. 집의 후면부는 원래 약 1.5킬로미터 떨어진 웨스트에논의 교차로에 있던 재봉사의 가게였으며, 이백년 전에는 그 앞에 교실이 하나뿐인 학교와 그 학교 관리인으로 일했던 에버니저 크로스라는 사람의, 이미 오래전에 철거된 집이 있었다. 1798년에 지은 건물로서 천장이 낮고 창문이 작았다. 우리가 처음 이곳으로 이사했을 때 부엌 위 다락 공간을 살펴보다가 벽의 욋가지 일부를 뜯어내보니, 잘게 부순 조개껍데기와 1807년도의 신문 뭉치가 단열재로 쓰인 것을 알 수 있었다. 우리집의 전면부는 원래 반대 방향으로 약 1.5킬로미터 떨어진, 북쪽의 힐럼으로 가는 길가에 서 있었다. 우리는 이 집을 로버츠라는 이름의 홀아비에게서 샀는데, 그는 집의 전면부는 1880년에 젊은 남편이 아내와 아이를 위해 지은, 우리처럼 젊은 가족이 살던 집이었다고 말해주었다. 아들 셋과 딸 넷을 키워내고 1950년에 남편과 아내가 한 달 간격으로 모두 죽자, 근처에 있는 과수원을 모두 소유한 농부가 집을 현재의 위치로 옮겼고, 동시에 자기 고모할머니 소유였던 예전 재봉사 가게도 그곳에 끌어다 놓은 것이라고 했다. 집의 전면부에는 높은 천장과 길고 통풍이 잘되는 창문이 있었는데, 수전과 나는 햇빛이 잘 들어오는 그 창문들을 매우 좋아했다. 일층에는 두 개의 공간, 즉 식당과 거실이 있었고 이층에는 침실이 두 개 있었다. 반쪽을 이루는 두 구조물은 더 오래된 쪽에 있는 부엌과 덜 오래된 쪽에 있는 식당 사이에 있는 천장이 낮은 출입구로 연결되어 있었다.

집은 그곳에 살던 사람들의 흔적을 간직하기 마련이어서 나는 항상 어느 집에 들어가건 즉시 그 흔적들을 느낀다. 수전과 케이트와 내가 에논에서 우리의 예산 범위에 있는 집 몇 곳을 보러 다닐 때도, 방 두 개도 채 보지 않았는데 벌써 뱃속이 시큰하고 머리가 아팠던 때가 있었다. 어떤 집은 수십 년에 걸쳐 그곳에 살던 여러 가족들이 서로를 두려워하며 웅크린 채 지내온 고통의 저장소이자 고의적으로 만들어낸 감옥처럼 느껴졌다. 부동산 중개인들이 그런 처참한 집구석을 아주 그럴듯하게 포장하는 것은 범죄라는 생각이 들었다. 그들은 마치 그런 집이 다시 양순하고 사리를 아는 영혼들의 거처가 될 수 있을 것처럼, 그런 집은 아예 헐어버리고 집터는 정화를 위한 특별한 의식을 거쳐야

한다는 사실을 아예 모른다는 듯이 얘기했다. 그런 무덤 같은 건물에서 내가 느끼는 동요는 마치 전염성이 있는 것처럼, 집의 판자와 배관과 전선을 통해 진동하는 고뇌의 주파수와 진폭이 즉시 내 뇌의 시냅스에 영향을 미치고 심장의 박동을 방해하기 시작하는 것 같았다. 수전도 그것을 경험했다. 처음 그런 것을 경험한 뒤, 우리가 너무 내성적인 사람들이라 집의 느낌이 나쁘다는 이유로 중개인의 설명을 얼른 끊지 못한다는 데 의견을 같이 했던 수전과 나는, 그뒤로도 부동산 중개인이 집 곳곳을 돌아다니며 설명을 하도록 내버려두고는 등뒤에서 서로에게 바보 같은 과장된 표정을 짓곤 했다. 수전은 상한 우유 냄새를 맡은 것처럼 콧잔등을 찌푸렸고, 나는 어깨를 꾸부정하게 구부리고 콰지모도처럼 절뚝거렸다. 그녀는 입에 손을 대고 몇 번 고개를 주억거리며 웃음을 터뜨리는 모습을 흉내냈고, 나는 주먹으로 머리를 뒤로 젖히고 눈을 까뒤집은 채 혀를 축 늘어뜨리면서 절망에 빠져 그 집 지하실에서 목을 매단 아버지 흉내를 내기도 했다.

케이트와 나는 가끔 에논 운하를 따라 걸었다. 우리는 내 오랜 친구 피터 로드의 집과 헤일 부인이라는 과부의 땅 사이에 난 흙길을 통해 운하로 갔다. 나는 헤일 부인을 두 번 만났다. 맨 처음은 피터와 내가 열하난가 열둘쯤 되는 소년이었을 때 부인의 사유지에 있는 언덕을 썰매를 타고 내려왔을 때였다. 그곳은 '헤일의 언덕'이라 불렸는데 마을에서 세번째로 높은 언덕이자 썰매를 탈 수 있는 가장 높은 언덕이었다. 우리는 사유지에 들어가도 좋다는 허락을 받지 않은 상태였다. 부인은 언덕의 동쪽 사면 너머로 바로 보이는 저택의 삼층 창문을 통해 우리를 보았음이 틀림없었다. 부인이 깊은 눈밭을 가로질러 우리 쪽으로 걸어오는 모습을 보고 우리는 부인이 우리를 혼내러 오고 있다고 생각했다. 우리는 둘 다 도망칠 생각은 하지 않았다. 에논에서 자랐기 때문에 나이든 여자들에게 혼나는 일에 매우 익숙했던 것이다. 헤일 부인은 150센티미터가 조금 넘는 키에 체구가 작고 밧줄처럼 마른 사람이었다.

부인은 몇 미터 정도 앞까지 다가왔을 때 우리에게 말했다.

"썰매를 계집애들처럼 타는구나."

부인은 우리에게 가까이 오더니 피트가 가지고 있던 썰매를 잡아채갔다.

"이렇게 하는 거야." 부인은 그렇게 말하고는 썰매를 바닥에 떨어뜨리고 무릎을 꿇더니 얼굴이 앞을 향하도록 썰매에 배를 깔고 엎드렸다.

"밀어." 부인이 말했다. 나는 몸을 숙여 썰매의 날 뒷부분을 잡고 언덕 가장자리 쪽으로 조금씩 밀었다.

“제대로 좀 밀어봐.” 부인이 말했다. “저 아래를 향해 힘껏 떠밀어.” 그래서 나는 내던지다시피 썰매를 밀었고 부인은 아래로 내려갔다. 우리가 이미 여러 번 썰매를 타고 내려간 곳은 눈이 단단히 다져져서 마치 얼음 고랑처럼 길이 나 있었다. 헤일 부인은 루지를 탄 사람처럼 빠르게 언덕을 미끄러져 내려갔다. 언덕의 맨 아래에는 나무와 덤불이 무성한 습지가 있어서, 우리는 나무에 들이박거나 들장미 덩굴 속에서 갈가리 찢기는 일이 없도록 항상 다 내려가기 직전에 썰매에서 급히 내렸다. 헤일 부인은 우리가 습지까지 내려가 온몸이 긁히기 전에 썰매에서 철퍼덕 내려앉는 모습을 보았던 것이 틀림없었다. 부인은 거의 올림픽 선수급 속도로 언덕 아래에 도착한 후에도 그냥 앞으로 돌진해나갔기 때문이었다. 나무들이 줄지어 있는 곳 너머로는 부인의 모습을 볼 수 없었지만, 썰매가 나무줄기들과 얼어붙은 골풀 사이로 쿵쾅거리고 지나가며 내는 요란스러운 소리는 들을 수 있었다. 우리는 헤일 부인이 부들과 오리나무 사이에 머리를 처박고 넘어져 뼈가 부러진 채 죽어 있을 거라 확신하면서 뒤쫓아 달려갔다. 하지만 우리가 언덕의 반도 채 내려오기 전에, 부인은 모자를 삐딱하게 쓰고 썰매를 뒤에 끌면서 습지 밖으로 비틀거리며 걸어나왔다. 부인은 발을 쿵쿵거리며 우리에게 다가와서 피트에게 썰매의 밧줄을 넘겨주었다.

"썰매는 바로 이렇게 타는 거야." 부인은 그렇게 말하고는 언덕 뒤에 있는 그녀의 커다란 집으로 절뚝거리며 걸어갔다.

헤일 부인을 두번째로 만난 것은 내가 할아버지와 함께 부인의 시계를 고치기 위해 그 집을 찾아갔을 때였다. 부인의 집은 내가 항상 꿈꾸던 종류의 집이었다. 어쩌면 그 집을 보고 나서 그런 꿈을 꾸게 된 것인지도 모른다.

할아버지 생전에, 내가 대학 재학중 집세나 여러 요금, 식료품비 등을 충당할 돈을 충분히 벌지 못할 때면, 할아버지는 늘 내게 자신의 시계 수리 일을 돕게 하고 돈을 주었다. 할아버지는 젊었을 때 오랫동안 제화 공장의 기계 기술자로 일했고, 그다음에는 옆 마을 직업학교에서 기계제도를 가르쳤다. 할아버지는 집의 지하실 공방에서 고장난 시계를 고칠 때 쓸 새 기어를 깎았고 계산자도 사용했다. 나는 숫자에 소질이 없었고 본격적인 기계 수리에는 아무런 도움이 되지 않는 사람이었다. 하지만 나는 시계장치들을 분해해서 무엇이 잘못되었는지 찾아낸 후 다시 조립한다거나, 할아버지가 기술이 필요한 일을 끝낸 장치를 넘겨받아 초음파 세척기 안에 암모니아수를 채워 모든 부품을 세척한 다음 피니언 톱니바퀴에 기름을 칠하는 일 등에는 상당히 감이 좋았다.

내가 할아버지 밑에서 일할 때, 할아버지는 아침 일곱시까지 집으로 오라고 했다. 그 시간에 할아버지는 부엌의 식탁에 앉아 주식을 좀 사둔 공익 기업의 시세를 보느라 〈월스트리트 저널〉을 읽고 있었고, 할머니는 할아버지의 아침식사 접시와 커피잔 등을 치우고 있었다.

"보시오!" 나를 보면 할아버지는 소리쳤다. "에논 마을의 꽃 등장이오!" 나는 끙 소리를 내며 졸린 상태로 애써 웃음을 지었다. 할아버지는 신문을 접고 자리에서 일어나 할머니에게 말했다. "자, 땔감 걱정은 마세요, 어머니."

그러면 내가 끝을 맺었다. "아버지가 한 짐 해 가지고 돌아오실 거예요."* 그리고 우리는 모두 웃었고, 할아버지와 나는 지하실로 내려가 일을 했다. 할아버지는 지하실 안으로 들여오기 위해 전부 해체했다가 다시 조립해야 했던 낡은 학교 책상에 앉았고 나는 작업대에 앉아 휴대용 시계의 내부를 골똘히 살폈다.

어느 날 아침, 내가 도착했을 때 할아버지는 이미 바람막이 외투에 검은색 그리스 선원 모자로 채비를 한 상태였다.

"가자, 운좋은 피에르."** 할아버지가 말했다.

---

* 1920~1930년대에 인기 있었던 〈세 바보Three Stooges〉라는 코미디에서 주인공의 대사.

** 1961년에 제작된 영화 〈운좋은 피에르의 모험The Adventure of Lucky Pierre〉에서 가져온 것으로 추정되는 애칭.

"어디로요?"

"헤일 부인의 집에 간다." 할아버지가 말했다. "그 집에 키 큰 시계가 있는데 좀 봐줬으면 한다고 해서." 흔히 말하는 '할아버지 시계' 또는 키 큰 시계를 수선해야 할 경우, 할아버지는 시계의 기계장치를 케이스에서 분리해 가져오지 않아도 되도록 그 집을 직접 방문해 문제를 바로잡을 수 있는지 점검했다.

우리는 할아버지의 스테이션왜건을 타고 헤일 부인의 집으로 향했다. 접사다리와 낚시 도구 상자를 챙기고, 낡은 가죽으로 된 의사용 왕진 가방에 장비들을 가득 담아 가져갔다. 진입로의 마지막 모퉁이를 돌자 우리 눈앞에 집이 솟아오르며 넓게 펼쳐졌다. 할아버지가 휘파람을 불었다.

"부인이 무슨 일을 하며 소일하는지 너도 알 것 같지?" 할아버지가 말했다.

"무슨 일을 하는데요?"

"돈 세는 일." 나는 차 뒤쪽에서 접사다리와 낚시 도구 상자를 꺼냈고 할아버지는 왕진 가방을 들었다. 우리는 현관으로 걸어갔고, 할아버지는 황동으로 된 현관문 고리쇠—꿩 모양이었다—를 들어올려 '면도와 이발'*의 리듬에 맞춰 두들겼다. 할머니가

---

* 일곱 개의 음으로 구성된 반복 악절로서 음악 공연 뒤에 희극적 효과를 위해 붙

일생 동안 가장 자랑스럽게 여긴 일들 중 하나는 할아버지가 다른 집에 일을 나갈 때 절대로 하인용 출입구를 이용하지 않았다는 사실이었다. "그이는 항상 정문 현관으로 드나들었지." 할머니는 말하곤 했다.

내 기억대로 작고 마른 몸집에 흰머리를 뒤로 묶은 헤일 부인의 모습이 현관문 양옆에 붙은 쪽창에 나타났다. 부인은 우리를 알아본 내색을 하지 않고 창문에서 사라졌다. 잠시 후, 부인이 멀리 왼편 모퉁이를 돌아나왔다.

"이곳으로 들어오세요." 부인이 말했다.

부인은 집의 양쪽 건물 두 동을 잇고 있는 듯한 복도로 우리를 맞아들였다. "안녕하세요, 크로스비 씨. 저 현관문을 열지 않은 지가 아주 오래되어서요. 어쨌든 이 문이 시계랑 더 가깝기도 합니다."

헤일 부인은 우리를 이끌고 집의 중심부로 들어가, 우아하고 어둑한 방들과 긴 복도를 지나, 카펫이 깔리지 않은 널찍한 나무 계단으로 안내했다. 시계는 계단을 반쯤 올라가면 나오는 층계참에 서 있었다. 2미터가 훨씬 넘는 높이에 장식이 전혀 없는 시계였다. 덮개는 단순하고 구성이 아름다운 나무상자에 납선 기

이는 경우가 많다.

법을 사용한 유리가 끼워진 형태였다. 문자반은 상아색 판 둘레에 날렵한 아라비아숫자들이 그려진 모양이었고, 그 외에는 조명도 장식도 아무것도 없었다. 케이스는 좁고 평범했으며 잘 건조된 목재는 세월이 지나며 짙게 익어 있었다.

할아버지가 속삭였다. "아니, 이럴 수가!" 헤일 부인이 한쪽 눈썹을 치켜올리며 할아버지를 잠시 쳐다보더니 다시 무심한 태도로 돌아갔다.

"이게 무지막지하게 대단한 시계라는 건 물론 아시겠지요?" 할아버지가 말했다. "사이먼 윌라드. 이 시계 속 기계장치가 내가 생각한 바로 그거라면, 이건 그 사람이 만든 동일 제품들 중 단 하나 남은 겁니다."

"윌라드 씨가 제 할아버님을 위해 만든 겁니다." 헤일 부인이 말했다. 부인이 말하는 '할아버님'은 부인의 증조, 고조, 현조 등을 다 거슬러올라가는 조상을 뜻하는 말이었다. "옛날에 쓰던 부엌 중 한 곳의 벽난로에는 태엽으로 꼬챙이를 돌려 고기를 굽는 장치도 있어요. 리비어 씨와 동업을 할 때 윌라드 씨가 만들어준 거랍니다."

나는 그 집에 매료되었다. 나는 경외와 동경이 섞인 감정을 느꼈고, 또 그 경외와 동경이 창피하기도 했다. 이곳에 얼마나 많은 부엌이 있을지, 이 거대한 집 안에 러시아 인형처럼 여러 개의 작은 집들이 차곡차곡 포개어 있는 건 아닌지, 안으로 들어갈수록 집은 조금씩 작아지고 원시적이 되어, 가장 안쪽에 이르면 움막이 하나 나오는 건 아닌지 궁금했다. 그리고 움막의 흙바닥 한가운데에는 까맣게 탄 구덩이가 있고 그 안에 재가 담겨 있는데, 언뜻 보기엔 죽은 불 같아도, 누군가 바닥에 무릎을 꿇고 얼굴을 내밀어 비밀을 속삭일 수 있을 정도로 가까이 다가가 살짝 숨을 불어넣으면, 에논의 가장 고귀한 덕과 가장 내밀한 타락의 한가운데에서 수정 같고 핵 같은 주황색 잉걸불이 일어나는 것은 아닐까 생각했다.

"그리고 물론 오러리orrery도 있지요." 헤일 부인이 말했다. "윌라드 씨가 제 할아버님을 위해서 만들어주셨죠. 1799년 크리스마스에요. 눈이 아주 많이 왔던 해예요." 부인은 자기 가문의 여러 세대와 그들의 지인들이 모두 지금도 살아 있는 사람들처럼 이야기했고, 그들이 했던 일들도 마치 최근의 일인 것처럼, 혹은 최근은 아니더라도 직접 겪었던 옛일인 것처럼 이야기했다. "그건 제 할아버님 서재에 있어요. 윌라드 씨의 형제들 중 한 명은, 아마도 에런인 것 같은데요, 오러리를 여러 개 만들었지만, 사이먼은 제 할아버님을 위해 우애의 표시로 딱 하나만 만들었답니다." 헤일 부인은 갑자기 너무 많은 정보를 늘어놓으며 과시한 잘못을 저질렀다는 생각이 든 듯 말을 멈췄다. 부인은 분명

외로울 거라는 생각이 들었다. 나는 헤일 부인을 보다가 할아버지를 쳐다보았다.

"뭐가 문제지, 대장?" 할아버지가 물었다.

"그게 뭔지 몰라서요." 내가 말했다.

"오러리는 기계장치로 만든 태양계의 모형이에요." 헤일 부인이 말했다. 누군가를 가르칠 기회가 있어서 기쁜 것 같았다.

"와. 멋질 것 같은데요." 나는 어떤 반응을 보여야 할지 몰라서 그렇게 말하고 미소를 지었다.

"맞아요, 정말 멋지지요. 시계는 어떤 것 같나요, 크로스비 씨?"

할아버지가 말했다. "글쎄요, 좀 살펴보고 뭐가 뭔지 알아야겠죠. 저 바로 앞에 사다리를 놓아라." 나는 사다리를 펼쳐 시계 앞에 세웠다. 할아버지가 사다리에 올랐고 둘이 함께 덮개를 떼어낸 다음 내가 그것을 계단 아래쪽 바닥에 내려놓았다. 할아버지는 시계 장치를 살펴보고는 다시 휘파람을 불었다. 할아버지가 말했다. "바로 이거야, 얘야. 와, 바로 이거라고."

"저는 두 신사분이 일하실 수 있게 이만 물러갈게요." 헤일 부인이 말했다. 나는 미소를 지으며 고개를 끄덕였고 부인은 집 깊숙한 곳으로 사라졌다.

"케이스를 열고 추를 빼내." 할아버지가 말했다. 할아버지는 덮개를 떼어내기 전에 전면의 선반처럼 생긴 부분에서 미리 꺼내놓은 구식 열쇠를 내게 내밀었다. 나는 그 열쇠를 열쇠 구멍에 넣고 문을 열었다. 오래된 공기가 시계에서 흘러나왔다. 상자 모양의 케이스에 담긴 채 아무도 정확히 알 수 없는 오랜 세월 동안 갇혀 있던 건조한 공기가 현대의 대기로 쏟아져내려, 처음 잠깐은 확연히 다른, 거의 식민지 시대의 느낌을 주다가 이내 주변에 섞여들었다. 나는 그 공기가 얼마나 오래된 것일까, 그 안에 사이먼 윌라드의 입김이 조금이라도 담겨 있었을까 궁금했다. 나는 납으로 된 추를 들어올려 그것이 걸려 있던 도르래 바퀴에서 벗겨냈다. 시계의 무거운 심장을 꺼내는 듯한 느낌이었다. 나는 추를 계단 아래쪽 양탄자 위에 내려놓았다. 추는 중력이 우리의 두 배는 되는 다른 거대한 행성에서 온 물체처럼 쿵, 소리를 내며 양탄자 위로 내려앉았다. 납으로 된 무거운 심장이로군. 나는 생각했다. 그것도 역시 집의 중심부에서 타고 있는 잉걸불과 관련이 있어.

"손전등을 비춰봐." 할아버지가 말했다. "바로 거기에 비춰. 요 까다로운 녀석, 이누메 자슥 속을 한번 들여다보자." 내가 사다리 발치에 서서 손전등을 머리 위로 들고, 태엽 장치와 그 아래 매달린 사슬들을 비추는 동안, 할아버지는 여기저기를 만지작거리고 당기고 찔러보면서 혼자 중얼거리고 콧노래를 흥얼거렸다. 나는 가구와 그림과 양탄자, 촛대 등을 둘러보았다. 출입구들을 통해 다른 방들의 안도 들여다보려고 애를 써봤다.

"어이, 거 불 누가 껐어?" 할아버지가 농담할 때 쓰는 프랑스계 캐나다 사람의 억양으로 말했다. 헤일 부인의 집을 바라보다 보니 손전등 불빛이 시계에서 벗어나 있었다. 나는 손전등 불빛을 다시 칙칙하고 먼지 쌓인 기계장치로 향하고는, 그것이 특히 단순한 구조로 되어 있다는 사실을 처음으로 깨달았다.

"전 이 곰 같은 엉덩이를 치워버릴 테니, 누가 불을 껐는지 할아버지가 맞혀보세요!" 나는 그렇게 말하고 다시 손전등으로 시계를 비췄다.

"이제 그걸 가만히 잡고 있어라, 얘야. 바로 거기. 도대체 어디가 맛이 갔는지……" 할아버지의 목소리가 잦아들었다. 할아버지는 길고 가느다란 일자 드라이버를 태엽 장치에 끼운 뒤 한쪽 팔을 시계 케이스 안쪽 아래에 찔러넣어 추가 달려 있던 사슬을 잡아당겼다. 태엽 장치가 잠깐 딸깍거리더니 사슬이 걸렸다.

"우우, 요 까다로운 후레자식." 할아버지가 말했다. 시계를 수리할 때 할아버지는 시계가 절친한 친구인 것처럼, 자신과 맞붙은 적수이자 자신이 건강을 지켜주기로 맹세한 환자인 것처럼 말을 걸었다. 나는 다시 다른 데에 정신을 팔았다. 우리가 시계 쪽으로 오려고 지난 복도의 맨 끝에서 내 눈엔 보이지 않는 창문 하나가 바닥에 평직으로 짠 천조각 같은 사다리꼴의 빛을 드리웠다.

"자, 이제 잠깐, 이 달콤하고 소중한 한순간만 기다리면……"

"알아냈어요, 할아버지?"

"오, 주여. 레비티쿠스여……"

"됐어요?"

"율리우스여, 아우구스투스여……" 할아버지가 드라이버의 자루를 지렛대로 이용해 태엽 장치의 어떤 부분을 조금 구부러뜨리고 추의 사슬을 잡아당겼지만 사슬은 움직이지 않았다. 그래서 그 부분을 조금 더 구부러뜨리고 다시 잡아당기니, 사슬은 움직이기 시작했고 계속 돌아갔다. 할아버지는 드라이버를 뒷주머니에 찔러넣고 선원이 돛을 올리듯 양손으로 사슬을 잡아당겼다.

"하, 하!" 할아버지가 크게 소리쳤다. 마침 때맞춰 헤일 부인이 다시 나타났다.

"성공하셨어요, 크로스비 씨?" 부인이 물었다.

"확실히 말씀드리기는 힘들어요." 할아버지가 말했다. "하지만 아주 쌈빡하게 된 것 같습니다." 할아버지는 접은 휴지로 이마를 두드렸다. "저 시계 정말 보통 물건이 아닙니다. 저걸 분해해야 했다면 마음이 아주 안 좋았을 것 같습니다." 사실, 할아버지는 그 시계의 태엽 장치를 떼서 집으로 가져갈 수 있었다면 더없이 좋아했을 것이다. 그래서 그것을 키 큰 시계를 고칠 때 쓰는

180센티미터 길이의 나무틀 중 하나에 끼워놓고, 그런 진귀한—사실은, 유일무이한—작품을 한 달 또는 여섯 주 동안이나마 집에 두고 있다는 사실 자체만으로도 완전한 기쁨을 느꼈을 것이다. 하지만 할아버지는 그것이 하찮게 취급할 물건이 아니며, 건드리지 않을수록 좋다는 것을 알고 있었다. "지금은 이렇게 해놓고 한번 두고봅시다. 시계가 멈추면 제게 전화만 하세요. 우리가 다시 와서 보지요."

나는 장비들을 왕진 가방에 도로 담고 사다리를 접은 후, 시계에 추를 다시 매달고 열쇠를 덮개의 선반 부분에 되돌려놓았다.

"이 시계와 고기 굽는 장치와 오러리가 있으니, 부인도 아시겠지만 이곳은 여느 박물관이나 다름없네요." 할아버지가 헤일 부인에게 말했다.

"원하시면 오러리를 보여드리죠." 헤일 부인이 말했다. 부인과 할아버지가 나를 쳐다봤다.

"어, 저야 좋죠." 내가 말했다.

오러리는 헤일 부인의 선조가 아마도 여덟 세대에 걸쳐 서재로 사용했을 방의 한가운데에 있는 참나무 전시대에 놓여 있었다. 수직 기둥들 사이에 위아래로 연결된 원형 놋쇠 눈금판 두 개를 놋쇠 다리 네 개가 받치고 있었다. 기둥들 안쪽 공간에는 같은 축으로 도는 막대들이 서로 겹쳐 맞물린 기어들과 연결되어 있었고, 놋쇠로 된 긴 수동식 크랭크에는 나무 손잡이가 달려 있었다. 위쪽 눈금판 한가운데 위에 고정된 주전자만한 놋쇠 구체는 태양을 상징했다. 매우 잘 닦여 거울처럼 맑은 표면은 방안의 빛을 되비춰 마치 자체적으로 빛을 내는 것처럼 보였을 뿐만 아니라 깊이감까지 있어서, 그 물고기 눈 같은 심연으로 뛰어들면 놋쇠로 된 또다른 방에 들어갈 수 있을 듯한 느낌이 들었다. 여러 행성과 거기 딸린 위성들은 비율에 맞는 크기의 상아 공으로 만들어져, 놋쇠 팔의 끝에 각각 고정되었다. 할아버지와 나는 침묵 속에서 그 놀라운 기계를 보며 서 있었다.

헤일 부인이 말했다. "크로스비 군, 핸들을 한두 번 돌려봐도 돼요, 원한다면." 나는 할아버지 쪽을 보았다.

"너 말씀하시는 거다." 할아버지가 말했다. 나는 앞으로 다가가 핸들을 쥐었다.

"시계 방향으로요." 헤일 부인이 말했다. 크랭크를 돌렸더니 기분좋은 저항이 느껴졌고, 어느 정도 힘을 줘야 적당한지 알게 되니 바퀴와 기어들이 돌기 시작했다. 기계는 거의 소음이 없었다. 기계의 정밀도가 어찌나 뛰어난지, 행성들은 각자의 축에서 기울어져 자전했고 각각의 위성들이 그 주위를 돌았으며, 축에서 밖으로 뻗어나온 팔들은 모두 눈금판의 지름 주위를 회전했는데, 그 미세하고 낮은 진동음이 얼마나 잘 어울렸는지 그것이 실제 우주의 울림과 이루는 화음이 들리는 것 같았다. 세번째 원반 위에서는 지구와 달이 돌았고, 원반 표면에는 사계절과 낮과 밤, 주기적으로 변하는 달의 상이 아로새겨져 있었다. 놋쇠로 된 팔과 원반과 구 들이 도는 동안 나는 놋쇠 태양에 비친 내 모습을 보며 생각했다. 이것도 이 집을 이루는 일부야. 구덩이의 잉걸불, 시계의 납 심장, 그리고 철사와 기어와 상아로 만든 위성이 광환처럼 둘러싸고 있는 놋쇠 태양도.

"하버드라든가 그런 비슷한 곳에서 언젠간 이걸 갖고 싶어할 거예요." 헤일 부인이 한숨을 쉬었다. 부인은 무언가 다른 말을 하려는 것 같았으나 그만두었다. "시계 수리 비용은 얼만가요?"

긴 산책을 하며 그 집을 지날 때마다 나는 그 오래된 시계와 오러리와 멋진 방들을 상상했다. 케이트가 옆에 있거나 혼자 있을 때, 나의 상상은 그 집의 여러 곳을 샅샅이 훑었다. 납선으로 장식한 여닫이 창문들이 활짝 열려 있어 햇살이 가득한 응접실들과 바깥 보리수의 흐드러진 이파리 사이로 비비꼬아 들어오는 빛의 덩굴을 빨아들여 연한 여름 색조로 물든 유리창들을 떠올렸다. 호두나무 목재로 꾸며진 서재들에서는 가을 들어 처음 피운 난롯불이 실제 서리의 한기보다는 서리에 대한 생각을 몰아내어 책에 대해 좀더 즐겁고 편안하게 마음을 쓸 수 있는 분위기를 만들어주고 있을 거라고 상상했다. 집 한가운데, 가장 깊숙이 위치한 겨울용 거실에는 뜨겁게 타오르는 조그만 난롯불 앞에 깊은 안락의자들이 놓여 있고, 나무 벽 틈으로는 들썩이는 겨울바람과 쌓이는 눈이 먼 곳의 소식처럼 스며들어와 안락한 삶의 행운을 절감하게 해줄 거라고 생각했다. 장식 없이 깨끗하고 춥고 천장이 높으며 햇빛이 가득한 하얀 방들에서는 넓은 창을 통해 크로커스 꽃밭과 비를 맞으며 초록이 더해가는 뒷마당의 잔디가 훤히 내다보일 것이 틀림없었다. 또한, 기름을 먹여 광택을 낸 인상적이고 거대한 오러리는 우리의 흐릿한 작은 별 주위를 도는 흐릿한 작은 천체들의 교향악적 회전을 당장이라도 재연할 수 있으리라고 상상했다.

그것이 헤일 부인의 집이 가진 특별한 점이었다. 그 집은 내 상상과 꿈속에서 너무도 다양한 연상으로 떠올라, 그 본질은 내가 그것을 생각할 때마다 거의 매번 달라졌다. 그 집의 본성과 건축물 자체가 바로 그런 변덕에 맞춰가도록 만들어진 것 같았다. 마치, 그 건물 자체의 의지에 따라, 예컨대 집 한가운데에 있는 보석 같은 주황색 잉걸불에 대한 생각이 놋쇠와 상아로 된 오러리로 탈바꿈하고, 그것이 다시 다음 꿈으로 전환하는 것 같았고, 그 모든 것들은 어떻게든 내 고향 마을의 심장부와 관련이 있다는 느낌이 들었다.

헤일 부인의 집은 케이트에게 꾸려주고 싶은 삶에 대한 내 마음속 가장 깊은 욕망을, 그리고 그런 물질적 풍요를 원하는 마음에 대한 가장 깊은 혐오를 이끌어냈다. 때로 운하를 따라 오후 산책을 마친 후 덥고 땀에 젖은 채 갈증을 느끼며 집으로 돌아가는 저녁에, 케이트와 나는 땅이 갈라지고 잡초가 난 헤일 부인의 테니스장을 건너가 저택이 내려다보이는 경사진 풀밭에 앉아 있기도 했다. 오른쪽에 있는 다른 비탈 꼭대기에서는 어두워지는 전나무 숲이 어렴풋이 나타났고, 왼쪽에 있는 또다른 비탈 뒤편으로는 반쯤은 가려진 집이 땅거미 지는 하늘을 배경으로 아름답게 서 있었다. 집은 흐릿했지만 견실하고 거대했으며, 너무 하얗다보니 어둠 속에서 파랗게 빛났다. 불 켜진 창문 한두 개가 바닥과 벽의 나무 색깔, 페르시아산 카펫의 색깔, 그리고 방을 비추는 유리 램프의 색깔로 빛나고 있었다. 케이트와 둘이서 나란히 앉아 몸을 뒤로 비스듬히 기울이고 있으면, 그림자가 우리 머리 위로 지붕처럼 드리웠고 구름은 서쪽 하늘에서부터 넓게 퍼져나갔다. 케이트는 풀의 줄기를 모아 땋았고, 나는 하늘을 지켜보다가 컴컴한 전나무 뒤에서 둥글게 솟아오르는 초승달과 저녁별을 손으로 가리켰다. 박쥐들은 벌레들을 쫓아 파닥거리기 시작했다. 우리는 낮시간의 열기가 조금 남아 있어 미적지근하고 금속성의 맛이 느껴지는 물통에 남은 마지막 물을 각각 한 모금씩 마셨고, 밤하늘의 드넓은 정자 밑에서 땀을 식히며 잠깐 쉰 다음 집으로 향했다. 그리고 나는 딸에게 그 집 안쪽 깊은 곳에 있는 비밀 시계와 비밀 태양계에 대해 얘기했다. 우아하고 거의 충격적이기까지 한 태양계는 그 정교함이 거의 부적절하게 느껴질 정도이며, 장식용에 가깝다는 얘기(헤일 부인이 나와 내 할아버지에게 '장식용'이라고 말하는 목소리가 내 귀에 거의 들리는 듯했다). 그리고 우아하고 단순하고 오래가는 그 비밀 시계 역시 거의 장식용과 다름없지만, 그것이 모든 사람들로부터 숨겨진 비밀이라는 점 때문에 어쩌면 장식용만도 못하다는 얘기. 하지만 그것이 보존될 수 있었던 이유 또한 모든 사람들로부터 숨겨져 있기 때문이며(완전한 비밀은 아니지, 라고 나는 생각했다. 왜냐면 나는 아니까, 그리고 내 할아버지도 알았으니까. 그리고 지금은 케이트도 아니까. 물론 케이트가 집 안쪽, 사원의 성소로 들어가 방주를, 나무 케이스에 걸려 있는 그 단순한 기계장치와 거기 끼워진 단순하고 선명한 문자반, 그리고 그 위에 그려진 단순하고 선명하며 장식이 없는 검은 아라비아숫자들을 실제로 본 적은 없지만, 알고는 있으니까), 또한 하버드 같은 곳에 기증되지 않았기 때문이기도 하다는 얘기였다. 그런 곳에서라면 잔뜩 쌓아놓은 잡다한 장식품들 사이에서 또하나의 이름 없는 나무판자쯤으로 전락했을 것이고, 교수진과 위원회들이 회의를 하여 더 많은 회의와 위원회와 교수진에 대해 결정하는 방, 화가 날 정도로 배타적이면서도 고귀하며, 앞으로도 늘 그러한 그 방의 한구석에 처박혔을 것이다. 그렇게, 헤일 부인의 집과 시계와 오리리가 내 안에 발휘하는 그 벗어날 수 없는 매력은 말도 안 되는 것이었지만 여전히 강렬했고, 때로는 심지어 흐느껴 울고 싶은 마음이 들 정도였다. 내 딸을 우리의 조그만 집으로 데려가는 것이 수치스러웠다. 그즈음엔 그 어느 때보다 더 우중충하고 정리가 안 되어 있던 집, 탁자 위에는 신문과 고지서와 신발과 빨래가 쌓여 있고 조리대 위에는 빵가루가 널려 있는데다 싸구려 중고 가구들로 가득해, 사람이 사는 집이라기보다는 작은 동물들의 굴처럼 느껴지던 집, 여름에는 시원하기는커녕 무덥고 답답하며 겨울에는 따뜻하기는커녕 차디차고 외풍이 심한 그 집에 딸을 데려간다는 것이 창피했다. 가끔씩 그런 생각이 드는 밤이면 나는 헤일 부인의 집에 대한 생각에 사로잡혀, 깬 채로 침대에 누워 있었다. 그 집은 마을의 정확한 중심같이 느껴지는 곳에 서 있었다. 에논의 정수 그 자체가 아닐까싶은 곳, 하지만 그보다는 에논에 대한 비유, 특유의 어법, 혹은 베일처럼 느껴지는 그곳에서 그 집은 번영과 자비, 단조로움과 사소함, 사악함과 타락을 드러내며 서 있었고, 길 건너 나의 조그만 오두막에는 이방인이자 토박이인 내가, 잠 못 이루고 마음을 빼앗긴 내가 있었다.

3

나는 일요일 아침이면 케이트나 수전보다 먼저 일어났다. 커피 주전자를 올려놓은 후 진입로 끝자락까지 가 일요일 신문을 가져오면서, 매번 왜 배달부는 이걸 좀더 안쪽으로 던져놓지 못하는지 생각했다. 날씨가 따뜻할 때는 우유를 탄 진한 커피를 가지고 측면 데크로 나가 양산 밑 탁자에 앉았다. 의자는 철물점 할인 코너에서 산, 겹쳐 쌓을 수 있는 싸구려 초록색 플라스틱 의자였다. 담배를 한 대 피우면서 신문을 넘겨가며 제일 먼저 스포츠 면을, 그다음에는 책 소개, 그다음에는 부동산 매물을 들여다보았다.

케이트는 보통 삼십 분 후에, 머리는 엉키고 눈은 약간 부은 채 졸린 듯 반쯤 미소를 지으며 내려왔다. 대개 운동복 반바지와 칠부 소매로 된 야구 티셔츠 차림이었다. 아이는 내 건너편 의자에 털썩 주저앉아 몸을 옆으로 틀고는 한쪽 팔걸이 너머로 다리를 달랑거리면서 다른 쪽 팔걸이에 등을 기댔다.

"안녕, 아빠?"

"안녕, 꼬맹이? 잘 잤어?" 아이는 다리를 수영 발차기 하듯 놀리며 하품을 했다. 나는 그 형편없는 의자가 얼마나 넘어지기 쉬운지 경고를 하려다 그만두었다. 아이도 알고 있었고 나도 골백번은 말했으며, 어쨌든 아이가 한 번도 의자와 나뒹군 적은 없었으니까.

"잘 잤어." 아이가 말했다. 딸은 허리를 뒤로 젖히고 머리 뒤에서 팔을 쭉 뻗으며 다시 하품을 했다. 나는 그 의자에 앉아 정말로 편하다고 느낀 적이 한 번도 없는데 케이트는 어떻게 그리도 편안해 보이는지 궁금했다. 나는 아이의 편안함이 의자 때문이 아니라 어리고 유연하고 강하기 때문이라는 것을 깨달았다. 나는 생각했다. 세상에, 정말이지 아름다운 아이야.

"나도 한 모금 마셔도 돼?" 케이트가 물었다. 아이는 똑바로 앉아 내 커피에 손을 뻗었다. 나는 케이트가 커피를 마시는 건 싫었지만 커피를 마시고 싶어한다는 건 싫지 않았다. 그것은 아이가 성년기로 가는 문을 조금 밀어보는, 기분좋고 안전한 종류의 한 방법 같았다. 그것은 우리 부녀의 작은 의식이었다.

"진흙맛이야." 내가 말했다. "흙이 섞인 느낌."

"알아, 알아. 이게 아빠의 로켓 연료잖아." 머그컵을 가져가 안을 들여다보던 아이가 위에 떠 있는 커피 찌꺼기를 보고 콧잔등을 찌푸리더니 한 모금을 마셨다.

"뿌엑." 아이는 잔을 다시 내게 건넸다.

"말했잖아."

"말했잖아." 케이트가 내 말을 따라했다. "마당 장터 없어?"

"네가 한번 봐." 나는 말했다. 그리고 광고면을 찾아 신문을 아이에게 던졌다. 그것도 하나의 의식이었다. 아이는 내게 마당 장터에 대해 묻고, 나는 아이에게 우리가 갈 만한 곳이 있나 찾아보라고 시키는 일. 나는 일부러 아이가 깨기 전에 먼저 찾아보지 않았다. 케이트는 신문을 펼쳐 탁자 위에 내려놓고, 신문 가까이 고개를 숙인 후 검지로 목록을 짚어나갔다. 아이가 근시는 아닌가 하는 생각이 들었다.

"쓰레기, 고물, 쓰레기, 쓰레기." 목록을 아래로 하나씩 검토하며 아이가 말했다. "어, 자산 정리 장터야. 애시 스트리트 옆이래."

"그건 좋을 것 같은데."

"아빠 책이나 음반들을 찾을 수도 있겠다."

"그리고 넌 헥터의 동생이나 사촌을 찾게 될 수도 있겠지." 내가 말했다. 케이트는 마당 장터나 자산 정리 장터에 가서 신기한 물건을 찾아보는 걸 좋아했다. 아이가 지금까지 발견한 가장 신기한 물건은 안에 죽은 쥐가 보존되어 있는 투명한 호박색 볼링공이었다. 공의 손가락 구멍 바로 위에 '헥터'라는 이름이 새겨져 있었다. 케이트는 흥정 끝에 그 공을 이 달러를 주고 샀다.

"세상에, 불쌍한 헥터!" 케이트가 말했다. 케이트가 마당 장터에서 그 볼링공을 산 후 내게 처음 보여주었을 때 내가 했던 그 말은 우리가 그 공에 대해 언급할 때마다 내뱉는 후렴구가 되었다.

"그래, 그럼 애시 스트리트로?"

"애시 스트리트." 케이트가 말했다.

"좋아. 아빠는 운동화 신고 올게. 넌 물병 하나만 채워 올래?"

"예, 예, 알겠습니다요. 그런데 엄마는?"

"늦잠 좀 자게 해주자."

케이트가 죽기 전에 나는 에논의 역사에 대해 공부하기를 좋아했다. 옛날 마을 회의록의 등사판 인쇄물이나 마을의 역사를 다룬 책 등을 읽었다. 마을 역사에 대해 간행된 책은 네 권이 있었는데, 가장 이른 것은 1823년에 마을 설립 이백 주년을 기념하여 쓴 것이었고 가장 최근 책은 1973년에 마을 설립 삼백오십 주년을 기념해 발행한 것이었다. 오랜 세월에 걸쳐 마을의 역사가 세 명이 각기 다른 시대의 에논 지도를 제작했는데, 거기에는 개인 주택들이 조그맣게 그려져 있고 이제는 사라진 차도와 오솔길이 점선으로 표시되어 있으며, 비탈길과 갈라진 틈과 초원과 서쪽 습지에 풀과 함께 삐죽 솟은 조그만 땅 모두에 붙은 '자작나무 평원', '밀림', '비둘기 초원', '독미나리', '포도알', '칠면조 섬' 등 지금은 쓰지 않는 이름이 적혀 있다. 언덕은 식민지 시대에 원래 주인이었던 사람들의 이름을 딴 것도 있었고, 꼭대기가 풀 없는 화강암 바위로 되어 있다는 이유로 지은 이름도 있었다. 예컨대 체리 언덕, 큐의 언덕, 몰턴 언덕이 있는가 하면, 대머리 언덕, 민머리 언덕, 돌 정수리 언덕 등도 있었다. 나는 그 언덕들이 땅속에 선 채로 잠든 거인들의 머리가 밖으로 드러난 것이라고 상상했다. 그 거인들은 식민지보다, 인디언보다, 빙하가 깎아놓은 구혈이나 빙퇴구보다 오래전부터 존재했으며, 잠들어 있던 억겁의 시간 동안 주위에 땅이 솟아오르면서 거인들을 묻어버린 거라고, 그래서 그들이 언젠가 몸을 뒤척이며 바위로 된 두개골의 정수리를 긁으면 온 마을이 뒤집혀버릴지도 모른다고 상상했다. 나는 또한 정부 지질조사국에서 발간한 마을의 측량도를 구입해, 퍼즐처럼 맞물리도록 맞춰 뒷방 벽에 압정으로 붙여놓았다. 케이트와 나는 가끔 산책 나가기 전에 그 지도들 앞에 서서 계획을 세우며, 때로는 돋보기로 지도를 살펴보거나, 할아버지가 공방에서 쓰던 낡은 금속 자로 거리를 대충 계산해보거나, 할아버지의 컴퍼스를 가지고 우리집 또는 목적지 주변에 무작위로 반경을 그려보기도 했다. 나는 할아버지의 제도용구 십여 개를 지도 옆 벽에 못을 박아 걸어두었다. 케이트와 나는 겨우 컴퍼스와 자만 가지고 놀았지만, 그 외에도 계산자와 측미계, 각도기, 분도기를 비롯해 쓰임새를 알 수 없는 다른 도구들도 서너 개 더 있었다. (나는 할아버지가 돌아가신 뒤로 상자에 보관해두던 낡은 시계 장치들을 할아버지의 도구를 이용해 분해하고 조립하여 일종의 조각 또는 기계를 만들어보고 싶었으나, 결국 아무런 결과물도 나오지 않았다.)

나는 여름을 사랑했다. 거실의 활짝 열린 창문으로 햇빛이 집안 구석구석을 비추고, 수전이 창밖 꽃밭에 심어놓은 꽃의 향기가 산들바람과 함께 집 내부로 흘러들어올 때 소파에 누워 있는 주말은 더할 나위 없이 완벽했다. 집안 곳곳에 쌓여 있는 책더미에서 꺼낸 책을 읽거나(책더미를 보면 수전은 화가 난다는 듯, 하지만 애정 어린 목소리로, "아아, 책이 또 있네! 사방에 책이 쌓여 있어!" 하고 욕실이나 침실에서 소리를 질렀다), 1723년에 에논 역사 백 주년 기념으로 발간한 소책자의 재판본 등을 몇 쪽씩 읽기도 했고, 두 번 접힌 측량도의 한 면을 돋보기로 들여다보기도 했다. 그러다가 내 마음은 바로 전에 읽은 지역 역사나 열역학 이론, 스코틀랜드의 황야 지대에 대한 묘사 등 재미있는 생각거리의 단편이 불러일으키는 상승기류를 타고 떠돌았다. 감각이 반수면 상태로 서로 뒤섞인 채, 마을의 갈색 언덕과 청록색 습지, 굽이도는 파란색 하천과 강의 격자무늬, 연푸른 이끼색 초원 등 에논의 지세를 점자를 읽듯 손가락으로 짚다가 졸기도 했다. 그러다가 수전이 위층에 있는 케이트에게 빨래 바구니에 있는 흰 빨래를 모두 가져오라고 말하는 소리, 케이트가 "오늘 저녁은 뭐야?" 하고 물으면 수전이 "아빠가 고기 구울 거야. 옥수수도 구워달라고 할 거니?"라고 대답하는 소리를 들었다.

에논에서 마주치는 상당한 크기의 바위는, 여기에서 상당한 크기라 함은 밟거나 타고 올랐을 때 굴러가지 않을 정도로 큰 바위인데, 그런 바위는 과거 삼백오십 년 동안의 어느 순간에 그 앞이나 위나 뒤가 설교를 하는 장소로 쓰인 적이 있다. 온 지역에 그런 바위들이 흩어져 있다. 그중 몇 개에는 예전에 유명했던 지역의 행사들을 기념하는 청동 명패가 붙어 있는데, 그 내용은 어떤 목사가, 대개의 경우 순회 설교자이거나 신앙 부흥 운동에 몸담고 있는 사람이었는데, 그곳에서 마을 농부들과 상인들에게 하느님의 말씀을 설교해 사람들을 열광의 도가니로 몰고 갔다는 식이다. 물론, 옛날이야기들을 그대로 믿었을 때의 얘기다. 로울리에는 '설교단 바위'가, 입스위치에는 '휫필드 바위'가 있다. 에논에는 '피터스의 설교단' 바위가 있는데 그곳은 1642년에 휴 피터스가 마을 최초의 설교를 한 곳으로서, 추정컨대 요한복음 3장 23절*과 인접 구절들에 대한 설교였으리라. 나중에 영국으로 돌아간 피터스는 크롬웰에게 사제 임명을 받았으며, 찰스 2세가 복위한 뒤 타워힐에서 참수형을 당했다. 피터스는 그를 기념하고 있는 바위 옆에서 설교를 하지는 않았다. 그 바위가 있는 장소는 에논 호수의 북동쪽 호숫가에 있는 조그만 초지다. 그 바위로 가는 길이나 그 바위의 존재를 알리는 표지판은 없다. 외지인들은 아무도 그곳을 모르고 마을 사람들은 아무도 그곳에 가지 않는데도 공공사업국의 도니 레빗과 그의 조수들은, 보통 흙더미 주변이나 뜨거운 아스팔트를 가득 채운 손수레 주위에서 줄담배를 피우며 쭈뼛거리는 나이든 남자 두 명인데, 한 주 걸러 한 번씩 그곳의 풀을 벴다. 거기에는 원래 비탈이 넓고 완만하며 등성이가 화강암으로 된 언덕이 있었다. 피터스는 그 언덕 꼭대기에서 마을 사람들에게 설교를 했다. 나는 상상한다. 당황하여 신경이 곤두선 인디언들과 늑대가 출몰하던, 당시에는 황무지였던 땅 한가운데 조그만 빈터에 소규모 청중이 모여 있다. 때는 바람이

* "요한도 살렘 가까운 에논에서 세례를 베푸니 거기 물이 많음이라. 그러므로 사람들이 와서 세례를 받더라."

거센 10월의 어느 토요일 아침이었을 것이다. 언덕 위에 서 있는 피터스의 등뒤로 펼쳐진 지평선을 따라 구름이 모였다가 흐르면 하늘빛도 따라서 어두웠다가 밝아지며, 간간이 나무와 풀과 바위와 신도들 위로 굵은 빗방울을 흩뿌렸을 것이다. 그리고 높은 곳에 선 피터스는, 어쩌면 그런 날씨를 이용해 자신의 설교 내용을 강조하면서, 사악한 인간이 사랑하는 어둠과 그것을 규탄하기 위해 세상에 내려오는 하느님의 빛에 대해, 그리고 그곳에 모인 소수의 영혼들이 어떻게 해야 뱀을 황무지에서 들어올리고 십자가에 못박힌 그리스도를 황무지에서 들어올려 그 그림자를 영광과 빛으로 채울 수 있을지에 대해 연설했을 것이다.

그 언덕은 1839년에 에논 제빙 회사의 얼음 창고를 짓기 위해 평지로 다져졌다. 팔십사 년 후 1923년에는, 에논 역사 초기에 휴 피터스의 교회 활동을 보조했고 피터스가 영국으로 돌아간 후 에논 최초의 교회를 세운 존 피스크의 후손인 레베카 피스크가 마을에 돈을 기부하며, '순교자 휴 피터스가 에논에 하느님의 말씀을 소개한 업적을 기리기 위해, 크고 적당히 보기 좋은 바위를 골라 청동 명패에 기념문을 새겨서 원래 피터스의 설교단 위치에서 최대한 가까운 곳에 갖다놓으라'고 마을 서기관실에 기록된 기존 지침을 이행해달라고 요청했다.

케이트와 나는 가끔씩 자전거를 타고 '피터스의 설교단'을 지나가곤 했다. 내가 어렸을 때는 좋은 자전거를 가져본 적이 없었다. 할아버지 할머니나 어머니 모두 자전거에 대해 잘 몰랐고, 또 대수롭지 않게 생각했다. 마을을 돌아다니고 친구들과 어울리기 위해 좋은 자전거가 얼마나 중요한지 어른들을 납득시키려 했다가 얼마나 속이 탔는지도 기억난다. 일고여덟 살 즈음에 나는 엄마에게 이웃에 사는 더그 드레이퍼라는, 나보다 나이가 좀 많은 아이가 내놓은 중고 자전거를 사달라고 졸랐다. 그 아이는 부모에게서 비포장도로용 오토바이처럼 생긴 새 자전거를 막 받은 참이었다. 아이는 마치 중고차 판매원처럼 자기의 헌 자전거를 홍보했다.

"이런 바나나 모양 안장이 최고야. 여기에 두 사람이 앉을 수도 있고, 뒤에 앉은 사람은 이 등받이에 기대면 돼. 그리고 이렇게 위로 높이 솟은 핸들이 최고야. 이걸 위로 올리고 안장에서 일어나 앞으로 몸을 숙이면서 페달을 밟으면 죽여주게 빨리 달릴 수 있거든. 또 밑으로 내리고 뒤로 기대면 오토바이에 탄 것처럼 여유 있게 돌아다닐 수가 있어. 이건 정말 최고의 자전거야. 내 새 자전거 다음으로."

그 자전거는 갈색이 돌며 반짝이는 주황색이었다. 나는 일주일 동안 엄마를 졸라 더그가 원한 사 달러를 받아냈다. 더그에게 돈을 지불한 나는 자전거에 올라 마을 반대편에 있는 할아버지

할머니의 집을 향해 출발했다. 반도 채 못 가서 보니, 바퀴는 둘 다 공기가 샜고 핸들은 고정시키는 부분이 손상되어 나사가 헐거웠다.

내 두번째 자전거는 안장이 작은 빨간색 삼단 변속 자전거였는데 핸들 기둥에 금속으로 된 로빈 후드 문장이 붙어 있었다. 내 몸집에 비해 너무 작아서 친구들 모두가 계집애 자전거라고 했지만 어쨌든 잘 굴러갔고, 그래서 나는 사 년 동안 그 자전거를 타고 노스쇼어를 돌아다녔다.

그런 경험이 특별히 내게 상처를 남긴 것은 아니었다. 하지만 가족 중 누구도 구멍난 타이어를 때우거나 핸들을 단단히 고정시키거나 안장을 높이는 방법을 모른다는 것, 특히 지하실과 차고에 온갖 연장을 가득 채워두고 있는 할아버지까지 그렇다는 것에 정말 화가 나기는 했다.

케이트가 네 살이었을 때, 나는 아이에게 성장기의 매 단계마다 좋은 새 자전거를 사주고 견고하게 잘 관리해주겠다고 결심했다. 나는 아이를 데리고 옆 마을에 있는 블랙스라는 자전거 가게에 갔다. 블랙스는 동네 상점 구역의 구석인 구둣방과 자물쇠 가게 사이에 있었다. 그곳에서 일하는 남자들 서너 명은 가느다란 회색 줄무늬가 있는 반소매 남방을 입고 안경집과 펜과 영수증을 가슴 주머니에 꽂고 있었다. 진한 초록색 작업복 바지에 캐

주얼한 구두를 신고 입대하는 군인 같은 머리 모양을 하고 있어, 직업학교에서 기계제도를 가르치고 있으면 어울릴 만한 모습이었다. 하지만 그들은 모든 자전거를 직접 설계라도 한 것처럼 잘 파악하고 있었으며, 가게는 가장 단순하고 장식 없이 튼튼하게 만든 브랜드만을 취급했다. 장식용 술이나 만화 주인공 그림도 없었고 플라스틱으로 된 가짜 오토바이 엔진을 본체에 끼워 놓지도 않았다. 처음으로 그곳에 데려갔을 때 아이는 별 관심을 보이지 않더니, 문 안쪽으로 들어가고 나서는 기색이 달라졌다. 가게 안에는 양편으로 길게 두 줄씩, 왼편에는 성인 남자와 남아용, 오른쪽에는 성인 여자와 여아용 자전거가 가장 작은 것부터 가장 큰 것까지 진열되어 있었다. 케이트는 내 손을 놓고 여아용 자전거들이 있는 곳으로 달려가더니 보조바퀴가 달린 밝은 파란색 자전거 앞에서 멈춰 섰다.

"이거 봐, 아빠!" 아이가 말했다. 근무중인 점원이 가게 뒤편에서 수리용 거치대에 고정시킨 자전거를 고치고 있었다.

"어서 오세요." 그가 외쳤다. "무엇을 도와드릴까요?"

"어, 우리 케이트가 탈 만한 자전거를 찾고 있어요." 내가 말했다.

"어, 안녕, 케이트? 그거 좋은 거야." 점원이 말했다. "지금이 딱 적당한 때 같구나." 그는 쓰고 있던 육각 렌치를 도구함에 던져넣고, 뒷주머니에서 손수건을 꺼내 손을 닦았다. "어떤 종류의 자전거를 찾고 있니?"

케이트가 파란색 자전거를 가리켰다. "이거요."

"그거 아주 좋은 거야." 점원이 말했다. "그것도 좋고, 아니면 이쪽에 있는 이 두 자전거도 네게 좋을 것 같은데." 그는 파란색 자전거와 함께 다른 두 대도 통로 쪽으로 꺼냈다. 하나는 노란 해바라기 색이었고 다른 하나는 빨간 매니큐어 색이었으며, 둘 다 보조바퀴가 달려 있었다. 케이트는 노란색과 빨간색 자전거를 거의 쳐다보지도 않았다.

"이거요." 아이가 말했다. 아이가 완강하게 나와서 나는 놀랐다. 처음에는 케이트가 판매원에게 조금 무례하게 굴고 있다고 생각했지만, 사실 그보다는 아이가 자신의 확신을 드러낸 것임을 깨달았다. 그전까지는 본 적이 없는 어떤 치열함이 파란 자전거로 인해 깨어난 것 같았다.

"아저씨도 그게 좋다." 점원이 말했다. "넌 원하는 게 확실하구나. 이제, 네가 좋다면 아저씨가 그 파란 자전거랑 어울리는 안전모를 골라줄게." 그가 말했다.

"그게 좋아, 우리 딸?" 내가 말했다. 케이트는 자전거가 건 조그만 마법에서 풀려나왔다. 아이는 나를 보고 환한 미소를 지으며, 그렇다고, 그게 좋다고 말했다.

"그럼 올라타봐. 우리가 네 키에 맞게 안장 높이를 맞춰줄게." 점원이 말했다. 갑자기 수줍어진 케이트는 얼굴이 발개져서 나를 쳐다봤다.

"괜찮아, 얘야." 내가 말했다. "그냥 올라타." 아이는 핸들을 잡고 다리 하나를 자전거 위로 넘겼다.

"여기." 나는 말했다. "네가 앉을 수 있도록 아빠가 이걸 꽉 잡고 있을게." 나는 핸들 한가운데를 잡았고 케이트는 꼬물거리며 안장 위로 올라앉았다. 아이는 페달에 발을 올리고 몸을 앞으로 숙이고는, 경주라도 하고 있는 듯한 심각한 표정을 지으며 입으로는 거센 바람이 스쳐가는 소리를 흉내냈다.

"이거 정말 멋있겠다." 내가 케이트에게 말했다.

"그래." 아이가 속삭였다. "정말 멋있어. 난 빨리 달릴 거야."

제대로 공기를 채운 타이어와 기름 먹인 체인, 단단히 고정된 핸들이 있어 온전하게 잘 움직이는 자전거는 내 어릴 적엔 항상 있을 수 없는 것으로 느껴졌었다. 그래서 나는 그런 보물을 손에 넣은 조그만 아이가 된 기분을 상상해보았다.

"마을 여기저기를 다 다닐 수 있어." 나는 케이트에게 말했다. "너만 좋다면 매일 저녁 아빠가 퇴근한 뒤. 여기저기를 다."

"그리고 우리 경주도 할 수 있겠다!" 아이가 말했다.

케이트와 나의 첫번째 자전거 나들이에서 내 계획은 거창했으나 우리는 겨우 '피터스의 설교단'까지밖에 가지 못했다. 우리는 도시락을 먹었다. 케이트는 내게 설교가 뭐냐고 물었다. 그래서 나는 바위 뒤에 서서 바위에 주먹을 내리치고 두 팔을 위로 번쩍 들면서 외쳤다. "아, 케이트 자매님! 제 이름이, 어, 잠깐 빌려 목사가 아니지 않다면, 제가 한번, 어, 힘차게 외쳐보겠습니다! 우리가 이렇게, 어, 함께, 어, 저 태양 아래, 그리고, 어, 저 깨끗하고 맑은, 어, 에논 호수의, 어, 물가에 있으니, 어, 얼마나 축복인지 말입니다! 맞아, 얘야. 저 호수 말이야. 즐거운 일이 아주 많이 생기는 곳이야!" 목사를 흉내낸다는 것이 좀 불경하게 느껴지긴 했지만, 함께 있어 축복이라는 말과 호수에 대한 말은 그렇지 않았다.

우리는 자전거를 타고 집에 돌아가려고 했지만, 100미터 정도 가고 나니 케이트가 지쳐서 거의 울기 직전이었다. 수전에게 전화해 데리러 오라고 하고는 옛 울타리에 자전거를 기대놓고 기다리는데, 케이트는 나무 그루터기에 앉아 손가락으로 치커리 줄기를 비비꼬면서 혼자 흥얼거렸다. 수전은 오래지 않아 도착했다. 낯익은 흰색 스테이션왜건이 500미터 정도 앞에서 모퉁이를 도는 모습을 보자 나는 진정으로 구조받는 느낌이 들었다. 난 생각했다. 우리에겐 서로가 있어.

수전은 차를 세운 뒤 차문을 열고 나와, 팔꿈치 하나는 차문에 올리고 다른 하나는 지붕에 올린 채 우리를 보고 웃었다. "우리

두 자전거 선수가 완전히 녹초가 되셨네!"

나는 한쪽 눈을 찡긋하며 케이트 쪽으로 고개를 끄덕였다. "우리 둘 다 아이스크림이 필요한 것 같아, 엄마."

"우리 모두 그런 것 같아." 수전이 말했다. 아내는 돌아나와 케이트를 안고 머리에 입맞춤을 했고, 아이도 엄마를 안았다. 아이의 머리에는 축축한 머리칼이 달라붙어 있었다. "자, 우리 케이트, 자전거를 싣고 '딕 앤드 준스'에 가서 아이스크림 먹자." 아내는 케이트의 자전거를 차로 끌어왔고 나는 그것을 내 것과 함께 뒤쪽에 실었다. 나는 조수석에 올라타 수전의 볼에 입을 맞추고는 말했다. "우리를 구조해주신 은혜에 영원한 감사와 충심을 바칩니다, 마마."

수전이 눈을 굴리며 내 쪽을 보았다. "별말씀을 다 하십니다, 전하. 어서 가서 프라페나 마십시다."

수전은 차를 도로 위로 몰아 유턴을 한 후 아이스크림 가게를 향해 출발했다. 나는 에논 호수를 보면서 호수 바닥 모래에 가라앉아 있을 도자기와 화살촉과 사람들을 생각했다.

"저쪽에 너도밤나무들이 모여 있는 곳 있잖아. 거기가 얼음 창고들이 있었던 곳이야." 내가 수전에게 말했다.

"얼음을 배에 실어 영국으로 보냈다는 건 정말 미친 짓 같아." 아내가 말했다.

"이건 나쁜 짓이야." 내가 뒤에 있는 케이트에게 말했다. "아이스크림으로 저녁을 때우다니. 그런데 무슨 맛 먹을 거야, 딸? 메이플 월넛? 딸기?" 대답이 없었다. 수전이 백미러로 쳐다보더니 내게도 보라며 고갯짓을 했다. 뒤를 돌아보니 케이트는 뒷좌석에서 몸을 동그랗게 말고 머리칼을 얼굴 위로 늘어뜨린 채 잠들어 있었다.

에논 골프장의 여섯번째 홀과 일곱번째 홀 사이의 언덕 측면—공동묘지의 서쪽이었다—을 보면 마을의 유일한 풍차가 있던 토대의 흔적이 아직도 보인다. 풍차는 1661년에 불에 타 무너졌다. 언덕 좀더 아래, 열번째 홀의 퍼팅 그린 근처 길가에는 세라 굿의 아버지가 살던 집이 있었다. 그녀는 1692년에 세일럼에서 마녀 선고를 받고 거리에서 교수형을 당했는데, 하느님께서 자신을 고발한 사람에게 피를 마시게 할 것이라 말한 것으로 유명했다. 묘지에서 본 여자애들도 그걸 알고 있었는지 궁금했다. 내가 마녀재판에 대해 처음 얘기했을 때부터 케이트가 항상 그랬듯이, 그 아이들도 그 사실을 알면 좋아할 것이며 세라 굿과 즉시 동류의식을 느낄 거라고 상상했다. 어쩌면 그것은 십대들이 보통 느끼는 피해 의식보다 더 깊이 흐르는 감정이었을 것이다. 나는 마을 설립 이백 주년 기념으로 1823년에 간행된 오래된 역사책에서 세라 굿에 대해 읽었다. 바넷 우드라는 남자가 쓴 책이었는데, 이미 당시에 저자가 세라 굿을 마을의 먼 역사의 일부로 여겼다는 것이 내게는 놀랍게 느껴졌다. 세라 굿이 그런 운명을 맞이한 후 백삼십일 년이 지나 그가 책을 썼고, 내가 그로부터 백칠십오 년 후에 그 책을 읽었다는 사실을 나는 즐겨 떠올렸다. 세라는 세일럼에서 교수형을 당했다. 하지만 나는 가끔 밤에 마을 중심가를 지날 때, 예전에는 공동 목초지로 쓰이던 풀밭이었으나 지금은 남북전쟁 기념관이 있는 곳에서 세라가 교수대에 매달려 바람에 이리저리 흔들리는 모습을 상상했다. 기념관의 박공 꼭대기에 있는 동상은 벤저민 코넌트라는 사람을 모델로 한 것이다. 그는 전쟁에서 북군에 속해 싸웠으며, 포도밭 농사로 유명했고, 전쟁 전후에 메인 스트리트의 큰 집들 중 한 채의 뒤편에 있는 오두막에서 구두를 수선했다. 그 오두막은 아직도 거기 있으며, 지금은 어느 치과의사가 연장 창고로 쓰고 있다. 벤저민 코넌트의 동상은 그가 아직 살아 있던 1870년에 세워졌으며, 그것은 바넷 우드가 『에논의 역사: 마을 설립 이백 주년을 기념하며』를 간행한 지 사십칠 년 후, 세라 굿이 세일럼에서 교수형을 당한 지 백칠십팔 년 후, 크로스비 가문이 처음으로 에논에 정착한 지 삼십 년 후, 내 딸이 길 위쪽으로 800여 미터 떨어진 땅에 묻히기 백삼십오 년 전의 일이었다. 사실, 바넷 우드와 벤저민 코넌트 역시 그 묘지에 묻혀 있다. 세라 굿이 어디 묻혀 있는지는 잘 모른다. 아마도 세일럼일 것이다. 알아보지는 않았다. 하지만 에논의 숲은 이름 없는 무덤들로 가득하니, 그중 어딘가에 동물들과 주민들의 뼈 사이에 세라 굿이 묻혀 있을 수도 있다. 양과 개, 아버지와 형제, 황소와 말, 어머니와 이모, 돼지와 닭, 아들과 딸, 이름 없는 고양이와 부엉이, 청교도와 인디언, 그리고 이름도 채 짓지 못한 영아들이 흙과 지하수의 흐름에 서로 뼈를 섞으며, 우리들의 집과 골프장 페어웨이의 토대 밑에서 돌아다니고, 갈비뼈와 이빨과 정강이와 손가락 관절들을 맞바꾸고, 야구장 내야 밑과 하천 바닥으로 오가며, 나무뿌리와 바위, 화강암 기반, 점토층에 걸려 찢기고 있는지도 모른다. 확실히, 22제곱킬로미터 넓이의 에논에는 땅 위보다 아래에 더 많은 주민들이 있다. 바로 우리의 발밑, 지표면의 반대편에 있는 또하나의 지하 에논에서는, 산 사람들이 알아보기에는 너무나 느리게 진행되고 있어서 그 목적을 알 수 없는 비밀스러운 일들이 은밀히 일어나고 있다.

나로서는 과거 어느 시점에 존재한 에논에서 마을 역사의 모든 시기에서 온 주민들과 함께 어울려 사는 케이트를 어렵지 않게 상상할 수 있었다. 그곳에 새로 도착하여 묘지와 읍사무소 사이에 있는 메인 스트리트를 따라 걷고 있는 케이트의 모습이 떠올랐다. 어쩌면 전몰장병 추모일 가두행진 경로를 따라가고 있는 것 같기도 했다. 나는 아이가 1.5킬로미터 정도 떨어진 해변에서 온 거라고, 하지만 그애가 죽기 직전 캐리와 함께 했던 것처럼 일광욕을 하다 돌아온 것이 아니라, 또다른 대서양을 건너와 하선한 선착장에서 온 거라고 상상했다.

바람이 케이트의 몸을 말려주긴 했지만 피부에는 소금기가 많고 머리칼과 옷과 비치 타월도 소금에 절어 있다. 피부는 창백하고, 출렁이는 배를 타고 몇 주 동안이나 대양을 건너온 뒤라 다리가 흐느적거리며, 거의 여행 내내 시달렸던 뱃멀미로 아직도 속이 메스껍다. 해안의 모습, 그리고 아이를 데려다준 어둑한 배의 모습은 어렴풋하며, 이쪽 다른 에논의 경계 너머에 있다. 내가 알고 있었던 것은 그 배가 케이트를 무사히 해안에 내려주고 돌아갔다는 사실과, 아이가 마을에 도착할 즈음에는 배가 수평선 밑으로 항해하며 더 많은 순례자들을 데리러 갔다는 사실이다.

메인 스트리트는 비포장 상태이며, '고속도로'라고 불린다. 테리어 종 개 한 마리가 묘지 건너편 농장의 키 큰 옥수수밭에서 종종거리며 걸어나와 도로로 올라선다. 개가 케이트에게 다가가 짖더니 이를 드러내며 웃는다.

케이트는 웅크리고 앉아 개에게 "안녕, 꼬맹이!"라고 말하며 귀 뒤를 긁어준다. 그 조그만 개는 마을 사람들이 쥐를 잡기 위해 길렀을 최초의 테리어들의 자손이다. 케이트는 비치 타월에 말아서 가지고 있던 딱딱하고 노란 옥수수빵의 귀퉁이를 뜯어 개에게 준다. 빵은 케이트가 바다를 건너오는 동안 배급받은 음식에서 마지막 남은 것으로, 분명 오래되어 퀴퀴하고 짭짤할 것이다. 개는 빵에 코를 대고 킁킁거리더니 케이트를 한번 올려다본다. 그리고 하품을 하고는 몸을 털더니, 지붕이 높고, 납선 장식 유리를 끼운 마름모꼴의 조그만 창문들이 있는 나지막한 갈색 집을 향해 종종거리며 가버린다. 집은 길을 따라 난 돌담 뒤에 홀로 서 있다. 집의 정문은 닫혀 있고, 케이트가 다가가 문을 두드려도 아무도 대답하지 않는다. 아이는 집 뒤쪽으로 돌아간다. 거기에는 흙 마당과 화단이 있어, 굿킹헨리와 쇠비름, 야생 셀러리, 감자개발나무, 그리고 검정과 진자주색 꽃이 여기저기 피어 있고 이파리는 박쥐 날개 색깔에 뾰족한 털로 뒤덮인, 정체를 알 수 없는 식물들이 자라고 있다. 모두 케이트가 이름을 모르는 식물들이다. 장작 한 무더기가 뒷벽에 기대어 쌓여 있다. 케이트는 뒤로 돌아 목초지로 쓰이고 있는 것처럼 보이는 언덕 위쪽을 본다. 늦은 오후라 그림자가 길다. 염소 네 마리가 한 줄로 나란히 서서 천천히 언덕 정상을 넘어가고 있는데, 염소들 앞으로는 서로 평행한 사선의 가느다란 그림자가 언덕 아래로 드리워, 마치 염소들이 까맣고 긴 막대기 끝에 매달려 무대 위를 행군하는 꼭두각시 인형들 같다. 언덕을 반쯤 올라간 곳에는 케이트보다 두세 살쯤 많아 보이는 소녀 하나가 그루터기에 앉아 있다. 무릎에 팔꿈치를 괸 채 주먹 쥔 한 손으로는 턱을 받치고 다른 한 손은 손바닥을 위로 해서 내밀었는데, 그 위에 조그맣고 노란 새가 앉아 엉겅퀴 씨앗을 먹고 있다. 케이트는 소녀가 입고 있는 검은 원피스가 구식이지만 아름답다고 생각한다. 또한 소녀는 밑창이 나무로 된 가죽구두를 신고 있다. 케이트는 그 소녀를 알고 있다. 내가 오랫동안 들려준 마을의 모든 역사 이야기, 그 자체로는 지루하지만 내가 그 이야기를 좋아한다는 걸 알기 때문에, 그리고 그 이야기를 자신에게 들려주기를 좋아한다는 것을 알기 때문에 즐겨 들었던 이야기에서 나온 소녀이기 때문이다. 나중에 소녀는 어른이 되어 집도 없이 떠돌고 이웃들의 야박함을 나무라며 세월을 보낸 후, 이 지역 역사에서 악명 높은 인물이 된다. 그럼에도 불구하고, 케이트는 처음 내게서 그 얘기를 들었을 때부터 그 소녀에게 충실한 지지를 보냈으며 이후로도 그 마음은 변하지 않았다. 아이는 소녀가 히스테리와 광기에 시달렸다고 주장하는 이론들이 강인한 어린 소녀들의 정신을 억압하고 왜곡시키는 협잡 같은 것이었다고 확신했다. 소녀는 움직이지 않았지만 케이트는 소녀가 자신을 봤다는 것을, 최소한 자신이 거기 있음을 알고 있다는 것을 안다. 소녀가 움직이거나 손짓을 하지 않는 것 또한 자기가 다가올 것을 이미 알기 때문이라는 사실도 케이트는 안다. 케이트는 마당을 가로질러 목초지로 들어가서는 언덕을 올라가 소녀 앞에 선다. 소녀는 고개를 들고, 늦은 오후의 낮게 뜬 주황색 해를 보자 눈을 찡그린다. 시원하고 거센 바람이 불어오자 꽃과 빳빳하고 긴 풀이 파르르 떤다. 목초지에서는 풀냄새, 파헤친 땅과 희미한 배설물 냄새가 난다.

케이트가 소녀에게 말한다. "언니가 세라구나." 소녀는 손에 있던 조그맣고 노란 새를 입술 쪽으로 올리고 한 음절을 속삭인다. 새는 고개를 끄덕하더니 언덕 너머 지는 해 쪽으로 날아간다.

소녀가 케이트에게 말한다. "그리고 넌 케이트지." 케이트는 문득 이해한다. 자신과 어린 세라 굿이 멈춰진 시간 속에서 함께하고 있음을, 에논의 모든 시대가 한데 뒤섞여 합류하고 서로 스며드는 시간의 흐름 속에서 잠시 옆으로 비켜나온 조그만 소용돌이 또는 틈새에 함께 있음을. 세라는 인내심과 깊은 친숙함을 내보이며 케이트를 응시하는데, 케이트는 겁이 난다. 케이트가 울기 시작하고 세라는 양손을 뻗어 케이트의 손을 잡는다. 케이트는 흐느껴 울고 세라는 케이트의 손을 어루만진다. 하지만 표정에는 변화가 없고 케이트의 손을 어루만지는 손길도 마치 다른 사람을 위로하고 있는 것처럼 건성이어서, 케이트는 세라가 자신이 아니라 다른 사람의 눈을 바라보고 있다고 느끼고, 그래서 케이트는 더더욱 무서워진다. 케이트는 깜짝 놀라 세라가 쥐고 있는 손을 빼려고 한다. 세라는 놔주지 않는다.

케이트가 울며 말한다. "세라, 놔줘."

세라가 말한다. "괜찮단다, 친구야. 다 괜찮아." 하지만 여전히 케이트는 세라 곳이 케이트 바로 너머에 있는, 어쩌면 바로 뒤에 있는, 아니면 바로 옆에 있는, 확실히는 모르겠지만 자신의 인식 바로 밖에 있는 누군가에게 말하고 있다고 느낀다. 그때 세라가 말하고 있는 상대의 모습이 언뜻 보인다. 그것은 결국 케이트 자신이다. 케이트는 거의 익사할 뻔했다가, 또는 숨이 막혀서 기절했다가 다시 의식을 회복할 때와 비슷한 안도감이 밀려옴을 느낀다. 케이트는 숨을 헐떡거린다. 어디선가 되돌아온 자기 자신이 다시 스스로를 채우고 있는 듯한 느낌이 든다. 케이트는 세라를 본다. 이제 확실히 세라는 케이트를 보고 있으며, 사실 아까부터 계속 똑바로 보고 있었다. 다시금 세라는 케이트가 좋아하고 소중히 여기는 오랜 친구이자, 태어나서 자라고, 희생양이 되고, 고발당하고, 유죄를 선고받고, 교수형을 당한 친구가 된다. 케이트 역시 다시 자신으로 되돌아와, 마찬가지로 태어나서 자라고, 사랑받고, 차에 치이고, 그들 아래에 놓인 바로 그 도로에서 삼백 년 동안, 내일, 바로 이 순간, 먼 옛날에 죽임을 당한

•

케이트가 되어 있다. 케이트는 세라 앞에서 무릎을 꿇고 앉아 머리를 친구의 무릎에 올려놓는다.

세라는 케이트의 머리를 쓰다듬다가, 속삭임보다 더 클 것도 없는 소리로 말한다. "때로는, 기억하기가 힘든 거야."

4

열두 살이나 열세 살쯤 되는 아이였을 때, 내가 가장 원했던 것은 늦은 밤, 거의 새벽 가까운 시간에 바깥 어딘가에 나가 있는 것이었다. 가령 숲속에서, 또는 내 친구 피터 로드의 집과 면한 헤일 부인 저택 내 들판의 높은 풀 사이에 웅크리고서, 들판 여기저기에 흩어져 있는 친구들과 함께 서로를 뒤쫓고는 있지만 대부분은 혼자 보내는 그런 시간. 밤에만 드러나는 것들이 있었다. 어떤 것은 공포였다. 예를 들어, 진흙으로 뒤덮인 채 잇몸이 떨어져나간 이빨을 드러낸 개의 시체 같은 것. 하지만 다른 비밀들도 있었다. 그렇게 밤에 목격하고 나서 며칠 후 평일 밤에, 예컨대 학교가 두렵고 숙제라고 하는 체제가 끔찍해 잠들지 못할 때, 침대에 누워 곰곰이 생각해보는 한밤의 과정들 같은 것. 나는 차갑고 축축한 무기물로 끈적거리며 유난히 넓어 보이는 들판에 웅크리고 앉아, 풀과 흙의 향을 들이마시고 언덕 뒤에서 일어난 바람 소리를 들었던 일을 생각해보곤 했다. 언덕을 넘어 소나무들 사이를 휘돌다가 꼭대기에 머물던 바람이 나무줄기를 타고 아래로 내려가 들판을 쓸고 나아가며 긴 풀에 파도를 일으킬 때, 이 모든 것들 위로는 별들과 분홍 달, 꽃 달, 딸기 달, 사슴 달, 사냥꾼 달* 등이 떠 있었고, 달빛을 받은 구름의 외곽선은 밝아졌다가 어두워지며 어찌나 섬세하게 바뀌던지, 며칠이 지난 후 잠들지 못하고 누워 있던 밤에 나는 그 화려함을 결코 제대로 떠올릴 수 없었다.

친구들과 나는 200제곱미터 정도 되는 숲과 초원에 흩어져 손전등을 들고 서로를 쫓아다녔다. 숨기나 찾기와 관련된 규칙은 거의 없거나 모호했다. 나중에 생각해보니 규칙이 그런 식이었던 것은 숨은 사람이나 찾으러 다니는 사람 모두 돌담과 틈을 따라, 또는 작은 언덕 위나 들판을 가로질러, 느슨하고 수시로 변하는 별자리를 이루며 서로 함께하면서도 각자 혼자 있는 시간을 보장받기 위해서였던 것 같았다. 어둠 속에 혼자 숨어 있기가

---

* 북미 인디언들이 계절의 흐름을 파악하기 위해 달에 붙인 이름들. 각각 4월, 5월, 6월, 7월, 10월의 보름달을 뜻한다.

불안해지면 자유롭게 부스럭거리며 돌아다니다 잡히면 되었다. 또는 손전등을 끄고 조용히 다가가 숨어 있는 아이를 확 덮쳐서 거의 기절할 정도로 놀라게 하더라도 괜찮았다. 잡목 숲이나 습지의 진흙투성이 갈대밭으로 아무리 깊이 기어들어갔더라도, 또는 소나무 위로 아무리 높이 기어올랐다 해도, 바닥에 떨어져 팔을 부러뜨렸거나, 갑자기 너무 밝아진 별빛, 바람도 없는데 움직이는 나뭇잎, 바로 근처에서 들리는 단음절의 소리 등에 겁을 먹었을 때, 크게 소리를 치면 최소한 친구들 중 한 명은 그 소리를 들을 수 있었다.

게임 한 판이—두려움이나 적대감이나 지루함 때문에—끝나갈 때 우리는 멀리 있는 잡목림이나 수킬로미터에 걸쳐 펼쳐진 화강암 돌담의 끊어진 틈새 등에 모여 있곤 했다. 그 돌담은 현재 마을에 있는 사유지 경계를 빙 돌아 이어질 뿐만 아니라, 숲속을 가로지르며 우리가 탐험했던 삼림과 공터들 곳곳에 남은 옛날 농장들의 잔해나 집터들 사이로도 멀리 뻗어 있었다. 그렇게 모인 우리들은 서로에게 그날 밤에 대해 보고를 하곤 했다. 목성을 봤다는 얘기, 어디선가 불빛이 춤추듯 움직였는데 모두들 그걸 봤지만 아무도 손전등을 그렇게 흔든 사람은 없었다는 얘기, 존스 씨의 개 프리키의 시체를 봤다는 얘기 등. 오랫동안 차만 보면 쫓아다니던 프리키는 맨 먼저 꼬리를 잃었고, 다음엔

귀, 다음엔 눈, 다음엔 다리 하나를 잃었는데, 급기야 존스 씨의 과수원과 인적 없는 길 사이에 있는 배수로의 베지 않은 풀 속에서, 털은 굵은 흙으로 뒤범벅이 되고 배가 갈린 채 죽어 있었던 것이다.

"세상에, 프리키야."

"뭐?"

"프리키라고, 자식아. 죽어서 나자빠져 있다고."

"묻어줄 거야."

"미쳤어?"

"할 거야. 존중의 의미로. 프리키는 체리 스트리트의 수호신이었어."

"헛소리하네."

"맞아. 그런데 지금 봐. 완전히 엉망진창이 됐잖아."

"냄새가 고약해."

"그럼 집에 가. 난 이불하고 삽을 가져다가 묻어줄 거니까."

"야, 웨이더. 너 얘 내장 한입 먹으면 십 달러 줄게."

"로드 말이 맞아. 프리키를 묻어줘야 돼. 존중의 의미로."

"존중의 의미로."

"존중의 의미로."

한밤에 우리의 모습은 얼마나 달랐던지. 제출 기한, 체육 시간, 수업 시작종 등의 폭압에서 벗어난 해맑은 얼굴들이 둥글게 모여 무엇을 봤는지, 무엇을 들었는지, 무엇을 발견했는지 서로에게 이야기했다(조그만 모래밭을 긁다보면 가끔씩 앨곤퀸족의 화살촉이나 부싯돌 같은 것들이 여전히 나타나기도 했다). 그리고 우리는 다음에 다시 흩어질 때를 위해 규칙을 조금 조정한 다음, 피터 아빠의 오래된 군대 보급품 삽을 가져와 개를 묻을 땅을 교대로 파며 밤을 새웠다.

피터 로드의 앞마당에서 야영을 할 때, 새벽빛이 깃들기 직전이면 우리는 항상 풀밭에서 하던 게임을 멈추고 키 큰 풀 사이에 잠시 서서, 벌레 물린 자국을 긁고 손등으로 코를 닦고 더러운 손가락으로 땀에 젖은 머리카락을 넘기며, 단정적인 한두 마디 말들을 조용히 중얼거렸다.

"오늘밤에 연못에서 뭔가 커다란 게 움직였어."

"거대했어."

"보름달 때문이야."

"헛소리하네."

"찾아보면 다 나와."

"찾아보긴 뭘 찾아봐?"

"얘가 맞아."

"올빼미가 와트의 머리카락을 반이나 뽑아갔어."

"어찌나 크게 소리를 질렀던지 개 고추가 떨어져버렸대."

들판을 지나 돌로 된 울타리 너머에 있는 체리 스트리트에서는 몇 시간 전에 그날 밤의 마지막 차가 지나갔다. 아침의 첫차는 아직 나오지 않았다. 우리는 한밤의 왕국에서 활기차게 자라났다. 그 왕국은 펼치면 그림이 튀어나오는 책처럼 들판에서 솟아났고, 우리가 서로를 발로 차며 초조한 잠에 빠지면 다시 풀 속으로 접혀들어갔다. 해가 뜨기 직전이면 텐트의 나일론 막 바깥에서 우리의 왕국이 다시 접혀들어가는 소리가 들리는 것만 같았다. 우리는 그것이 사라지는 순간에 바깥에 있지 않으려고 조심했다. 혹시 우리들 중 하나가 접히는 모서리에 걸려 넘어져 오래된 땅의 목구멍 속으로 삼켜질 수도 있었기 때문이다. 그렇게 삼켜진 아이가 여러 해와 세기와 세대들의 단면으로 떨어져, 새벽이 지나면 우리에겐 아무 볼일이 없을 선사시대의 겨울과 고대의 여름이 구불구불 켜켜이 쌓여 있는 지층 사이로 접혀들어가버리면, 원래의 시간에 원래의 앞마당으로 내뱉어질 가능성은 백만분의 일이거나 더 희박했을 것이다. 그리고 남은 우리가 피터 로드의 차고에서 찾은 밧줄을 억겁의 시간 아래로 내려 친구의 몸에 감은 후 수많은 시대의 기어와 톱니바퀴들이 별자리처럼 맞물린 곳 사이로 다시 끌어올린다는 것은 우리가 해낼 수 있는 일이 아니었으며, 헤아릴 수도 없는 일이었다. 또한, 올리고 보니 죽은 청교도나 네발짐승의 화석이 걸려나오는 일이 없도록, 그 친구를 바로 그곳, 바로 그 자리로 끌어올리기 위한 경로를 측정하기 위해 그 어떠한 진귀한 육분의나 경위의, 다른 어떠한 장비가 필요하든 간에 우리에겐 그 장비가 없었다.

죽기 전 마지막 봄에 케이트는 지역 고등학교에 입학하면 여자 크로스컨트리 팀에 들어가겠다고 결심했다. 케이트는 중학교 때 육상을 했으나, 학교 뒤편 경기장을 계속 빙글빙글 돌기만 한다며 싫다고 했다. 그 나이 대의 아이들은 대개 뭘 하든 체력이 좋아 보이고 또 어느 정도는 실제로 그렇기도 하지만, 게다가 케이트는 유연하고 날씬하고 운동신경이 좋아 보이는 아이였지만, 그럼에도 나는 그애가 처음으로 경기에 나선 모습을 보았을 때 그렇게 빨리 뛸 수 있다는 사실을 믿을 수가 없었다. 어느 토요일 아침, 케이트는 일찍 일어나 진지하게 훈련을 시작했고 나 역시 따라갈 생각으로 일찍 일어났다. 나는 그애가 기껏 1~2킬로미터나 뛸 수 있을 거라는 생각에 나도 그 정도는 같이 할 수 있으리라 여겼다. 그리고 아이가 뛰겠다고 한 길을 미리 정찰해, 위험한 교차로를 건너게 된다거나 소리치면 집에서 들리지 않는 거리까지 가게 되는지 확인하고 싶었다. 물론 나는 아이가 설명한 길의 모든 곳을 지금 아이의 나이보다 네댓 살 어릴 때부터 걷거나 자전거를 타고 다녔기 때문에 속속들이 알고 있었다.

항상 갈퀴질을 하고 잔디를 깎고 덤불을 헤치고 다녔기에 체력에 자신이 있었던 나였지만, 채 1킬로미터도 가지 못해 숨을 헐떡거렸다. 케이트의 다리가 그렇게 길어졌다는 것을 미처 깨닫지 못하고 있었다. 아이는 겉으로 보기에 전혀 무게를 느끼지 않는 듯한 긴 보폭으로 뛰었고, 온몸으로 기를 쓰며 나아가는 것이 아니라 다리 자체의 우아한 힘에 의해 밀려나가는 것 같았다. 케이트는 땀을 한 방울도 흘리지 않고 숨찬 기색도 없이, 내게 벌써 나가떨어진 거냐고 물었다.

"나가떨어진 거 아냐, 케이트. 그냥 몸을 풀고 있는 거야."

케이트는 보폭을 줄이지도 않고, 지난 생일에 나와 수전이 선물한 달리기용 디지털시계를 쳐다보았다. 아이가 단추를 누르자 시계가 두 번 삐 소리를 냈다. 케이트는 머리를 하나로 묶고 있던 고무줄을 빼더니, 머리를 더욱 단단히 당겨 뒤통수에 대고 꼬아 뭉친 다음 고무줄로 아랫부분을 고정시켜 묶었다. "됐어, 아빠." 아이가 나를 보고 웃으며 말했다.

나는 내가 케이트의 속도를 늦추고 있다는 사실, 그리고 케이트는 내가 할 수 있는 것보다 훨씬 빠르게, 멀리, 혼자서 달리고 싫어한다는 사실을 알았다.

"'피터스의 설교단'까지만이야." 나는 말했다. "'피터스의 설교단'까지만. 그러면 그냥 너대로 하게 해줄게, 알았지?"

"알았어, 아빠. 그렇게 해." 아이가 말했다.

'피터스의 설교단'까지는 1킬로미터가 좀 못 되는 거리를 더 가야 했다. 나는 거기에서 우리가 예전에 자전거를 타고 왔다가 소풍 기분을 내며 마침 수중에 있던 감자칩과 주스를 먹었던 일에 대해 뭔가 재미있거나 향수를 일으키는 말을 하려고 했다. 하지만 가운데 바위가 있는 풀밭으로 빠질 수 있는 굽이를 돌 무렵, 나는 케이트가 멈추기는커녕 오히려 속도를 내고 있음을 느꼈다. 그래서 나는 풀밭으로 방향을 틀어 바위 쪽으로 달려가며 외쳤다. "휴 피터스여, 도와주소서! 이 땀에 젖은 늙은 똥자루를 도와주소서!"

나는 계속 바위를 향해 달려가면서, 케이트 쪽으로 고개도 돌리지 않은 채 손을 하늘 높이 흔들며 소리쳤다. "계속 가! 계속! 할 수 있을 때 너라도 살아남아! 난 이제 틀렸어." 나는 늦은 밤 케이트가 잠을 못 이룰 때 함께 보던 오래된 전쟁 영화들, 존 웨인과 오디 머피의 진부한 영화들에 나오는 대사를 흉내내며 말했다.

케이트는 "안녕, 아빠"라고 소리치더니, 우리가 함께 달려오던 속도보다 반은 더 빠르게 속도를 내며 굽이를 돌아 사라졌다. 나는 바위에 반쯤 걸터앉아 숨을 헐떡이며 에논 호수 저편을 바라보았다. 호숫가 기슭 근처의 물은 투명하고 빛으로 가득찬 맑은 파란색 유리 같았고, 호수 바닥에는 깨끗한 모래와 만질만질한 자갈이 깔려 있었다. 저멀리 호수 한가운데 수면에는 산들바람의 흔적이 아로새겨졌다. 물에 비친 내 모습을 보니 화가 나고 당황스러웠다. 내가 상상했던 그대로의 모습이었다. 인정하고 싶은 것보다 더 중년에 가까워 보였고 턱 아래가 꽤 두툼했으며, 땀에 젖어 숨을 헐떡거리는데다 머리는 가장자리만 젖고 나머지는 바람과 땀의 소금기로 인해 위로 솟아 있었다.

에논이라는 이름은, 마을이 처음 생기고 사 년 동안은 애논Aenon이라고 썼는데, 그리스어의 아이논ainon에서 온 말이며, 다시 이 말은 '두 배의 샘', 좀더 풀어서 말하면 '물이 많은 곳'을 뜻하는 히브리어의 에나임enayim에서 온 말이다. 이 지명은 요한복음에 언급되어 있다. 세례자 요한이 에논에서 세례를 베푸는데, 그 이유는 그곳에 물이 많기 때문이었다. 에논의 물 가운데 최고는 호수다. 샘이 모여 이루어진 호수는 맑고 물맛이 좋기로 유명하다. 오 년 전만 같았으면 나는 손으로 물을 떠 담아 후루룩 마시며 케이트에게 호수가 얼마나 깨끗한지 보여주는 것을 꺼리지 않았을 것이다. 그러면서 인디언들이 그곳에서 고기를 잡았고 식민지 주민들이 그 물을 수출했던 역사에 대해서도 얘기했을 것이다(비록 아이가 마시게 하지는 않았겠지만, 그리고 "물속에 들어 있는 것들이 네 예쁘고 어린 뱃속을 꾸꾸거리게 만들지도 모르니까"라거나 그 비슷한 말을 했겠지만). 하지만 그때는, 물을 마시면 물속의 어떤 물질이 달리기 때문에 생긴 메스꺼움을 악화시켜, 집으로 돌아가는 길에 장운동과 관련한 창피스러운 곤경에 빠지게 될까봐 걱정이 되었다. 그러자 기분은 더욱 나빠졌고, 그래서 나는 호수와, 호수의 깨끗한 물과, 단지 케이트가 아이라는 이유로 오랜 세월 동안 그애에게 들려준, 반은 헛소리에 가까운 그 모든 역사 이야기들을 저주하며 집으로 돌아갔다.

집에 돌아오니 수전은 부엌에서 식기세척기 속의 그릇들을 꺼내 정리하고 있었다.

"잘 안 됐어." 내가 말했다. 나는 창피했다. 체력이 나빠서라거나 낡은 테니스화와 운동복 반바지를 입은 내 모습이 바보 같아서라기보다는, 설명할 수 없는 화가 치밀었기 때문이었다. 나는 케이트가 더이상 조그만 아이가 아니라, 다 큰 아가씨, 또는 낯선 사람처럼 보이는 날이 오리라는 것을 항상 예견하고 있었다. 아이가 나보다 빨리 달려서, 또는 나 없이 혼자 달리고 싶어해서 놀랐다거나 그런 것은 아니었다. 문제는 그런 순간이 너무 갑자기 찾아와, 내가 오랫동안 준비하고 있었다고 느꼈는데도 나를 충격에 몰아넣었다는 사실이었다.

사십오 분 뒤, 샤워를 하고 차가운 맥주를 마시며 밖에 앉아 있는데 케이트가 도로를 따라 달려왔다. 아이는 스스로 결승선으로 정해놓은, 우리집 진입로와 보도 사이 경계를 마지막으로 건너뛰고 나서 초시계를 확인했다.

"형편없어!" 케이트는 진정으로 화를 내며 스스로에게 욕을 했다. 저 혼자서 뭔가에 심각해하는 모습, 지난 몇 달 동안 부쩍 자주 보이던 모습이었다.

위로처럼 들리는 어떤 말도 아이를 더 자극할 것을 알고 있었지만 그래도 나는 말했다. "걱정 마. 내일은 더 좋은 기록을 낼 거야. 내가 괜히 따라가서 네 집중력을 흩뜨려놓았던 것뿐이야."

"내 집중력엔 별문제 없었어, 아빠. 아빠랑은 아무 상관도 없다니까." 아이는 방충문을 쾅 닫고 안으로 들어가 계단을 쿵쿵거리며 올라갔다.

나는 아이의 뒤를 따라가 기분을 맞춰주거나 달리기 훈련을 그리 심각하게 생각할 필요가 없다는 말을 하려는 충동을 억눌렀다. 아이가 달리기에서 좋은 기록을 내거나 학교 공부를 잘하는 데 높은 가치를 두고 노력하는 것을 만류하려는 내 충동에는 유아적인 구석이 있었다. 왜냐면 나는 사춘기에 그런 것들을 신경쓰지 않았음에도 불구하고, 나 역시 자신과 세상에 대해 비슷한 정도의 좌절감과 이유 없는 분노와 슬픔을 느꼈기 때문이었다. 맥주는 뜨뜻해져 있었고, 나는 마당 진입로를 따라 철도 침목을 놓아 만든 옹벽에 썩은 데가 있는지 보려는 것처럼 몇 번씩 두드리고 남은 몇 모금의 맥주를 주목나무 덤불 뒤에 부은 뒤 집 안으로 들어갔다.

5

할아버지 할머니와 어머니는 내가 어느 정도 다 자랐다고 할 수 있었을 때 돌아가셨다. 분명 그랬던 거라고 나는 생각한다. 나는 아버지가 누군지 몰랐다. 모르기는 어머니도 마찬가지였다. (두 사람은 어머니가 어느 주말에 친구들과 같이 간 대학 동창회가 끝나고 하룻밤을 함께 보냈다. 아버지는 어머니에게 이름을 알려주지 않았고 둘 다 다음날 떠났으며 그것으로 끝이었다.) 내게는 형제가 없었다. 그래서 나는 항상 내 어깨 뒤에서 앞을 넘겨다보는 귀신들이 내 뒤에 있을 거라고 생각했다. 하지만 그 사고 뒤에는 귀신들이 사방에 있었다. 내 온 가족이 모두 귀신이 되어, 유일하게 살아 있는 일원인 나를 가운데 두고 둥글게 에워쌌다. 아니, 어쩌면 내가 맨 뒤꽁무니에 있었던 건지도 모른다. 내 가족들이 둥글게 모인 것이 아니라 한 줄로 서 있고 모두 각자에게 적당한 자리가 잠정적으로 정해져 있는데, 내 딸이 죽음으로 나를 추월해버린 것 같기도 했다. 고조할아버지는 내가 조금이나마 구체적으로 상상할 수 있는 조상 중 가장 멀리 있는 분이었다. 그럴 수 있는 이유는 그분은 내 할아버지의 할아버지였으며, 내 할아버지가 그분을 알았고 그에 대한 몇 가지 사실을 기억했기 때문이다. 고조할아버지는 감리교 목사였는데 어떤 종류의 쇠약 증상으로 인해 다른 곳으로 보내졌다는 것이 할아버지가 기억해낼 수 있는 전부였다. 고조할아버지 뒤로 유령들의 행렬이 길게 늘어섰다. 그는 케이트가 서둘러 죽음에 든 것이 축복이라고, 은총과 자애의 표시라고 했을 것이다. 비록 타락한 아담의 자손인 나로서는 그런 식으로 바라볼 능력이 안 되지만. 나는 어느새 고조할아버지와 상상 속에서 대화를 나누고 있었고, 그 대화에서 고조할아버지는 그런 관점으로 나를 위로했다. 상상 속의 나는 그 의견에 진심으로 동의했다. 실제로 내가 그렇게 느껴서가 아니라 할아버지가 그 말에 너무도 확신을 품고 있는 것 같아서, 그것이 섭리라고 너무도 확고히 믿는 것 같아서, 그리고 그런 확신은 내게 미미하게나마 위안을 주었기 때문이다. 케이트의 죽음에 어떤 심오한 선함이나 축복의 의미가 있다는 생각은 상상 속에서는 품을 수 있었고 심지어 그것의 진실성을 받아들일 수도 있었지만, 실제로는 단 한 번도 그렇게 느낀 적이 없었다. 창조에 내가 범접할 수 없는 대단히 큰 의미가 있다고 해서 내 슬픔이 지워지는 것은 아님을 알고 있었기 때문이다.

전 우주를 합친 것과 비교할 때 내 비통함은 별것이 아님을 이해한다 해도 비탄에 빠지는 것을 막을 도리는 없었다. 내가 경험하는 고통이 도가 지나치다는 것, 내가 완전한 비극에 빠진 행세를 하고 있다는 것은 나도 알았다. 딸의 죽음을 견디지 못할 정도로 약하다고 인정이라도 했다면 실은 내게 힘이 있다는 뜻이 아니었을까? 나는 케이트의 죽음 이후 계속해서 세상이 끝난 것처럼 느끼는 나 자신이 당황스러웠다. 왜냐하면 자식이 자살을 하거나 총을 맞거나 창문에서 떨어져 죽은 부모들, 형제자매가 익사나 산사태로 죽은 사람들, 고열이나 추락, 얼음, 불 등에 친구나 연인이나 배우자를 잃은 사람들을 나는 알고 있었기 때문이다. 그 사람들의 집에 비행기를 타거나 차를 빌려서, 또는 자전거에 올라타거나, 어떤 경우에는 걸어서 찾아갈 수도 있었을 것이다. 문을 두드린 후 거실에 함께 앉아 커피를 마시며 판매 수수료에 대해서나 또는 포르투갈로 휴가를 떠나는 일에 대해서 얘기를 나눌 수도 있었을 것이다. 그러면 그들은 항상 사람들이 기적적으로 해내는 일, 즉 삶을 지속하는 것이 불가능한 이유가 지극히 많은데도 그냥 살아내는 모습을 보여주었을 것이다. 나는 삶이라는 것이 억지로 견디도록 우리에게 강요된 시간이 아니라 참여할 수 있다는 것이 축복인 경험이라는 생각에 깊고 한결같은 공감을 느꼈다. 하지만 깨어 있는 매 순간 느끼는 그 고통에는 아무런 고마움도 느낄 수 없었고, 거기에서 잠시도 헤어날 수가 없었으며, 이 삶이 그저 슬픔과 분노의 증류물에 불과한 것처럼 느껴졌다. 케이트가 죽고 내가 예전에 간간이 느끼던 절망감이 일상적인 것이 되어버린 후조차도 나는 여전히 절망에 굴복하는 것은 성격의 결함이라고 믿었다.

그렇긴 하지만…… 케이트가 아예 존재하지 않았었더라면 내 슬픔은 더욱 크지 않았을까? 그렇지 않았을까? 내 딸의 짧고도 행복했던 삶이 내 삶의 가장 큰 기쁨이었던 건 아닐까? 그 십삼 년의 기쁨이, 비록 지금은 슬픔으로 둘러싸여 있지만 그로 인해 훼손되지는 않은 나름의 영역에 있는 것은 아닐까? 그것이 내가 스스로에게 했던 말이다. 그 나날들의 기쁨에는 그대로의 완전함이 있었고 케이트는 그 안에 존재했다. 내 딸은 자신의 죽음이 가져온 고통이 가닿지 않는 곳에 있었다. 때로는 내 딸이 나를 바라보며 웃고 있는 듯한 느낌이 들 때가 있었다. 슬픔과 분노에 잠긴 나를 보고, 그것이 삶이라는 우스운 비극의 자연스러운 일부임을 이해하기 때문에 웃는다는 느낌. 아이가 더이상 슬픔이나 분노를 느끼지 않는 이유가 이젠 사람이 아니라서가 아니라 완전한 사람이라서 그런 것이기를 바랐다. 비록 삶의 굴레에 속박된 나 자신은 케이트와 함께한 삶의 기쁨이, 비록 그것이 훼손될 수 없는 것이더라도, 케이트가 없는 삶과 이루는 극명하고도 파괴적인 대조에 계속 고통받아야 하겠지만. 그 기쁨은 내 비탄의 척도이자 원천이었다.

비바람이 옆마당 주변과 단풍나무 사이로 거세게 불던 어느 봄날, 오후 느지막이 식탁에 앉아 있던 기억이 난다. 수전은 부엌에 앉아 학교 일을 처리하고 있었고 케이트와 나는 창문과 가장 가까운 쪽 식탁 끝에 앉아 '미안!'이라는 이름의 보드게임을 하고 있었다. 식탁의 나머지 부분에는 개켜서 넣어야 하는 마른 빨래들이 쌓여 있었다. 케이트는 게임 판 한가운데에 쌓아놓은 카드 더미에서 한 장을 뽑았다.

"여덟 칸." 아이가 말했다. 그러고는 자기 말을 톡톡 옮기면서 숫자를 세어나갔다. "하나, 둘, 셋……"

나도 카드를 한 장 뽑았다.

"뒤로 네 칸 이동." 나는 말했다.

케이트가 말했다. "미안, 아빠."

"이런 것 때문에 재미있는 거야, 꼬맹아."

"아빠, 우리 할머니는 누구야?" 아이가 물었다.

"그랜드마* 크로스비야." 내가 말했다.

"우리 증조할머니는 누구야?"

"내니 크로스비."

"난 만난 적이 없는데."

"있어. 그런데 네가 정말로 조그만 아이였을 때, 거의 아기였을 때야."

"우리 고조할머니는 누구야?"

"그래미 블랙이지. 진짜 이름은 사실 캐서린이랑 좀 비슷한 캐슬린이셨는데, 네 이름이 그 할머니의 이름을 따서 지은 건 아니야."

"왜 아니야?"

"음, 왜냐면 네 증조할아버지가 꼴통이라고 부른 할머니가 바로 그 할머니였어. 성격이 고약하셨는데, 항상 목욕 가운을 걸치고 살면서 아무나 보면 잔소리를 하시고 맨날 불평만 하셨지."

"고조할머니 바로 위의 할머니는 누구야?"

"그렇게 멀리까지는 아빠도 몰라."

"그 위의, 위의, 위의, 위의 할머니는 누구야?"

"네 차례야, 잘난 녀석아."

---

* 그랜드마, 내니, 그래미는 모두 할머니를 부를 때 쓰는 구어체 호칭.

"알겠어, 잘난 아빠." 케이트는 카드를 또 뽑은 뒤 제 말을 톡톡거리며 이동시켰다.

"야, 우리 화원에 가서 빨간 제라늄을 좀 사다가 증조할머니와 할아버지, 할머니, 그리고 고조할머니까지 모두 묻혀 있는 묘지로 가서 묘비들 앞에 심어드리자. 전몰장병 기념일에 멋있어 보일 거야. 너 제라늄 알지? 전몰장병 기념일 가두행진에 가면 죽은 사람들 묻혀 있는 곳 근처에 서서 우리 함께 봤잖아. 거기에서 사람들이 연설도 하고 대포도 쐈잖아."

"그리고 컵스카우트 애들은 다들 탄피를 줍겠다고 뛰어다녔고."

그다음 토요일에는 날씨가 환하고 포근했다. 수전은 측면 출입문으로 나가 플라스틱 의자들 중 하나를 들어 고인 빗물을 털어내고 행주로 물기를 닦았다. 그런 다음 커피와 교정해줄 과제물을 한 묶음 가지고 나가 햇볕 속에 앉았다. 나는 차고의 난장판 속에서 모종삽 몇 개를 찾아내 스테이션왜건의 조수석 발밑에 던져넣었다. 그 차는 할아버지가 죽기 전 마지막으로 산 것이었다. 녹이 슬고 노후했지만 나는 그 차에 대단한 애착이 있었다. 내가 남편과 아버지가 되기 전에 내 할아버지와 함께 그것을 타고 돌아다녔던 시간에 대한 노골적인 감상벽이었다. 그것은 흰색 차였고 고장난 카세트테이프 재생기가 달려 있었으며 창문

전동 개폐 장치는 작동할 때가 반이고 안 될 때가 반이었는데 날씨가 추워지면 그마저도 잘 되지 않았다. 타이어는 골이 보이지 않을 정도로 닳았고 차가 공회전할 때마다 차대가 어찌나 심하게 흔들리는지 배기 시스템 전체가 차 바닥에서 떨어져나갈 것 같은 소리가 났다. 케이트를 그 차에 태우고 돌아다닐 때마다 나는 나쁜 부모가 된 듯한 느낌이 들었지만, 그 차가 어떤 마법의 보호를 받고 있어서 케이트가 차에 탔을 때 위험한 일이 생기지는 않을 거라는, 완전히 근거 없지만 진심 어린 믿음도 있었다.

나는 수전에게 말했다. "케이트랑 꽃을 좀 사서 묘지에 심고 올게."

"알았어, 자기야. 거기 사람들 모두에게 내 안부도 좀 전해." 아내가 말했다.

"썰렁하다." 내가 말했다.

케이트와 나는 화원에서 빨간 제라늄 여섯 포기를 사서 상자에 담은 후 차를 타고 묘지로 가 전해에 심어놓은 오래된 식물을 뽑았다. 케이트는 그 일을 진지하게 했다. 새 식물을 심을 구멍을 묘비 앞에 한 줄로 나란히, 일정한 간격으로 파야 나중에 깔끔하게 보일 거라고 내게 말했다. 아이는 제라늄 한 포기를 화분에서 꺼내 코앞에 갖다댔다. 그러고는 꽃냄새를, 그다음에는 뿌리 덩어리와 흙의 냄새를 맡았다.

"냄새 좋아?" 내가 물었다.

"그런 편이야." 아이가 말했다. "난 꽃보다 흙냄새가 더 좋은 것 같아."

"강한 냄새가 나는 건 이파리들이야. 뿌리가 화분 모양 그대로 있으니까 재미있지, 어?" 내가 말했다. "그래서 심기가 쉬워. 그냥 구멍을 파고 통째로 집어넣으면 되는 거야."

꽃을 모두 심었을 때 내가 말했다. "이제 꽃에 물을 줘야지. 저기 언덕 위쪽에, 수도꼭지를 봐. 파이프에 물 나오는 꼭지가 달려 있잖아. 우리집에서 정원 호스 끼우는 수도처럼. 그 옆에 보면 플라스틱 우유통이 있어. 네가 가서 거기에 물을 채워 올래? 여기 꽃에다 물 주게 말이야. 할 수 있겠어?"

"응, 할 수 있어." 케이트가 말했다. 아이는 묘비들 사이를 구불구불 지나 언덕 위로 당당한 걸음걸이로 올라갔다. 내가 모르는 노래도 불렀다. 아이가 언덕 위편으로 올라가는 동안 노랫소리가 점점 희미해지면서, 산들바람에 실려 내려오는 음정들만이 간헐적으로 들려왔다. 케이트가 언덕 위로 멀리 올라갈수록, 우리 둘 사이에 있는 묘비들 때문에 아이의 모습이 점점 더 가려졌다. 나는 아이 뒤를 따라가야겠다는 갑작스러운 충동을 느꼈다. 묘비들이 화강암과 대리석과 점판암 석판을 번갈아 세워 만든 벽처럼 보이면서, 아이가 그 사이에서 길을 잃을지도 모른다는 느낌, 묘비들이 출구가 없거나 막다른 벽으로 끝나는 좁은 골목들을 이루는 것 같다는 느낌, 갑자기 우리가 미로를 따라 걷고 있는 것 같다는 느낌이 들었다.

"보여, 딸내미?" 나는 위로 외쳤다. 케이트가 내 쪽으로 뒤돌아섰다. "보여?" 나는 다시, 더 크게 외쳤다. 아이가 내 쪽으로 한 걸음 내려왔다. 나는 손을 내저었다.

"아니야, 신경쓰지 마. 괜찮아." 나는 소리를 질렀다. 케이트는 다시 뒤로 돌아 수도꼭지로 갔다. 아이는 앞으로 몸을 숙이며 한 줄로 늘어선 하얀 비석 세 개 뒤로 사라졌다가 손에 플라스틱 우유통을 든 채 몸을 일으켜 세웠다. 우유통이 가득차자 아이는 그것을 들고 균형을 잡느라 몸을 굽혔다가 옆걸음을 치기도 하면서 언덕 아래로 내려왔다.

"아빠 생각보다 조금 더 큰 모험이었네." 내가 말했다. "괜찮니?"

"응, 괜찮아. 그런데 다 젖었어." 아이가 말했다. 케이트는 묘비 옆에 우유통을 내려놓고, 무덤 앞 풀밭에 벌러덩 드러누웠다.

나는 아이 옆에 앉았고, 우리 둘은 조용히 위를 올려다보며 빛나는 솔처럼 단풍나무를 뒤덮은 새 이파리들과 푸른 하늘, 그리고 회색 구름의 하얀 가장자리와 금빛으로 빛나는 구름의 윤곽을 바라보았다. 케이트는 머리를 뒤로 깊숙이 젖혀 등뒤에 있는 묘비들을 쳐다보았다. 아이는 묘비에 적힌 글자들을 위아래를 뒤바꿔 보면서, 묘비명의 철자들을 띄엄띄엄 속삭이듯 읽었다. 아이는 읽기를 멈추더니 다시 한번 하늘을 보고 몸을 부르르 떨었다. 아이의 팔에 닭살이 돋았다.

"춥니?" 내가 물었다.

"응." 아이가 말했다. "일어서면 더 따뜻해."

"네 말이 맞아. 우리 일어나서 꽃에 물을 주고 어서 가서 옷 갈아입자. 여기에서 우리 할 일은 끝났어." 나는 자리에서 일어나 케이트의 손을 잡아당겨 일으켜 세웠다. 아이가 꽃이 심긴 땅에 물을 붓자 물은 흙 위로 떠올랐고, 풀밭 가장자리를 넘어 묘지 밖으로 멀리 흘러가면서 풀잎에 맺혀 크롬처럼 빛났다.

케이트가 죽고 수전이 떠난 지 거의 두 달이 된 10월의 어느 수요일 오후, 나는 대재앙을 일으키는 우주의 오르간 화음이 벽을 콰르릉 울리며 창문을 뒤흔들고 내 귀의 혈액 속으로 도플러 효과를 내며 들어오는 듯한 느낌과 함께 잠에서 깼다. 내가 어디에 있는지, 내가 누군지, 내 인생이 어떤 상황에 있는지 기억해내기까지 꼬박 이 분이 걸렸다. 자기가 있는 곳이 어딘지 모르는 상황이 아니라면 이 분은 그리 길 것 같지 않은 시간이다. 하지만 정말 그런 상황이라면 그 시간은 무서운 저류가 되고, 우리는 거기에서 빠져나오려 필사적으로 허우적거리게 된다. 어느 쪽이 위인지 알 수가 없고, 발을 어디로 뻗어봐도 똑바로 선 세상의 모랫바닥에는 닿지 않으며, 수면이 분명 바로 머리 위에 있는 것 같기도 했다가, 어쩌면 사실은 거꾸로 처박힌 건 아닐까 하는 느낌이 드는 것이다. 오감이 다시 제자리로 돌아오자 처음의 공포는 비참함으로 바뀌었다. 거실에는 빈 위스키 병 여러 개와 지저분한 술잔들이 역시 지저분한 숟가락, 포크가 담긴 채로 여기저기 흩어져 있었고, 오래된 신문과 잡지, 책과 지도, 더러운 옷들이 곳곳에 쌓여 있었다. 유리 재떨이 두 개에 담배꽁초가 피라미드처럼 쌓여 있었고 거실 탁자 위에도 사방으로 흩어져 있었으며, 술잔 속, 빈병 속, 접시 위, 심지어 화분 속 흙에도 비벼 끄고 버린 꽁초가 있었다. 나는 신음 소리를 내며 불만스럽게 소파를 내리쳤다. 몇 주 동안 소파에서 잤더니 쿠션은 더러웠고, 의식을 잃으면서 흘린 맥주와 위스키 때문에 여기저기 얼룩지고 번들거렸다.

나는 휘청휘청 부엌으로 갔다. 음식이 튀고 석쇠가 녹슨 낡은 가스레인지와 찌그러진 파란 찻주전자, 윗면에 기름과 먼지가 찐득하게 들러붙은 후드가 내 황폐함의 간명한 상징인 것 같았다. 나는 가스레인지 위에 놓인 주전자를 거칠게 들어올렸고, 부엌 창문을 연 다음 몸을 숙여 잡초가 무성한 아래쪽 꽃밭에 떨어뜨렸다. 하지만 풀이 우거진 뒷마당에 누가 우연히 서 있다가 보면 이상하게 생각할까봐, 어떤 그럴듯한 목적이 있는 것처럼 주전자를 조심스럽게 떨어뜨렸다. 부엌 찬장에는 온통 기름기와 먼지가 들러붙어 있었고 문짝에는 아래로 흘러내린 얼룩들이 보였다. 모든 접시와 유리잔과 머그와 컵과 식기들이 더러워 보였으며, 대부분 개수대 안이나 주변 조리대 위에 쌓여 있었다.

나는 집을 치우기로 결심했다. 먼저 샤워를 하고, 세탁물을 표백제 반 컵을 넣어 돌리고, 면도와 빗질을 하고, 헌 바지들 중 제대로 된 것을 골라 제대로 된 남방과 함께 입고, 깨끗한 양말과 괜찮은 신발을 신고, 바닥을 쓸고, 부엌 찬장들을 닦고, 설거지를 하고, 창문을 열고, 조리대 위를 박박 닦지 않으면 내 파멸의 엔진을 반전시킬 수 없었다. 그래서 나는 그날 하루를 청소로 보냈다. 모든 일에 평소보다 두 배씩 시간이 걸렸다. 다친 손을 위로 들거나 상처 입은 동물처럼 옆으로 늘어뜨린 채, 한 손으로 일을 해야 했기 때문이다. 뼈가 부러진 지 일곱 주가 지났건만 아직도 손은 거의 항상 아팠다.

일이 다 끝났을 즈음에는 어둠이 내렸다. 집은 치워졌다기보다는 유린당한 것처럼 보였다. 쓰레기와 오래된 음식 냄새는 여전한데다가 이제는 표백제와 소독약 냄새까지 더해졌다. 나는 흠뻑 젖었고 기운이 다 빠졌다. 온종일, 서랍 손잡이에 들러붙은 찌든 때를 칫솔로 닦아내고 유제 비누를 양동이에 푼 물로 바닥을 훔치면서, 티끌 하나 없는 청정한 느낌을 내기 위해 애를 썼고, 기대를 했고, 점점 더 필사적으로 소망했다. 그러나 바닥은 꼼꼼히 걸레질을 한 뒤에도 여전히 더러워 보였고, 내가 그리도 열망했던 정화된 느낌, 뇌에 들러붙고 심장을 틀어막는 자기연민과 약물의 찌꺼기를 박박 닦아내고, 씻어내고, 지워냈다는 느낌은 자꾸만 감질나게 멀어졌다. 그 느낌은 넌더리날 정도로 번쩍거리는 거울 속에서, 취하지 않은 맨정신에 단정하고 여유 있고 꼿꼿한 자세로 앉아 있는 내 모습을 그려볼 때의 느낌과 비슷했다. 거울 속의 나는 티 없이 깨끗하고 잘 다린 옷을 입고, 머리는 새로 깎아 잘 빗어 넘기고 깨끗하게 면도를 한 채, 깔끔한 아이보리색 천을 씌운 안락의자에 앉아 있다. 내 사랑하는 케이트의 미소 짓는 얼굴이 담긴 액자가 내가 앉은 의자 옆 탁자에 놓여 있고 금방 내린 차가운 홍차가 든 유리잔이 창문에서 흘러들어오는 햇살에 반짝일 때, 영감을 주는 시구들을 모아놓은 선집을 무릎에 올려놓고 외동딸을 잃은 아버지를 위로하는 목사의 시를 검지로 짚어가며 읽으면, 내 마음은 고요해지고 이제는 담담히 받아들일 수 있게 되는 것이다. 내 딸이 차바퀴 밑에서 짓이겨졌다는 사실을.

6

나는 11월의 토요일 오후에 뜰에서 일하기를 좋아했다. 주중에는 다른 사람들의 뜰을 손질하고 그들의 잔디를 깎곤 했지만, 내 뜰을 돌보는 것은 다른 성격의 일이었다. 나는 가을의 마지막 청소를 좋아했다. 나무가 이파리를 모두 떨어뜨리면 나는 풀밭과 덤불 사이에서 마지막 낙엽들을 긁어모았다. 그 일에는 어딘지 경건한 구석이 있었다. 네시 즈음에는 해가 지기 시작했고 도로에는 차량 통행이 뜸해지기 시작했다. 뜰에는 장엄한 분위기, 우주의 행성 같은 느낌이 있었다. 손질을 마친 뜰은 이제 막 지평선을 넘어 마을로 향해 오고 있는 겨울에 대비한 제물 같았다. 헐벗은 나무들 사이로 바람이 일어나며, 귀로 듣기보다는 목구멍으로 느끼는 중후한 화음을 만들어냈다. 바람은 산울타리에서 우는 홍관조의 짹짹 소리와 이웃에서 울리는 청명한 풍경 소리를 전해왔다. 노동의 빛남과 따뜻함이 한순간 증발해버리고 갑자기 한기가 느껴지면 나는 피크닉테이블에 걸쳐둔 모자 달린 운동복을 가져왔다. 누렇고 붉은 단풍나무 낙엽과 마른 풀을 모두 갈퀴로 쓸어내고, 잔디를 깎고, 꽃밭도 긁어 고르고 나면, 뜰은 깨끗하고 헐벗은 모습이 되었다. 마지막으로 남은 낙엽과 잔가지들을 한아름 들어내 주황색 손수레에 내던진 뒤, 낙엽더미에 남은 찌꺼기들은 갈퀴로 풀에서 훑어내고 주변으로 흩뿌려 뜰에 섞여 들게 했다. 1킬로미터가 채 안 되는 곳에서 누군가가 전기톱을 돌리는 소리, 그리고 집 앞 도로에 간간이 다가왔다 멀어지는 차 소리 등을 제외하면, 대체로 고독한 느낌이었다. 거의 모든 마을 사람들이 저녁을 준비하러 집안으로 들어간 시간이었다.

나는 오후의 그런 마지막 순간들이 그리웠다. 양토가 섞인 듯한 빛이 진정한 유예 상태에 있는 낮의 끝자락을 비추는 시간. 그리고 그 서늘함과 새로 깨끗하게 긁어놓은 흙, 개운하고 만족스러운 피로, 뜨거운 샤워와 스테이크, 그후의 위스키, 그리고 케이트가 잠들기 전에 함께 하는 크리비지 게임에 대한 향긋한 기대감이 그리웠다. 나는 케이트가 여덟 살이었을 때 크리비지 게임을 가르쳤는데, 아이가 열 살이 될 무렵에는 나를 이길 수 있었다. 할아버지는 크리비지를 뛰어나게 잘했다. 어느 여름, 할아버지가 메인 주에서 살던 어린 시절부터 가장 절친한 친구였다는 레이 모렐과 함께 위니페소키 호수에 있는 레이의 여름 야영지에 갔을 때, 두 할아버지가 내게 크리비지 게임을 가르쳐주었다. 나는 정말 서툴렀지만 두 사람은 항상 나를 게임에 끼워주었고, 내가 질 때마다—거의 항상 졌지만—잔소리를 해댔다. 두 사람이 가끔씩 내가 이기게 해줘야만 애초에 내가 불쌍해서 게임에 끼워준 거라는 사실을 감추기가 쉬웠기 때문일 것이다. 다른 경우에는 그 게임을 할 일이 전혀 없었기 때문에, 나는 레이의 야영지에 가거나 메인 주로 낚시를 하러 가는 여름마다 게임을 다시 배워야 할 때가 많았다. 무슨 이런 이상하고 뚱딴지같은 게임이 있나, 카드 한 벌에 부과되는 규칙들 또한 왜 이리 이상한가, 하고 생각한 적이 한두 번이 아니었다. 케이트가 그 게임을 아주 잘하는 것을 보고 나는 왠지 믿음직스럽고 멋지다는 생각이 들었다. 열두 살 무렵이 되자 케이트는 자주 나를 이겼고 내 할아버지와 레이가 그랬듯이 나를 부드럽게 놀리곤 했지만, 나는 아이가 게임을 얼마나 진지하게 생각하는지, 이기는 것을 얼마나 진지하게 생각하는지, 그리고 지고 나면 얼마나 속상해하는지 알 수 있었다. 나는 아이가 그것을 좀더 가볍게 생각하기를 바랐지만 그런 말은 결국 아이를 자극할 뿐이었다.

케이트의 열네번째 생일이 되었을 11월 25일 밤에 나는 그런 생각을 하고 있었다. 거실 소파에 앉아 오래되어 퀴퀴해진 시리얼을 상자에서 마른 채로 그대로 꺼내 먹고 있을 때, 케이트와 내가 마지막 게임을 하고 놔둔 그대로 핀이 꽂혀 있는 크리비지 판이 주방의 그릇장 안 어딘가에 있을지도 모른다는 생각이 들었다. 우리의 마지막 게임이었던 그 극적인 오판삼승제 토너먼트에서 나는 케이트를 일 점차로 이겼다.

나는 그릇장의 깊은 서랍들을 뒤지면 낡은 볼링핀을 세로로 반 갈라 만든 그 게임 판을 찾을 수도 있을 거라 생각했다. 볼링핀의 맨 위쪽, 점수 핀을 꽂을 수 있도록 뚫어놓은 구멍들 위로는 스컹크를 그린 만화 그림이 전사되어 있었다. 최소한 구멍 한 줄 전체를 앞서나가면서 자기가 이길 것처럼 보이는 순간마다 케이트는 얼굴을 찡그리고 위아래 이빨을 딱딱 부딪치면서, 검지로는 스컹크를 가리키고 코는 공기 중에 대고 킁킁거리며 말했다. "으, 압부아! 시컹크 냄쉬 나지 아느아?"

케이트가 크리비지 판을 찾아낸 것은 옆 마을에서 열린 마당장터에서였다. 어느 토요일, 우리 둘 다 일찍 일어난 아침에, 커피와 도넛을 사 먹으러 차를 두고 걸어서 옆 마을로 가던 길이었다. 그 판을 팔던 여자는 팔 달러를 받고 싶어했다.

내가 지갑을 꺼내려고 하자 케이트는 한 손을 내밀더니 말했다. "잠깐만요. 그딴 말도 안 되는 게 팔 달러나 된다고요? 이 달러는 어때요?"

여자가 말했다. "육 달러에 줄게."

케이트가 말했다. "사 달러요."

"오 달러." 여자가 말했다. 케이트가 나를 보았다.

나는 아랫입술을 내밀고 눈썹을 위로 치켜올리며 고개를 끄덕였다. 아주 좋다는 표시였다. 그러자 케이트는 "좋아요, 거래 성사"라고 말했고 나는 여자에게 돈을 지불했다.

그곳에서 나온 후, 나는 커피와 도넛을 들고 케이트는 게임 판을 든 채로 함께 인도를 걸어가며 내가 말했다. "너 아까 말하는 게 꼭 네 증조부 조지 할아버지 같더라. 넌 진정한 양키* 구두쇠야."

케이트는 씨익 웃으며 말했다. "난 이게 정말 마음에 들어. 하지만 팔 달러가 말이 돼?"

잼 병에 수돗물을 받아 입안의 퀴퀴한 시리얼을 물과 함께 삼킨 뒤, 나는 다시 그릇장에서 크리비지 판을 발견할 수 있을 거라는 생각을 했다. 그걸 꺼낸 다음 소파 앞 탁자의 쓰레기들을 좀 치워 만든 자리에 올려놓고, 게임을 패배로 이끈 구멍에 박힌

---

* 미국 북부, 특히 뉴잉글랜드 지방 사람을 일컫는 말.

점수 핀을 보며 마음속으로, 저걸 케이트가 저기 꽂았지, 하고 생각하게 될 것 같았다. 그것은 케이트가 세상에 남긴 작은 표시였다. 나는 그 핀을 빼야 할지, 아니면 핀이 꽂힌 그대로 게임 판을 벽난로 선반에 올려놓고 조그만 사원을 꾸미는 건 어떨지 고민하게 될 거라는 생각을 했다. 비어 있는 핀 구멍에 향을 꽂아 불을 붙이고, 당시 상황에 따라 간혹 사소하게 거슬렀던 일들은 묻어두면서 우리가 함께 한 마지막 게임을 생각할 수도 있을 터였다. 하지만 그 어느 것도 하고 싶지 않았다. 그래서 나는 그 판을 층층이 쌓인 헝겊 냅킨과 냄비받침과 여러 벌의 카드와 촛대와 빈 액자와 잡다한 선물 포장지와 은으로 된 스테이크 나이프들 사이 어딘가에 묻혀 있게 그냥 놔두기로 했다. 잠깐 동안 거실의 측면 창문을 통해, 가로등 앞에서 가볍게 흩날리다가 잔디밭으로 떨어지는 눈과, 마당의 진입로와, 몇 달 동안이나 쓰지 않아 분명 배터리가 죽어버렸을 스테이션왜건을 바라보고 있노라니, 생일 선물로 케이트는 뭘 사달라고 했을까 하는 궁금증이 들었다.

12월 중순의 어느 아침, 나는 거실의 소파에서 잠을 깼다. 그때까지 이어진 가을 날씨는 대체로 축축하고 온화했다. 나는 가을 내내 숲속에서 축축하고 질척한 낙엽들이 깔린 오솔길을 따라 긴 산책을 했다. 낙엽은 밟으면 양피지 같은 느낌이 들었고, 섬유질이 흐물흐물해진 낙엽의 책장 같은 갈피에서는 한 발짝을 내밀 때마다 조그만 흰 나방들이 아무것도 모른 채 잘못된 계절을 향해 날아올랐다. 하지만 그날 아침에는 집이 꽁꽁 얼어붙었다. 어머니의 모포를 두른 채 일어나 앉은 나는 지난밤 내내 너무 짧은 모포 밑으로 드러난 발이 얼음장같이 차가워서, 그리고 꿈속에서 지칠 줄 모르는 적수들을 상대로 쉴새없이 어리석은 언쟁과 몸싸움을 하느라, 반쯤은 깨어 있었다는 사실을 짜증스럽게 되새겼다. 차가운 공기 중에 내 입김이 하얗게 보였다. 목은 따갑고 콧물이 흘러내리는 것을 보니 틀림없이 몸져눕게 될 것 같았다. 소파에서 일어나자 뇌의 반이 머리 뒤에 남겨진 듯한 느낌이 들어, 눈을 감고 숨을 몇 번 쉬면서 뒤처진 뇌가 어서 따라와 다시 제대로 맞춰지기를 기다렸다. 창문 블라인드 가장자리로 새어들어오는 햇빛이 내 눈앞에 보라색과 초록색 수국을 터뜨렸고, 머리는 지끈거렸다. 나는 진통제 병으로 손을 뻗었다. 아직 정신이 혼미해서 그렇게 일찍 진통제를 또 먹으면 안 될 것 같았지만 간밤에 먹은 약과 위스키로 인한 안개는 몇 시간 후면 다 연소되어버릴 터였다. 그리고 오후에 긴 낮잠을 잔 뒤 해질녘에 깨고 나면 스스로를 달래기 위해 오늘밤의 첫번째 약을 또 찾게 될 것이 뻔했다. 나는 약병을 들어 귓가에 댄 채, 대마초를 너무 많이 피운 사람처럼 멍해진 내 모습을 상상하며 미소를 짓고는 약병을 살짝 흔들어보았다. 소리로 봐서는 안에 겨우 두세 알 정도가 덜그럭거리고 있는 것 같았다. 나 자신에 대한 풍자적인—심지어 낭만적이기까지 한—상상은 어느새 사라져버렸고, 나는 병을 다시 흔들어 알약들이 부딪치는 소리를 들으며 그 소리가 나타내는 가장 큰 수가 무엇일까 추측하려 애썼다. 마치 직접 보기 전에 안에 있을 거라고 스스로를 납득시킨 약의 수가 실제로 약병을 열어 확인하는 약의 수에 어떤 영향이라도 미칠 수 있을 것처럼. 나는 속으로 생각했다. 조심해, 찰리, 이건 아주 까다로운 문제야. 지금 넌 아주 민감한 걸 다루고 있다고. 한 발짝만 잘못 내디뎌도, 잠깐만 집중이 흐려져도, 넌 아주, 아주 망가질 수가 있어. 하지만 바로 그런 생각 역시 흐린 정신의 소산이었음을 나는 깨달았다.

부러진 손은 거의 항상 아팠다. 진통제와 위스키에 취해 있을 때조차 손을 쿵쿵 울리는 통증이 항상 느껴졌다. 골절이 너무 심각했던 터라 나는 진료실에서 만난 여러 의사들을 설득해 첫번째 진통제 한 병 외에 두 병을 더 받을 수 있었다. 나는 건강보험에 가입하지 않았기 때문에, 당일 진료소*에 그냥 들어가 당직 의

* walk-in clinic. 철저한 예약 제도를 통해 진료를 하는 가정의나 대학 병원 외에

사 아무에게나 진료를 받았다. 그중에는 문득 나보다 어릴 수도 있겠다는 느낌을 주어 날 경악하게 한 여의사가 있었다. 얼굴에는 주근깨가 나 있고 머리는 내가 항상 사내애 머리라고 부르던 스타일로 잘랐으며 남자용 면바지에 남자용 푸른색 옥스퍼드 셔츠를 입은 그 의사는 내게 물리치료를 받아야 한다고 말했다.

"운동을 하지 않으면 손이 점점 약해질 겁니다." 의사가 말했다. "손가락을 펼쳤다가 구부려보시고 공을 꽉 쥐는 연습을 시작하셔야 해요."

"알아요." 내가 말했다. "그런데 이게 아직도 맨날 너무 아파서요. 여전히 잠을 거의 못 자요." 의사는 조심스럽게 내 손을 잡고 손가락 끝을 아주 약하게 누르며 하나하나 차례로 움직여보았다. 나는 헉 하고 숨을 들이쉬었다. 아파서 그런 것도 있었지만, 정말로 내게 약이 더 필요하다는 확신을 주기 위해서이기도 했다. 나는 거짓말을 했다. "며칠 전 밤에 뒤척이다 손을 몸으로 눌러버렸는데, 다시 부러진 느낌이에요."

"음, 여기 물리치료에 대한 정보를 좀 드릴게요." 의사가 말했다. "정말 받으셔야 합니다. 진통제도 좀더 드리겠지만 좀 걱정

당일 진료소는 주거지 인근에서 예약 없이 방문해 순서대로 기다려서 진료를 받을 수 있는 의료 기관으로, 주로 가벼운 질환이나 급하지 않은 환자를 치료한다.

도 되네요. 약이 문제가 될 것 같진 않나요?"

"어휴, 그러면 안 되죠." 나는 말했다. "제가 그런 것들, 약에 빠진다거나 할까봐 얼마나 두려워하는데요. 그런데 정말로 제가 조금이라도 휴식을 취하려면 이게 유일한 방법이에요."

"알겠어요. 정말로 필요할 때가 아니면 복용하지 않도록 노력하세요. 매번 최대한 참았다가 드시고요. 통증 역치를 늘려가세요. 반 개만 복용하도록 노력해보시고요. 대신에 아스피린이나 이부프로펜 같은 약을 드셔보세요. 이 약품에 곤란하게 얽히는 건 정말 있어서는 안 되는 일이에요. 손 때문에 이 약을 처방받는 건 이번이 마지막이어야 합니다."

"알겠어요." 나는 말했다. "그리고 다음주가 되자마자 물리치료를 받겠습니다. 감사합니다, 닥터"—나는 의사의 이름표를 보았다—"닥터 윈터스."

약병을 여니 알약이 한 알 반 남아 있었다. 간밤에 몇 알이나 먹은 건지 기억을 되새겼다. 처음에 두 알, 두 시간 후에 먹을 생각이었던 세번째 한 알, 그리고 그로부터 한 시간 뒤에 또 한 알, 또 한 시간 뒤에 반 알, 하지만 어쩌면 그 다섯번째 알약은 반으로 쪼개지 않고 다 먹은 것 같기도 하며, 그런 다음 나중에 위스키를 더 빨리 마시지만 않는다면 반 알쯤 더 먹어도 괜찮을 거라고 생각한 것도 같았다. 나는 명확한 합산을 할 수가 없었다. 모든 게 그저 흐릿할 뿐이었다.

소파 너머로 팔을 뻗어 전기스탠드를 켰다. 겉모습으로 볼 때, 그것은 육칠십 년 전에 누군가의 공방에서 조립한 장치였다. 손잡이가 달린 커다란 백랍 맥주잔에 전선과 전구 소켓과 전등갓 받침을 끼워 만든 것이었다. 적갈색 전등갓에는 식물 그림과 함께 프랑스어로 된 설명이 인쇄되어 있었다. Hypopétalie, 348. Anémone Hépatique, 304. Artichaut. 어떤 단어들은 인쇄된 종이가 전등갓 모양에 맞춰 잘려나간 부분 때문에 앞뒤가 없기도 했다. —orollie, svnanth—. 그림과 글자들을 보니 케이트를 화장할 때 입힌 잠옷 바지가 생각났다. 스탠드는 할머니가 돌아가신 후 우리집 거실에 놓이게 되었다. 켜고 끌 때마다 흔들리고 댕그랑거렸는데 어떻게 해야 단단히 고정할 수 있는지 알 수가 없었다. 수전과 나는 집에 아무도 없을 때 스탠드를 실수로 하루종일 켜놓으면 오후쯤엔 불이 나 온 집을 태워버리고 말 것이라고 생각했다. 그렇게 치명적인 물건일 거라고 확신했으면서도 우리는 그 스탠드에 전력량이 낮은 전구를 끼워 늘상 사용했다. 거실에 보기 좋은 금빛 불빛을 만들어내면서 벽난로의 싸구려 대용품 같은 역할을 했기 때문이다. 수전은 말하곤 했다. "그저 더러움을 숨겨주고 닳아빠진 가구들을 고가구처럼 보이게 해줄 뿐이야. 하지만 그것도 나쁘진 않아."

나는 스탠드의 백랍 몸통 주위로 한 손을 동그랗게 모아쥐었다. 아침이 너무 추웠기 때문에 백랍 역시 차가울 거라 생각했기 때문이다. 차가운 백랍을 만지고 있으니 램프 부속이 모두 떨어진 채로 새벽빛을 받으며 서리가 낀 풀밭 위에 놓여 있는 금속 맥주잔이 떠올랐다. 맥주잔에도 서리가 끼어 있을 테고, 추위에 수축한 백랍이 찌그러지고 갈라지며 날카롭고 시큼한 금속 냄새를 풍길 거라고 생각했다. 맥주잔은 은회색이었고 얼어붙은 풀밭은 납으로 만든 백랍처럼 푸른색이었으며 그 뒤 구름 낀 하늘은 구리와 창연과 납을 합금한 백랍의 여러 층처럼 보였다. 백랍은 주로 양철로 만든다. 그래서 나는 내 증조할아버지가 구름이 끊어진 부분에 양철판을 대고 땜질하는 모습을 잠시 상상했다. 그리고 마을 반대편의 서리로 단단해진 땅에 백랍으로 만든 케이트의 유골함이 묻혀 있는 모습을 생각했다. 딸의 유골을 위해 백랍 함을 선택한 것은 내가 우리 집안의 사소한 허영을 대물림한 결과였는지도 모른다. 그런 허영을 환기시키며 할머니가 자주 한 말도 기억났다. "우리는 고전적인 식민지 시대풍의 가구를 선호해요." 당시의 내게는 눈앞의 진실을 반대로 증명하는 것처럼 들리던 말이었다. 이제 보니 스탠드는 뉴저지에 있는 어떤 회사가 만든 것이 확실한 듯했다. 그 회사는 식민지 시대 기념품의 싸구려 대용품을 만들어, 가짜 필그림* 마을로 초라한 주말여행을 나온 귀 얇고 잘 속는 인근의 노동자 계층에게 팔아먹었을 것이다. 그런 종류의 주말여행은 내가 어렸을 때는 괴로워했고 어른이 되어서는 낭만적으로 채색해 회상하던 경험이다. 내 조부모가 어머니와 내게 베푼 모든 것을 생각하니, 쓰라린 마음과 함께 그분들에 대한 사랑과 그 어느 때보다 깊은 결속감이 우러났다. 그리고 죽은 딸의 유골함 구입을 권유받는 우울한 자리에서 잡종 개의 새끼가 아니라 식민지 시대의 자손이 되려는 생각을 잊지 않았다는 점에서, 어쩌면 내가 나와 조부모와 딸 사이의 연결을 무심코, 우회적인 방식으로, 그리고 할 수 있는 최대한 더욱 끈끈하게 만들었을지도 모른다는 사실이 겸연쩍으면서도 위로가 되었다.

부엌에 가보니 신선한 커피가 바닥나 있었다. 냉장고 안을 뒤져, 몇 년은 된 것이 틀림없는 깡통에 반쯤 든 오래된 커피를 찾아냈다. 깡통이 너무나 차가워 손이 표면에 쩍 붙었다. 무슨 금속으로 만든 것인지 궁금했다. 주석일까, 알루미늄일까, 아니면 아예 다른 금속일까? 그러다보니 또 백랍 맥주잔과 케이트의 유골함 생각을 하게 되었다. 차갑고 알갱이가 거친 커피를 노란 플라스틱 순갈로 헤젓다가 케이트의 유골을 떠올린 나는 잠시 커

* 1620년 영국에서 미국으로 건너가 동부에 식민지를 세운 청교도들.

피를 딸의 유골 삼아, 선량한 사람이라면 모두 끔찍해할 만한 섬뜩한 이교도 의식을 교외의 삶에 맞게 변모시켜 거행했다. 끓는 물이 죽은 이의 유골로 스며들면서 그 사람의 정수가 물로 전달되고 인골을 우린 그 차를 마시는 사람에게 흡수되는 의식이었다. 터무니없는 생각이자 흉하고 무시무시한 생각이기는 했으나, 한편으로는 그런 얘기를 어떤 고대 문화의 역사에 대한 책에서 읽었다거나 아마존 깊숙이 고립되어 살고 있는 사람들에 대한 다큐멘터리에서 보았다면 더할 나위 없이 적절할뿐더러 심지어 심오하고 신성하게 느껴지기까지 했을 거라고 느꼈다. 결국, 그것이 병적인 공상에서 신성한 의식으로 고양되기 위해 유일하게 모자란 것이 있다면 그것은 나의 동의, 나의 믿음이었다. 나는 커피메이커가 보글거리며 김을 내뿜는 소리를 들으며 식탁에 앉아 있다가 개수대에서 가장 덜 더러운 머그잔을 하나 꺼내 커피를 부었다. 바보스럽긴 하지만 커피에 차마 설탕을 넣을 수는 없었다. 우유는 어차피 없긴 했지만 우유를 넣는다는 것도 불경스럽게 느껴졌다. 그래서 나는 아무것도 넣지 않은 진하고 씁쓸한 커피를 델 듯이 뜨거운 상태로 들이켰다.

커피로 인해 맑아진 머리로 나는 약에 대해 생각했다. 닥터 윈터스는 다시 처방을 해주지 않을 것이다. 약에 빠지고 싶지는 않았지만 여태 약을 먹어온 방식을 그만둘 마음의 준비 역시 안 되어 있었다. 남은 약을 최대한 아껴서 술의 효과를 높이는 데 쓰려고 노력했으나, 약효의 햇살을 받은 잔잔한 바다에 떠다니는 위안 없이 하룻밤을 넘겨야 한다고 생각하면 공포가 밀려왔다. 이불장과 약장을 비워냈고, 욕실 세면대 하단의 수납장까지, 변기 솔과 욕실 세제 병 말고는 아무것도 없다는 걸 알면서도 샅샅이 뒤졌다. 오래전 기관지염에 쓰던 코데인 성분 기침약이 떠올라, 표면에 물약이 새어 딱딱하게 굳어 있는, 있을 리 만무한 갈색 병을 찾아보기도 했고, 목을 삐끗해서 먹었던 근육 이완제, 또는 치과에서 근관 치료를 할 때 받은 진통제 같은 게 나와주기를 기도했다. 단순히 내 의지만으로 창고나 수납장의 어둡고 먼지 낀 뒤편에서 곰팡이 낀 알약 한두 개가 저절로 나타나게 할 수 있기를 소망했다. 마치 그게 단순한 집중의 문제인 것처럼, 금고의 비밀번호를 푼 도둑이 다이얼을 미세하게 돌리며 자물쇠의 날름쇠가 툭 떨어지는 것을 느낄 수 있듯이, 나도 일단 생각을 떠올려 적절한 방식으로 적절한 각도에 맞추기만 하면 알약에 대한 생각을 실제 알약으로 바꾸는 일이, 또는 알약에 대한 나의 욕망을 투자해 알약이라는 실물로 키우는 일이 가능할지도 모른다는 그런 기대를 품었던 것이다.

나는 거의 온종일 벽장 주위를 기어다니거나 침대 밑에서 꼼지락거리고 의자와 소파들을 옮겨가며 약의 기적적인 출현에 온 정신을 모았다. 방마다 샅샅이 뒤진 다음, 땀을 흘리며 더욱 지치고 짜증이 난 채로 마루에 앉아 벽에 등을 기댔다. 조상의 혼이 담긴 듯한 케케묵은 커피 한 잔을 빼면 하루종일 아무것도 먹지 않은 상태였다. 하지만 케이트는 네 조상이 아니잖아, 나는 스스로에게 말했다. 그애는 네 자손이잖아. 자기 자식의 혼을 흡수한다는 것은 불경스러운 일임이 틀림없어. 지금으로부터 긴 세월이 흘러 성인이 된 케이트가 네 유골을 거른 물을 마셔야 하는 거잖아.

오후 세시 반쯤 되자 태양은 이미 나무 가까이로 낮아졌다. 집에서 약을 찾을 수 있으리라는 내 마지막 희망은 대낮의 빛과 함께 증발해버렸다. 지난밤 북쪽에서 내려와 마을에 쏟아진 추위가 자리를 잡아, 집은 냉랭한 공기 속에서 수축하며 투둑, 펑 소리를 냈다. 오늘밤 약을 먹지 않는 일은 일어나지 않을 거야. 나는 생각했다. 서너 번을 생각하고 또 생각했지만 손을 다시 부러뜨릴 엄두는 나지 않았다. 식탁에 손을 올려놓고 냄비나 고무망치로 연거푸 내리치거나, 심지어 손을 엉덩이 아래에 넣고 나무 의자에 최대한 세게 깔고 앉는 것도 생각해봤지만 연장을 가지러 가겠다고 결심하거나 식탁 의자를 빼내고 딱딱한 나무 표면을 만져볼 때마다 속이 메스꺼워지며 용기를 잃었다. 하지만 어디에서 약을 구한단 말이야? 어디에서? 나는 자문했다. 그리고 대답을 얻었다. 프랭키한테서 구할 수 있잖아!

약쟁이 프랭키, 행키 프랭키,* 괴짜 프랭키, 혹은 그냥 멍청한 프랭키 등으로 불리던 프랭키 슈이는 내가 전직 사기꾼 거스와 함께 일하던 어느 여름에 함께 페인트칠을 했다가 몇 년 후 내가 직접 꾸린 작업조에서 다시 함께 일한 어린 친구였다. 그는 아이 같은 얼굴에 키가 크고 뼈가 없는 것처럼 보이는 남자였는데, 불그스름하고 긴 곱슬머리가 커다란 양치기 개의 털처럼 얼굴을 덮어버려 눈을 제대로 들여다볼 수 없었다. 그는 아데노이드** 문제가 있는 것 같았는데, 항상 코가 막혀 있었고 겉보기에도 입으로만 숨을 쉴 수 있는 것처럼 보였기 때문이다. 그는 굼뜨고 엉성한 페인트공이었으며 매번 교대할 때마다 온몸이 페인트 범벅이었다. 페인트는 옷 전체와 양팔, 손, 다리에 묻어 있을 뿐만 아니라 머리에도 엉겨붙어 있었다. 우리 작업조의 다른 사람들은 늘 프랭키를 야단쳤지만 모두들 그를 좋아했으며, 프랭키 역시 남들이 하는 험한 말을 의연하게 듣고 넘겼다. 그는 또한 누군가가 원하는 약이 있으면 뭐든, 언제든 구할 수 있었다. 작업조의 다른 인부 세 명은 여름에는 노스쇼어로, 겨울에는 콜로라도 주로

* 속임수, 사기 등을 뜻하는 'hanky-panky'와 음을 맞춘 별명.

** 코 안쪽 깊숙한 곳에 있는 편도샘이 비대해지는 병.

오고가며 일을 했다. 겨울이 되면 그들은 베일로 가 하루종일 스키를 타다가 밤에는 식당에서 접시를 닦았다. 여름이면 낮 동안은 주택에 페인트칠하는 일을 했고 주중 야간이나 주말에는 해변의 요트 클럽에서 경주에 나가는 슬루프*의 선원으로 일했다. 그들은 안 그래도 기세등등하고 강단 있는 남자들이었는데 모두들 코카인을 엄청나게 흡입했고 구할 수 있는 모든 종류의 스피드**를 집어삼키며 살아갔다. 프랭키는 그들이 소비하는 대부분의 코카인과 암페타민을 구해주었다.

프랭키의 아버지는 오랫동안 주요 항공사 중 한 곳에서 정비공으로 일하다 사고를 당해—날개에서 떨어졌다던가, 하여간 그 비슷한 사고—회사를 그만두었다는데, 프랭키는 거기에 대해 요령껏 애매하게 넘어가곤 했기 때문에 나는 그 자세한 사연을 알지 못한다. 그런데, 프랭키의 아버지가 항공사와 합의한 조건 중에는, 본인과 직계가족이 평생 동안 언제든 세금만 내고 그 항공사가 취항하는 모든 곳에 갈 수 있다는 조건이 포함되어 있었다. 프랭키는 자세한 얘기는 한 번도 하지 않았지만, 두 주에 한 번씩 '뉴멕시코에 가서' 누가 어떤 약을 주문하든 다 구해 왔다. 그

* 돛대가 하나인 작은 범선.

** 각성제. 암페타민을 뜻함.

결과 매달 첫번째와 세번째 월요일은 대체로 망가지는 날이 되었다. 직전 금요일에 주문한 물건을 가지고 프랭키가 일하러 나오면, 오전 열시가 되기 전에 우리 작업조 전원은 도프*와 스피드와 해시시**, 그리고 다들 보냉 도시락통에 넣어 온 차가운 맥주에 취해 몽롱해졌다. 우리가 칠하기로 한 주택이 어디에 있든 인부들은 아침 여덟시 반이 되면 녹초가 된 몸으로 신음을 하고 담배를 피우며 하나둘 도착했는데, 눈이 멍들거나 입술이 찢어진 모습일 때도 많았다. 주말에 요트 경주가 끝나고, 요트를 소유한 부유한 은행가나 의사들의 선원으로 일한 보수를 현금으로 받으면, 술을 사 먹고 카드를 치거나 주사위 게임으로 돈을 대부분 탕진하는 과정에서 싸움이 붙어 그런 사단이 난 것이었다.

"어이 프랭키, 나 약 좀 줘. 눈 때문에 미치겠어. 머프 새끼한테 맞아서 나 완전히 좆됐어. 밤새 눈깔에서 피가 철철 흘러나왔다니까. 완전 역겨웠어."

"그 새끼가 널 쳤다고? 네가 그놈한테 올드타운 출신 계집년이라고 했잖아. 그래서 그놈이 널 살짝 쓰다듬어줬는데 네가 나가떨어진 거잖아."

---

* 마약, 특히 마리화나 또는 헤로인을 뜻함.

** 대마초의 일종.

"좆 까, 러그. 머프는 공수부대 권투선수 출신이잖아. 화염병 빌에게 그놈을 흉기 상해죄로 잡아넣으라고 할 수도 있어."

"화염병은 네놈 엉덩짝을 걷어차 다시 감옥에 처넣을 걸. 주둥이 닥치고 그놈한테 돈이나 줘."

말은 계속 이어졌다. 사내들은 서로를 조롱했고 항상 그런 식으로 이야기했다. 그들은 여러 가지 일로 프랭키를 들들 볶았지만 특히 미리 돈을 지불하지 않은 채 약을 구해 오게 만드는 일이 많았다. 하지만 프랭키는 항상 어떻게든 그들이 원하는 약을 공급했다. 그는 심지어 그 사내들의 친구이자 읍내의 경찰인 빌리 코페키에게 한 달에 한 번씩 암페타민 한 봉지를 구해다주기도 했다.

"세상에, 라저 다저,* 지난번에 준 그 에이트볼**값은 언제 갚을 거야? 너 나한테 오백 달러는 줘야 돼."

"야, 프랭키, 자꾸 지랄 떨지 마. 나 좋은 놈인 거 알잖아. 딱 일 그램만 외상으로 구해주라. 태미가 돈 가져오면 준다고. 고 계집애 주급 받는 날이 수요일이야."

그 모든 일이 어떻게 굴러가는지 난 전혀 알 수 없었지만, 프

* Roger Dodger. 'Roger'라는 이름에 술수를 써서 회피하는 사람을 뜻하는 'dodger'가 각운을 이루며 결합된 별명.

** eightball. 원래는 8번 숫자가 쓰인 당구공이라는 의미인데, 1온스의 8분의 1에 해당하는, 즉 3.5그램의 코카인이나 필로폰을 뜻하는 은어로 쓰임.

랭키는 어떻게든 약을 구해다주었고 사내들과 프랭키는 서로 뭉쳐다녔다. 그들은 나를 명목상의 상사로 내세우는 데 동의했으나, 거기에는 내가 일거리를 구해 오고 가끔씩 일을 빨리, 또는 꼼꼼히 하라고 잔소리를 하거나, 어쩌다 한 번씩 화가 나 욕을 하는 것 이상으로 관여하지 않는다는 전제가 있었다. 사내들은 그저 우연히 몇 해 동안 여름마다 함께 일하게 된 사람들처럼 보였지만, 실제로는 나만이 그들의 세계를 스쳐지나간 것이었다. 프랭키가 떠오르자 나는 아직도 그가 스톤포인트 근처에 머물러 있는지 궁금해졌다. 정말 그렇다면, 그는 아이언사이즈 술집에서 술을 마시고 있을 가능성이 컸다.

케이트가 죽고 나서 몇 주가 지났을 때 보험회사에서 보낸 이만 달러짜리 수표가 우편으로 도착했다. 턱없이 적은 금액이어서 모욕을 당한 기분이었다. 하지만 그 문제를 따지고 나설 마음이 들지 않아, 반을 미네소타에 있는 수전에게 보내고 나머지 반은 현금으로 바꿔 소파 밑 구두상자에 내 몫으로 넣어두었다. 프랭키를 찾으러 나서기 전에 나는 백 달러짜리와 이십 달러짜리 지폐로 이천 달러를 챙긴 다음 그 지폐 뭉치를 외투의 안주머니에 찔러넣었다.

프랭키는 내가 예상했던 바로 그곳에 있었다. 그는 웨이트리스가 술을 내주는 카운터 바로 옆 등받이 없는 의자에 앉아 담배를 피우며 동전으로 복권을 긁고 있었다. 프랭키 앞에는 맥주가 몇 모금 남은 맥주잔과 비어 있는 작은 위스키잔, 빨간색 플라스틱 재떨이가 놓여 있었다. 그는 닳아빠진 체크무늬 플란넬 셔츠 위에 두꺼운 녹색 군용 외투, 그리고 흰색 작업복 바지를 입고 갈색 작업용 부츠를 신었다. 온몸이 석회 가루로 덮여 있었다. 석회 가루는 그의 머리와 팔과 부츠 전체와 바지와 셔츠에 내려앉아 있었다.

내가 그의 옆에 앉아 "어이, 프랭크"라고 부르자, 그는 날 알아보고 인사를 했지만 내 이름을 부르지는 않았다. 비록 그가 내 페인트칠 작업조에 있긴 했지만, 프랭키에게, 그리고 여러 여름에 걸쳐 내가 고용했던 다른 사내들에게 나는 외부인이었음을 깨달았다. 아직도 약을 구할 수 있는지 묻는다는 것이 갑자기 수치스럽게 느껴졌다.

나는 말했다. "어이, 프랭크. 너 아직도 옛날처럼, 어, 거기 왔다갔다해?" 그는 나를 보더니 대답하지 않고 다시 복권을 긁었다. 그제야 내가 얼마나 의심스럽게 느껴질지 알 수 있었다. 십 년 정도 얼굴도 못 보던 사람이 갑자기 술집에 나타나 약을 구해 달라고 한 것이었다. 아마 내가 이제 경찰이 된 거라고 생각하겠군, 나는 생각했다.

나는 '아니야, 친구. 난 함정수사를 하는 게 아니야. 괜찮아'

같은 멍청한 말을 지껄이게 되기 전에 그에게 대놓고 말했다. "프랭크, 아이가 죽고 아내가 떠났고 난 내 손을 아작냈어. 거의 한계에 다다른 것 같아. 그래서 네가 아직도 근처에 있지 않을까, 뭔가 알지 않을까 하는 생각이 들었어."

그는 복권을 긁던 손을 멈추고 담배를 한 모금 빤 다음 내 생각을 말해보라고 했다. 나는 할말을 했고 그는 내게 액수를 말해주면서 술집으로 다시 돌아올 시간을 알려주었다. 금액은 터무니없었고, 나는 순간적으로 나 같은 상황에 처한 사람에게 바가지를 씌우려는 그에게 화가 났다. 하지만 내게는 그가 요구한 만큼의 돈이 있었다. 나는 그를 바라보았다. 먼지를, 재를 뒤집어쓰고 그곳에 홀로 앉아 있는 사람. 나처럼, 그리고 다른 모든 사람들처럼 지치고 닳아빠져 이 삶에 어리둥절해하는 사람. 그리고 정말이지 나보다 더 궁색한 사람. 그래서 나는 속으로, 하느님 우리 모두를 도우소서, 하고 되뇐 후 그가 말한 대로 하기로 했다. 그가 두어 시간 뒤에 술집으로 돌아오라고 했던 터라, 나는 물가에 옹기종기 빽빽이 들어선 옛 선장들의 집들 근처를 배회하며 항구 위로 떨어지기 시작하는 눈을 바라보았다. 술집으로 돌아가자 프랭키는 내가 주문한 것을 가지고 있었다. 술집에는 바텐더 외에 아무도 없었으며 그 사람도 별 신경을 쓰지 않는 듯해서 나는 그 자리에서 바로 돈을 지불했다. 나는 프랭크와 나를 위해 보일러메이커*를 샀고 나는 위스키와 함께 약을 네 알 삼켰다.

"먹기 전에 그 아스피린 같은 것을 빼야 돼." 프랭키가 말했다.

"아스피린?"

"아스피린은 아니고, 다른 건데, 무슨 두통약 같은 거야. 그게 간을 망쳐버리거든. 약을 너무 많이 먹고 맛이 갈까봐 그걸 집어넣는 거래."

"어떻게 빼는데?"

"알약을 가루로 간 다음 물을 약간 넣어서 반죽처럼 만들어. 그다음 그걸 냉장고에 집어넣고 반시간이나, 조금 더 오래, 거의 얼 때까지 넣어둬. 그럼 그 아스피린 쓰레기는 모두 알맹이로 뭉치게 돼. 그걸 커피 필터에 넣고 물만 짜낸 다음 남는 알맹이는 다 버려. 그리고 그 액체로 된 걸 먹는 거야. 가장 좋은 방법은 어린애들에게 약 먹일 때 쓰는 주사기 같은 거 있잖아, 그걸 똥구멍에 찔러넣고 액체를 위로 쏘는 거야. 그러면 훨씬 더 뿅가게 돼."

"똥구멍 속으로? 어?" 나는 말했다. "정말 괴상하다."

"매번 효과가 죽여."

나는 프랭키와 이십 분 동안 읍내에 대해, 아직 남아 있는 사

* 위스키와 그 뒤에 마시는 맥주로 구성된 일종의 폭탄주.

람들과 떠난 사람들에 대해 이야기했다. 그가 말한 이름들은 거의 기억이 나지 않았다. 알약이 효과를 내기 시작했을 때 나는 프랭크와 악수를 했고, 그가 나에게 얼마나 큰 도움을 주었는지 말했으며, 거듭 고맙다는 인사와 함께 필요하면 다시 와도 되는지 물었다. 그는 와도 되긴 하지만 요즘 지방에 가는 일이 많다고 말했다.

나는 말했다. "알았어, 프랭크, 다시 한번 고맙고 필요하면 여기로 와볼게."

나는 술집을 나와 에논까지 10킬로미터를 걸었다. 눈이 억수로 쏟아져 길에는 차가 없었고 세상은 고요했다.

7

어느 늦은 겨울밤, 오는지 가는지도 몰랐던 새해가 두 주 지난 후, 내가 얼마나 많은 위스키를 마셨고 얼마나 많은 약을 갈아서 흡입했는지 더이상 셀 수 없게 된 후, 나는 의식의 정전 상태에 빠졌다가 여섯 시간 후 묘지에서 동사 직전에 깨어났다. 나는 다닥다닥 붙어 있는 묘비 세 개에 가로막힌 채 옆으로 누워 있었다. 그 묘비들은 모두 1839년 12월 12일에, 각각 여덟 살, 일곱 살, 다섯 살의 나이로 죽은 세 자매의 것이었다. 나는 발가락과 손가락이 동상에 걸렸을 거라고 확신했다. 바람과 동쪽의 희미한 빛으로 미루어보아 새벽 다섯시쯤 되었음을 알 수 있었다. 하늘에는 별이 가득했으나, 그것은 여름의 초저녁에 보이는 투명하고 온화한 별이 아니었다. 아래를 노려보는 듯한 그 별들은 차갑고, 거칠고, 맹렬했다. 그것은 우주의 가장 깊은 참호들로부터 에논의 하늘에 도달한 별들, 상상도 할 수 없는 무시무시한 시작에서 비롯된 별들이었다. 그들의 빛은 현재라는 순간에 의해 균등해졌으나 실은 그 안에 여러 시대의 시간들이 얽히고설킨 광활한 수풀 같은 것이었고, 이젠 유령이 된 우주들이 언덕의 비탈 여기저기에 출몰하며 퍼뜨리는, 유물이 된 빛이었다. 그 별빛은 죽은 사람이 뜬 눈처럼 날 불안하게 했다. 뜨고 있는 눈이 보지 않는다고 믿는 것은 불가능하므로. 그 별빛은 에논의 사자死者들 눈에서 잠시 이글거리며 거짓된 부활을 이끌어냈다.

나는 땅에서 일어나 추위로 온몸을 부들부들 떨며, 몸안의 독 때문에 헛구역질을 했다. 눈으로 뒤덮인 골프장 쪽을 쳐다보았다. 겨울마다 아이들이 썰매를 타는 그곳을 보면서 나는 자정에 죽은 자들이 언덕 뒤편 경사지로 나와 썰매를 타며, 화강암 단지에 피운 파란 불에 손가락뼈를 덥히고 불꽃 속에 손을 넣은 채 웃음을 터뜨리는 모습을 상상했다. 그들이 불 위에 양철 양동이를 올리고 흙 묻은 얼음 몇 덩어리를 넣어 녹이는 모습, 그렇게 우려낸 뜨거운 흙차를 마시다가 차가 턱뼈 뒤를 넘어가 갈비뼈에 후두두 떨어지면 키득거리며 웃는 모습을 상상했다. 묘비를 썰매 삼아 타는 사자들의 모습을 상상했다. 그런 생각을 하니 욕지기가 났고, 나는 이내 그런 상상을 한 것을 뉘우쳤다. 케이트의 묘비로 가 그 앞에 무릎을 꿇고 앉아, 미안하다고 몇 번이나 말하고 싶은 충동이 일었다. 왜냐하면 나는 그러면 안 된다는 것을 알면서도 밤이면 밤마다 똑같은 어둠의 문턱을 넘었고, 그렇게 죽은 자의 나라로 케이트를 뒤따라가 그 아이를 다시 데려오고자 하는 생각을 버릴 수가 없었기 때문이다. 비록 아이는 내 꿈으로 날 찾아왔고 깨어 있는 동안에 내 머릿속을 떠난 적이 없음에도…… 아이가 새에게 먹이를 주던 기억, 달리기 연습을 하고 크리비지 게임을 하던 기억만으로는 부족했다. 나는 내 자식에 굶주렸고 무덤에서 나 자신을 먹어치우는 데 골몰했으며, 그리하여 두 세상의 중간쯤에서, 아니면 내가 조금 더 넘어가서, 어느 날 밤 아주 잠깐 동안만이라도 아이와 만날 수 있기를 소망했다. 산 자들의 에논에서 젖은 풀밭이나 낙엽, 또는 눈 쌓인 땅에 맨발을 디디고 다시 일어난 내 딸과, 부디 단 한마디나마, 마지막 인간의 말을 나눌 수 있기를.

8

케이트가 죽을 때, 아이의 가장 친한 친구 캐리 루이스가 함께 있었다. 둘은 자전거를 앞뒤로 나란히 타고서 에논 호숫가의 굽은 도로를 달렸다. 캐리는 케이트 앞에 있었다. 나는 케이트의 장례식에서 캐리를 마지막으로 보았다. 그 아이 옆에는 엄마 헬렌과 이름이 기억나지 않는 아빠가 함께 있었다. 캐리는 화장기 없는 얼굴에 머리를 뒤로 묶고 장신구 없이 검은 원피스를 입고 있었다. 아이가 어찌나 많이, 서럽게 울던지, 부모는 아이를 장례식 무리에서 떼어내 무덤에서 이삼십 미터 떨어진 나무 뒤로 데려가 달래야 했다. 아이의 슬픔이 나를 더욱 무너지게 했다. 나와는 달리 그 아이는 케이트가 차 밑에서 만신창이가 된 자전거와 한데 엉켜 누워 있는 모습을 보았을 테니까. 자동차 앞바퀴

밑에 깔린 케이트의 어깨와, 빠개진 안전모가 덮은 정수리, 그리고 그 주변을 에워싼 구겨진 금속. 그러니까 캐리가 봤을 거라 내가 상상한 현장의 이미지를 내 머릿속에서 몰아내기는 불가능했다. 장례식이 끝난 후 연회에서는 캐리를 볼 수 없었다. 그 자리에 오긴 했는지도 확실하지 않다. 그 아이 엄마를 보기는 했으니, 어쩌면 아빠가 아이를 집에 데려간 것인지도 모른다.

2월의 어느 날 오후, 헬렌 루이스가 집 앞에 나타났다. 보통 때 같았으면 문을 열어주지 않았겠지만 마침 습지로 산책을 가려고 나서던 참이었다. 나는 주의를 기울이지 않고 있어서, 아마도 약을 몇 알 가져가야 할지 계산하느라, 진입로에 차가 서 있고 헬렌이 뒤쪽 현관으로 다가오는 것을 미처 보지 못했다. 내가 문고리로 손을 내밀고 있을 때 헬렌이 문을 두드렸다. 나를 본 것이 틀림없어서 문을 열지 않을 수 없었다.

"어, 안녕하세요, 찰리." 헬렌이 말했다. "방해해서 정말 미안해요……"

나는 몇 주 동안 거울에 내 모습을 비춰본 적이 없었으나 헬렌의 얼굴에 나타난 표정을 보니 얼마나 형편없는 모습일지 알 수 있었다. 헬렌은 단순히 내 모습이 끔찍해서 놀란 것이 아니라 미리 예상하고 마음의 준비를 한 것보다 훨씬 더 끔찍해서 깜짝 놀랐을 것이다.

"아니, 헬렌, 아니에요." 나는 말했다. "괜찮아요. 제가 전화라도 걸어서 애가 어떤지 확인해봤어야 했는데 미안……"

대화는 이미 절망적이었다. 내가 왜 연락을 하지 않았는지, 할 수 없었는지가 너무나 뻔했다.

"아니에요, 찰리. 그럴 필요…… 내 말은 그러니까, 괜찮다는 말인데요. 캐리는, 어, 힘들긴 했어요. 하지만, 내 말은, 찰리 당신은 훨씬 더……" 헬렌은 한 발짝 뒤로 물러서며 은박지로 덮은 오븐용 접시를 내밀었다. "괜찮았으면 좋겠어요. 라자냐를 좀 가져와봤는데……" 바보처럼 나는 접시를 얼굴 앞으로 올려 은박지에 코를 대고 냄새를 맡았다. 라자냐 냄새를 맡을 수가 없었다.

"아니에요, 정말 고마워요, 헬렌. 냄새가 아주 좋네요."

"찰리, 우리가 할 수 있는 일이 있을까요? 사람들 말로는…… 그러니까 제 말은, 우리가 좀 도움을……"

"아니, 전혀 아니에요, 헬렌. 제 말뜻은…… 저도 압니다. 제가 좀 엉망이죠. 하지만 잘해나가고 있어요. 점점 더 좋아져요." 헬렌의 눈을 똑바로 볼 수는 없었지만 헬렌이 내 등뒤로 집안을 엿보고 있다는 것은 알 수 있었다. 더럽고 곰팡이 슨 접시들과 탁자와 조리대와 가스레인지 위에 쌓이고 바닥에 널린 종이와 공구와 쓰레기들을 헬렌이 보았다는 것을 알 수 있었다. 그게 실제로 일어난 일인지 아니면 그저 내 두려움의 일부였는지 모르겠지만, 바로 그 순간 어떤 악취가 돌풍처럼 문밖으로 불어나와 우리를 휘감으면서 헬렌의 얼굴이 창백해지는 듯한 느낌이 들었다. 헬렌은 뒤로 한 걸음 물러섰다.

"찰리. 제 생각엔…… 그리고 다른 사람들 몇 명도, 어쩌면 도움이 좀 필요하신 것 같다고……" 나는 영화 속 병사가 항복할 때 하듯이 양손을 들어올렸다. 헬렌이 겁을 내고 있다는 사실을 깨달았다. 내가 난폭한 사람이라거나 평판이 나쁜 사람이어서가 아니라, 정신적으로 병들었거나 실성했는지도 모른다고, 심지어 다른 사람을 해칠 수 있을지도 모른다고 생각해서였을 것이다.

"아, 헬렌. 들통이 나버렸군요. 하신 말씀이 맞습니다. 지금까지는 좋지 않았어요. 정말 나빴어요. 하지만 장담해요. 많이 좋아졌습니다. 고비는 넘겼거든요. 수전도 집에 없고, 정말 힘들었죠. 그런데 아내도 돌아올 것이고, 저도 돌아오고 있어요, 바로 여기로. 저도 보기에 좋지 않다는 건 아는데……" 나는 숨이 턱까지 찼다. 말도 안 되는 소리를 하고 있다는 사실을 훤히 읽히고 있는 느낌이었다. 헬렌은 차 쪽으로 뒷걸음질쳤다. 나는 목소리를 낮추고 손을 아래로 내리며 좀더 신중하게 말했다. "헬렌, 형편없어 보이는 거 압니다, 하지만 부탁이에요. 그럴 수 없어요."

"알았어요, 찰리. 저기, 라자냐 맛있게 드세요." 헬렌은 그렇게 말하고, 차문을 연 다음 한쪽 발을 차에 들여넣었다. "우리가 주변에 있으니까, 도와드릴 일 있으면 전화하세요."

나는 미소를 짓고 쾌활하게 보이려고 노력하며 말했다. "그럴게요!" 그리고 손을 흔들었으나 헬렌은 이미 어깨 너머로 뒤를 돌아보며 진입로를 후진해 나가고 있었다.

어느 아침 일찍 나는 소파에서 잠을 깼다. 나는 아침마다 소파에서 잠을 깼다. 날마다 같은 아침 같았고, 날마다 잠에서 깬다고 상상하지만 사실은 끝없이 겹겹이 포개진 꿈속에서 깨어나 다른 꿈으로 들어가는 것에 불과한 듯했다. 기분이 칠흑처럼 어둡지 않을 때면, 소파에서 잠을 깨는 나에 관한 호메로스풍의 시구를 생각해봐도 재미있을 것 같았다. 그런 나의 행동을 고귀하게 격상시킬 주문을 지어내, 이것이 개인적 파멸의 단조로운 과정이 아니라 하나의 시처럼 느껴지게 할 수 있도록. 소파를 배로 삼아. 소파를 배로 삼아, 잃어버린 딸을 되찾으러 항해를 떠나네. 비탄에 빠진 찰스, 딸을 빼앗긴 크로스비. 진한 슬픔의 색깔에 솔기가 풀린 소파를 조종하여 모든 대양의 죽음을 뚫고 영원히 나아가네. 낮은 달의 뾰족한 끄트머리에 꿋꿋이 매달린, 눈부시게 빛나고 완전한 황금빛 케이트를 보게 될 때까지.

이른봄, 아니면 아주 늦은 겨울이었을 것으로 여겨진다. 3월 둘째 또는 셋째 주의 어느 날이었을 것이다. 아직 해가 나오진 않았지만 곧 떠오를 시간이었다. 빛은 아침의 해변으로 점점 더 일찍 밀려들었고 저녁에는 점점 더 늦게 밀려나갔으며, 지구가 태양과 나란히 놓이는 춘분이 될 때까지 그 과정은 빨라졌다. 간밤에 투약한 약으로 인한 끈끈하고 긴장된 통증에도 불구하고, 해가 떠오르는 모습을 봐야겠다는 생각이 들었다. 돌아누워 머리를 다시 소파 모서리에 처박고 새벽 내내 잔다는 것은 나같이 망가진 영혼에게마저도 불경스러운 일 같았다. 끊어질 듯 약하고 팽팽하며 위태롭지만 아직은 지탱하는 끈이 있어서, 약에 취해 흐릿한 나의 의식을 메인 주에서 낚시하던 시절, 식당의 아침 식사를 놓치지 않기 위해 일찍 일어나야 했던 그 아침들로 이어주고 있었다. 그 시절, 할아버지는 이미 한 시간 전에 일어나 추위 속에서 옷을 갈아입고 샘의 차가운 물로 세수를 한 뒤, 잠의 따뜻한 고치 속에 있는 나를 자극하려고 노래를 불렀다. 식당의 종탑에서 진짜 청동 종이 울리기 직전에 내 침대 발치로 와, 어릿광대 같은 테너의 음성으로 최대한 크게 "댕! 댕! 댕!" 외쳐댔고, 침대 발치의 금속 난간을 화목 난로의 부지깽이로 탕탕 치면서 이불을 내게서 채어가버리면, 나는 서리 낀 아침에 덮을 것도 없이 누워 있었다. 그런 얼어붙은 아침에 해가 떠오를 때, 할아버지의 열정은 나를 화나게도 했고 즐겁게도 했다. 너무나 졸리고 추운 나머지 나는 거의 통증을 느끼며 몸을 움츠렸고, 침대 위에서 잔뜩 웅크리고 있으면 차가운 공기가 나를 꿰뚫었다. 때로 내가 투정을 부리면 할아버지는 더욱 재미있어했는데 그러면 나는 더욱 심술이 났다. 하지만 나는 할아버지의 원기왕성함을 좋아했으며 청명하고 차갑고 기운을 돋우는 북쪽의 아침에서 얻는 듯한 할아버지의 활기를 우러러보았다. 케이트가 학교에 가는 추운 아침이면—밝은 가을 아침이나 어두운 겨울 아침, 비 오는 봄날 아침 모두—나 또한 좀더 부드럽기는 했지만 할아버지와 똑같은 행동을 했다. 그때는 내가 한 시간 먼저 일어나, 커피를 마시고 담배를 피우며 수전이 출근한 후 찾아든 고요함 속에서 조간신문을 읽었다. 나는 케이트의 방에 들어가 창문의 블라인드를 위로 올린 뒤 침대 가에 앉아, 아이의 등을 토닥이고 머리에 입맞추며 노래하듯, 오, 케에이트, 일어날 시가안이야, 하고 말했다. 아이는 뒤척이고 신음을 하며, 이불 속에서 좀더 단단히 몸을 말았다. 내가 귀 뒤쪽을 간질이면 아이는 이불에서 팔을 빼 나를 찰싹 때렸고, 자기를 좀 그냥 놔두라고 투덜거렸다. 그만, 아빠. 그러면 나는 말하곤 했다. 알아, 내 조그만 케이티 캣*. 넌 굴속의 아기 고양이처럼 온몸을 웅크리고 아늑하게 누

* Katie-cat. Kitty-cat, 즉 '어린 고양이'라는 뜻의 단어에 운이 맞게 케이트라는 이름을 합친 말.

워 있지. 어떤 느낌일지 아빠도 알아. 하지만 새날이 밝았고 인생은 즐거우니까 어서 일어나 옷을 입어. 그럼 우리가 따뜻한 음식을 차려줄게. 이것은 내 할아버지의 걸걸한 연극조의 기상 의식을 조금 부드럽게 바꾼 것이었다. 그리고 그런 순간이면 나는 내 아이가 그렇게 사랑스러울 수 없었고, 아이가 안전하고 따뜻하고 건강하고 보살핌을 받고 있다는 게 얼마나 좋은지, 그런 좀 더 넓은 선 안에서 아이가 조금은 짜증을 부리고 조금은 거침없이 굴 수 있다는 것이 얼마나 멋진 일인지, 하고 생각했다. 그런 순간이면 낚시 여행 동안 아침마다 나를 깨우던 할아버지 눈에도 내가 얼마나 사랑스러웠을지 느낄 수 있었다. 그리고 할아버지가 아이였을 때 할아버지의 어머니나 아버지가 할아버지를 깨우면서 느꼈을 감정은 나 같으면 잘 알아채지 못했을, 게다가 케이트는 더더욱 알 수 없었을, 그런 사랑이 아니었나 하는 생각도 들었다. 왜냐하면 할아버지가 아이였을 때 잠자리에서 일어난다는 것은 아무도 얼어죽거나 굶어죽지 않게 하기 위해서였을 때가 많았기 때문이다.

나는 어깨에 담요를 두르고 일어나 앉아 거실 탁자 위의 담배를 찾았다. 담배는 거기 없었다. 몸을 아래로 숙여 탁자 밑을 보았다. 나는 거기에서 담배를 발견하고 엄지발가락으로 담배를 집어올렸다. 담뱃갑을 쥐어보니 안이 비어 있었다. 그걸 보니 케이트를 잃고 이렇게 쇠락해버리기 전과 똑같은 강도와 방식으로 짜증이 났다. 커피를 끓이려고 부엌으로 갔다. 커피가 없었다. 거르고 남은 커피 찌꺼기에 물을 부으려고 했지만 물 때문에 필터에 구멍이 생겨 커피 찌꺼기가 필터 받침으로 새어나가버렸다. 젠장. 나는 속으로 말했다. 젠장, 젠장.

평소 같았으면 길을 따라 800미터쯤 가야 하는 편의점까지 걸어가 담배와 거기서 파는 허접스러운 커피를 살 생각을 하지 않았을 것이다. 하지만 무슨 이유였는지 담배와 커피가 떨어진 데 대한 짜증이 익숙하게 느껴지면서, 그곳에 다녀오기에 딱 필요한 만큼의 활기가 생겼다. 그 끔찍한 '예전'에서 온 작지만 지속적인 감정을 느끼자 티끌만큼의 확신이 생겼던 것이다. 하지만, 동시에 나는 그와 상응하는 절망으로 조금 더 깊이 빠져들기도 했다. 케이트의 죽음이 이젠 내 삶의 이정표에 불과하다는 사실, 내 딸의 삶은 그 시점을 기준으로 무효화되어버렸는데도 내 삶은 그후로도 계속된다는 사실을 깨달았기 때문이다. 어떤 차원에서 그런 식의 구분은 그저 어법의 문제라는 걸 나도 알고 있었지만 그래도 여전히 이기적이고 지독한 배신처럼 느껴졌다.

나는 얼굴에 찬물을 좀 끼얹고 젖은 손으로 머리를 훑은 다음 밖으로 나갈 참이었다. 그런데 거울에 황폐하고 무엇엔가 홀린 것 같고 굶주린 듯한 사람이 보였다. 그 모습과 나 자신을 동일시하기까지 그 짧은 순간 나는 생각했다. 저 남자 정말 속수무책이로군. 진짜 슬픔이 바로 저런 모습일 거야, 하고 생각하는데 제 모습을 바라보고 있던 내 얼굴이 점점 일그러졌다.

나는 거울에 비친 내 모습을 보고 말했다. "너 참 대단하다, 찰리 크로스비. 바로 무너져내리지 않는 게 기적이야."

욕조 배수구 가까이에 있는 모래로 서걱거리는 바닥에 마름모꼴 비누가 하나 있었다. 나는 그것을 긁어서 집어든 후 손바닥 사이에 넣고 개수대의 흐르는 물 아래에서 거품이 날 때까지 비빈 다음 얼굴에 대고 문지르고 헹궈냈다. 머리도 더러웠지만 제대로 샤워를 한다는 생각은 섬뜩할 정도로 싫었다. 새해가 되고 샤워를 한 번도 안 했다는 사실을 깨달았다. 뜨거운 물에 몸을 담그고 씻는다는 생각을 하니, 상처가 아물지 않은 연약한 상태가 그대로 드러날 것만 같았다. 스스로가 자기 보호를 위해 진흙에 눈만 내놓고 살아야 하는 짐승처럼 느껴졌다. 그래도 나는 네 겹으로 입은 셔츠를 한 번에 전부 벗고 젖은 수건으로 몸을 문질러 닦았으며, 몸에서 고약한 냄새가 났기 때문에 케이트가 쓰던 데오도란트를 좀 발랐다. 거의 기적적으로, 내 서랍장 맨 아래 서랍에서 깨끗한 헌 셔츠 몇 벌을 찾아냈다. 케이트가 죽기 얼마 전, 내가 수전에게 자선단체에 기부해도 된다고 했던 옷들이었다.

은신처에서 나온 짐승 같은 기분이 될 것 같다는 내 우려는 밖으로 걸어나가 눈을 찌르는 듯한 햇빛을 마주했을 때 결국 현실이 되었다. 나는 뒤로 돌아 집안의 어둠 속으로 황급히 들어가고 싶었지만 담배와 카페인에 대한 갈망이 나를 밖으로 떠밀었다.

편의점의 이름은 '레드 오차드'였다. 그것은 노스쇼어 근처를 독점하다시피 했던 프랜차이즈 업체에서 마지막으로 남은 두세 개의 우중충한 점포들 중 하나였다. 내가 어렸을 때는 어머니 집 근처에도 지금 내 집에서와 비슷한 거리에 '레드 오차드'가 있었다. 길을 걸으면서 나는 예전에 어머니가 우유 4리터를 사오라고 시켰던 일, 이웃집의 돌로레스—돌리—가 여름날 오후에 우리집에 와서 어머니와 함께 다른 사람들에 대해 입방아를 찧거나 '얏지'라는 주사위 게임을 하면서 내게 담배 심부름을 시키던 일을 생각했다. 사실상 500미터도 안 되었을 테지만 어렸을 때는 훨씬 길게 느껴졌던 그 짧은 산책길 대부분은 제2차세계대전 이후에도 개발되지 않은 채 남아 있던 에논 습지를 옆에 끼고 있었다. 에논 습지는 수만 제곱미터 넓이의 저지대로서 봄이면 물에 잠겼고 여름에는 스컹크양배추와 냄새나는 진흙으로 뒤덮였다. 그 심부름 길은 내겐 위험으로 가득찬 곳이었다. 우유는 보통 유리병에 담아 나왔는데 언젠가 나는 인도에 2리터들이 우유병을 떨어뜨려 병이 박살나자 몹시 겁을 먹고 집으로 달려간 적이 있다. 우리집 앞 도로는 차가 상당히 많이 다니는 곳이어서 죽은 동물들이 길모퉁이 가까이에 다리를 벌리고 누워 있는 모습을 자주 볼 수 있었다. 너구리나 땅다람쥐, 또는 누군가 기르는 고양이도 있었다. 사체는 대체로 멀쩡했으나 늘 한 군데쯤 무시무시한 부분이 있어서, 밑에서 초록색 연충 모양의 내장이 흘러나온 마멋도 있었고 뒷다리가 뒤로 꺾인 얼룩 고양이도 있었으며 구더기가 눈을 파먹고 있는 주머니쥐도 있었다. 어머니와 돌리는 내가 도로 근처에 있을 때 무서운 마음에 정신을 바짝 차리도록 무시무시한 이야기들을 들려주곤 했다. 리치필드 씨 아들이 드리블하던 농구공을 따라 길에 뛰어들었다가 키너 사社 유조 트럭에 깔렸다는 이야기며, 시속 30킬로미터 이상으로 달리는 법이 없는 과부 애벗 부인이 모는 내시 메트로폴리탄 바로 앞에 키미 리치가 피루엣*을 돌며 뛰어들었다가 삼 주간을 병원에서 고생하다 결국 죽었다는 이야기 등이었다. 하지만 그렇게 바짝 신경을 곤두세우며 갔다가 돌아오는 여정의 중간에는 탄산음료가 첩첩이 쌓여 있고 사탕과 만화책이 가득 들어찬 가게가 있었다. 만화책은 상상도 할 수 없는 사치였지만, 우유나 빵, 또는 돌리가 피울 담배—'폴 몰'이라는 이름에 필터 없이 빨간 갑에 들어 있었으며 돌리의 하루치 소비량인 세 갑을 한 번에 사곤 했

* 발레에서 한쪽 발끝으로 서서 몸을 회전시키는 동작.

다—를 사다주는 심부름값 십오 센트로 나는 초코바 하나 또는 가게의 자체 브랜드 탄산음료 한 병을 사 먹었다. 탄산음료는 수십 가지 맛에 제각기 다른 밝고 매혹적인 색깔이어서 내게 상당한 좌절감을 안겨주었다. 색깔을 보고 상상한 음료의 맛과 실제의 맛이 비슷하기를 그토록 바랐건만 실제로 그런 적은 한 번도 없었고, 나는 결국 실망해서 울고 싶었던 적이 한두 번이 아니었다. 예를 들어, 거의 형광색에 가까운, 너무나 아름다운 초록색 탄산음료 '키 라임 리키'는 맛이 어찌나 형편없었던지 어머니는 마침내 그것을 더이상 사지 못하게 했다.

인도와 '레드 오차드'의 주차장이 만나는 곳에 도착하자 나는 또 한번 돌아서서 도망치고 싶었다. 그러는 대신, 나는 주차장의 뒤편 경계를 따라 걸었다. 낮은 단층 건물은 반은 빈 상점 공간으로, 축구용품 전용 매장이나 남성복 매장, 유행 지난 여자 옷가게 등 사업 구상이 잘못된 업체들이 연달아 왔다 가기를 거듭했다. 한동안 이발소가 장사가 잘될 것처럼 보이자, 땅주인은 원래 자동차 예닐곱 대 정도 세울 수 있었던 주차장을 스무 대를 수용할 공간으로 확장했고, 에논의 남자들은 매주 토요일 아침이면 그곳에 차를 세우고 일주일에 한 번씩 이발을 했다. 새로운 주차장이 완성되고 일 년 후에 이발소는 문을 닫았고(해병대 출신이던 이발소 주인은 자를 수 있는 머리 모양이 상고머리밖에 없었다) 그뒤로 그 공간은 공공사업국의 제설차가 작업을 쉬는 동안 주차하거나 경찰이 과속 차량을 감시할 때 쓰였다. 겨울 동안 쌓인 눈더미가 녹으며 흘러내린 도로용 자갈에 반쯤 파묻히고 엉겨붙은 잡초가 나 있는 보도의 가장자리를 따라 주차장 뒤편으로 걸어가는 동안 나는 길가의 풀밭으로 뛰어들어가 식물을 연구하는 사람인 척하고 싶은 충동을 억눌렀다. 주차장으로 들어오는 차에서 보일 내 모습을 상상해보니, 그것은 나뭇가지 너머로 어깨를 구부정하게 숙인 채 스스로의 광기가 만들어낸 질척한 신기루를 보며 턱을 긁적이고 전문가인 양 고개를 끄덕이는 허수아비 같은 남자였다. 공교롭게도 나는 그때 나무뿌리 덮개 위로 올라온 크로커스의 연한 싹들을 보았다.

나는 상점의 측면을 따라 걷다가 전면으로 이어지는 모퉁이에 이르러 앞쪽을 내다보았다. 주차장에 있는 유일한 차는 두 칸에 걸쳐 주차된 크고 비싼 유럽산 세단으로, 차에 탄 사람이 없는 채로 공회전을 하고 있었다. 나는 차가 나갈 때까지 기다렸다가, 유리에 비친 내 모습을 애써 외면하며 상점 앞으로 걸어가 회전문을 밀고 안으로 들어갔다.

상점 안은 내 기억보다 훨씬 더 우중충했다. 침침한 형광등은 깜빡거리며 윙윙거렸고 바닥은 많이 닳고 긁혀 있었다. 구석에는 낡은 카드 테이블과 접이식 의자 두 개가 있었고 그 맞은편 벽 높은 곳에는 받침대를 나사로 고정해 올려놓은 텔레비전이 있었다. 텔레비전 화면에는 무작위 숫자들의 조합이 번쩍거리며 나타났다. 테이블 가운데 놓인 플라스틱 진열대에는 어떤 양식이 인쇄된 종이와 짤막한 연필이 대여섯 개 들어 있었다. 한 의자 앞에는 빈 커피잔이 하나 있었고 그 옆에 밝은 녹색의 스크래치 복권이 몇 장 버려져 있었다. 상점 안의 진열대는 반쯤 비어 있는 듯했고 상자며 캔이며 모두 몇 년은 거기 있었던 것 같아서, 누군가 정말로 사가는 실제 상품이 아니라 편의점 배경의 무대를 꾸미기 위해 쓰인 소도구처럼 보였다. 잡지 진열대나 회전식 철제 만화책 진열대에는 부동산 안내지나 피자 가게 메뉴판으로 보이는 것들을 빼면 아무것도 없었다. 퀴퀴하고 건조한 냄새와는 달리 상점 안은 사실 깨끗했다. 어디에도 먼지는 없었으며 닳아빠진 바닥은 비질이 잘되어 있었다. 이 상점의 매출은 대부분 복권과 커피, 섬처럼 홀로 서 있는 계산대 앞에 쌓인 신문, 그리고—이젠 아무도 담배를 피우지 않는 듯하지만 여전히—담배 등의 판매에서 나오는 것 같았다. 계산대와 직각을 이루는 낮은 진열장 위에는 펌프를 누르면 커피가 나오는 보온병이 여섯 개 놓여 있고 그 옆에는 크기별로 포갠 컵과 뚜껑, 설탕과 인공감미료가 든 통, 조그만 플라스틱 포장에 든 크림과 우유 등이 있었다.

계산대에 있는 남자는 생김새가 인도나 파키스탄, 또는 그 지역, 소위 아대륙 어딘가에서 온 사람인 듯했다. 그는 내 또래 같았고 머리는 짧은 직모였으며 콧수염이 무성했다. 남자는 낡은 회색 바지와 체크무늬 셔츠, 그리고 그 위에 갈색 스웨터 조끼를 입었다. 나는 그에게 미소를 짓고 고개를 끄덕이며 입을 열어 인사도 했으나, 끝을 흐리다보니 실제로는 '아'나 '어'에 가까운 감탄사처럼 들렸다. 남자는 미소에 답하지는 않고 나를 향해 고개를 까딱했는데, 불친절하다기보다는 심각하다는 인상을 주었다. 나는 내가 좀 이상해 보인다는 것을 알았기 때문에 머뭇거리고 싶지 않았다. 나는 그곳에서 커피나 담배를 산 적이 없었으며, 에논 토박이이면서도 이 남자에게는 어디에서 왔는지 알 수 없는 낯선 사람이었다. 나는 가게에 있는 커피 중 가장 큰 사이즈의 블랙커피를 서너 잔 사서, 집에 가져다가 냉장고에 넣어두고 아침마다 냄비에 데워 마실 생각이었다. 나는 다시 계산대를 보고 미소를 지었다.

"내기에서 졌지 뭐요, 형씨." 내 거짓말에 나도 놀라며 말했다. 지어낸 이야기가 갑자기 머릿속에 떠올랐다. 나는 페인트공들의 작업조에 속해 있는데, 일을 시작하기 전에 커피를 자기 돈으로 사올 사람을 뽑는 내기에서 졌다는 이야기였다. 심지어 내 눈에는 같이 일하는 남자들이 보이기까지 했고, 우리 모두 끼어 탄 비좁은 픽업트럭에서 게슴츠레한 눈으로 담배를 피우는 성마른 사내들과 그중 한두 명이 벌써부터 보드카를 홀짝거리다가 조그만 플라스틱병들을 창문 밖 남의 앞마당으로 내던지는 모습까지 상상할 수 있었다.

"오늘 커피를 쏠 멍청이가 바로 접니다." 나는 말했다. 계산대의 남자는 그 심각한 표정을 풀지 않았다.

"네." 그가 말했다. 나는 700밀리리터 커피 컵들이 쌓인 더미 맨 위에서 컵을 하나 들어올렸다.

"이게 용량이 가장 큰 거죠?" 나는 물었다. "이 친구들이 커피광들이라서요."

"네." 남자가 말했다. 컵을 내팽개치고 상점 밖으로 달려가고 싶은 충동이 날 사로잡았고, 컵이 내 손을 빠져나가 진열장 위를 또르르 굴러간 뒤 바닥으로 떨어졌다. 그것을 주우려고 상체를 구부리자 어지럼증이 머리를 훑고 지나갔다. 거의 한 달 동안 누구와도 말을 나누지 않았다는 사실, 깨어 있는 모든 순간 약과 술에 취해 있었다는 사실, 항상 너무나 정신없는 상태로 지냈기 때문에 상대적으로 머리가 맑다고 생각되는 그 순간의 내 모습이 정상적인 사람들에게는 혼수상태에 가깝게 보일 수도 있을 거라는 사실이 갑자기 몹시 당황스러웠다.

"월요일이라 그래요, 형씨." 나는 계산대의 남자에게 말했다.

그는 낯을 찌푸리며 계산대에서 내려와 내 쪽으로 왔다. 나는 바닥에 떨어뜨린 컵을 보온병 아래에 올려놓고 있었다. 남자가 내 손에서 컵을 가져가 진열장 옆의 플라스틱 쓰레기통에 던져넣을 때, 나는 내가 방금 전에 컵에 따르려 했던 것이 바닐라 시나몬 헤이즐넛이라 부르는 커피라는 것을 깨달았다. 남자는 쌓여 있는 컵 무더기에서 깨끗한 컵을 하나 꺼내 커피 보온병 아래에 놓았다.

"아니, 아니, 형씨." 내가 말했다. "아, 날 구해주셨네. 난 그렇게 말도 안 되게 단 것은 싫어요." 나는 그 사람을 '형씨'라고 부르는 나 자신이 당혹스러워 움찔했다.

"원하시는 게 어떤 건데요?" 남자가 물었다. 내가 어서 가게에서 나가기를 바라는 게 분명했다. "그리고……" 그가 말했다. "오늘 월요일 아닙니다. 일요일이에요."

"일요일." 내가 말했다. "일요일, 일요일." 나는 고약한 직업 때문에 너무 오랜 시간을 일하고 형편없는 보수를 받는 사람들이 기운을 돋우기 위해 쓰는 익살스러우면서도 체념 어린 어조로 말하려 애를 썼다. "하도 일을 많이 하다보니 오늘이 무슨 요일인지도 몰랐네. 우리같이 덜떨어진 사람들은 일요일에도 일을 해야 하니 참 끔찍해요, 안 그래요?"

"뭘 드시겠어요?" 남자가 물었다.

"아, 넉 잔. 여기 있는 것들 중 아무거나, 향을 넣지 않은 진한 걸로 큰 컵에 넉 잔 줘요."

"프렌치 로스트로 할게요." 남자가 말했다. 그는 쪽지에 '파리지앵 카페, 누아르!'라고 써서 코팅을 하고 테이프로 붙인 보온병 하나를 들더니 손잡이를 잡고 올렸다 내렸다 하면서 커피가 얼마나 남아 있는지 살폈다. "넉 잔까지 나오진 않겠어요. 손님이……" 그뒤에 그가 한 말을 난 이해할 수 없었다. 그의 모국어 억양과 구문법에 휩쓸려 그가 말한 영어 단어들을 놓쳐버렸다.

"미안해요, 형씨." 내가 말했다. 자꾸만 '형씨'란 말이 나오는 게 어찌나 신경질이 나는지 커피고 담배고 다 버리고 그냥 가게를 나가버리고 싶었다. 자꾸만 이 남자를 '형씨'라고 부르고 그 사람이 하는 말도 이해하지 못하는 나는 그것들을 얻어갈 자격이 없었다. "내가 오늘 거의 맛이 갔나봐요." 내가 말했다. "뭐라고 했죠?"

남자는 다시 말을 했지만 나는 여전히 그 말을 알아들을 수가 없었다. 내가 친구들에게 갖다주었으면 하는 종류의 커피는 한 가지도 구하지 못할 거라든가, 전 세계에 하나도 남아 있지 않다든가, 대충 그런 비슷한 말처럼 들렸지만 나는 그것이 사실이 아님을 알고 있었다. 남자의 말을 그렇게 귀기울여 듣는데도 알아들을 수 없다는 것이 참으로 당혹스러웠다. 내가 남자를 모욕하고 있는 듯한 느낌이었다. 나는 주춤거리며 고개를 저으면서 내 뜻을 전하려고 했다. 미안하다고, 그런데 그 말이 내 두꺼운 두개골을 뚫고 들어오지 못한다고, 모두 내 잘못이라고. 그는 또다시 말을 반복했지만 나는 여전히 한마디도 알아들을 수 없었다. 이상한 꿈을 꾸고 있는 것 같았고, 좀더 열심히 귀기울여 들으면 알아들을 수 있을 것 같은데 도저히 집중이 안 되는 느낌이었다.

나는 너무 당황스러운 나머지 내 정수리를 두드리며 말했다. "아이고 맙소사! 정말로 미안해요. 한마디도 못 알아듣겠어요. 그냥 아무거나 네 잔 가득 따라서 가져갈게요. 저 친구들이야 좋아하든가 말든가……"

남자는 한 손을 치켜들고 말했다. "아니요."

내가 말했다. "아니요……"

"아니요." 그가 다시 말했다. 그는 치켜든 손에서 검지만 남기고 다른 손가락을 접었다. "기다리세요."

"어, 아니, 형씨. 난 됐어요. 괜찮아요. 그럴 필요 없는데……"

"기다리세요."

나는 고개를 끄덕였다. 그는 진열대에 놓인 다른 보온병들을 살펴보더니 그중 세 개를 들고 뒤쪽 방으로 들어갔다. 남자는 분명 짜증난 것처럼 보였는데도 서두르지 않았다. 나는 밖을 보며, 남자가 없는 사이에 누군가가 차를 대고 안으로 들어올까봐 걱정했다. 날씨가 바뀌고 있었다. 바람이 거세게 불던 간밤의 날카로운 추위가 물러가고 좀더 온화하게 일렁이는 미풍이 불어와 내 눈앞에서 풀잎의 이슬을 안개로 바꾸고 있는 듯했다. 터커 택지 개발구역 끝의 도로 저편, 돌담 뒤로 펼쳐진 초원이 증기를 내뿜는 것 같았다. 남자가 뒤쪽에서 뒤적거리고 있는 사이, 나는 계산대 근처에서 불이 켜지는 펜과 육포와 차량용 방향제 등의 상품들을 살펴보았다. 담배는 계산대의 위쪽에 높이 붙은, 넣었다 뺐다 하는 선반 진열대에 있었다. 진열대 바깥쪽 면에는 계산하는 손님이 서 있는 쪽을 향해 사진 두 장이 테이프로 붙어 있었는데, 내 추측으로 각각 두 살쯤 되어 보이는 남자아이와 여덟 살쯤 된 듯한 여자아이의 사진이었다. 나는 여자아이 사진 쪽으로 몸을 기울였다. 아이는 푸른 사리를 입고 머리에는 흰 꽃을 꽂았다. 땋아내린 검은 머리가 아주 길었다. 아이는 땋은 머리를 한쪽 어깨 앞으로 길게 늘어뜨리고 있었는데 끝이 허리 밑으로 내려올 정도로 길었다. 한 번도 머리를 자른 적이 없었을 거라는 생각이 들었다. 아이의 손과 볼의 크기와 모양으로 볼 때, 나는 아이가 이학년일 거라고, 또는 아이가 사는 곳에서 이곳의 이학년에 상응하는 학년일 거라고 생각했다. 나는 아이가 입고 있는 옷이 인도의 사리가 아닐까 생각했고, 그렇다면 그곳은 아마 인도일 거라고 추측했다. 케이트가 여덟 살이었을 때도 그 아이처럼 말랐고 자라는 중이었으며, 더이상 아기나 유아의 느낌은 아니었지만 꼬마 같은 모습이 남아 있었다. 수전과 나는 그 정도의 앳된 아이들을 어린이와 구분해 꼬마라고 불렀다. "우우, 우리 딸 좀 보게." 나는 케이트를 안아올려 볼과 귀와 머리에 입을 맞추며 말하곤 했다. "우리 딸, 이제 어린이가 다 되었네!"

남자가 가게 뒤편에서 커피가 든 보온병 네 개를 힘들게 나르며 걸어나왔다. 그는 그것들을 계산대 위에 올려놓았다.

"손님을 위해 프렌치 로스트를 추가로 만들었어요." 남자가 아둔한 아이에게 하듯 천천히 말했다. 그가 컵에 커피를 따르는 걸 돕겠다고 나설까봐 겁이 났지만 남자는 보온병 하나를 계산대 위에 그대로 두고 나머지 세 개는 진열대로 가져가 교체한 후 계산대 뒤, 담배 진열대 아래로 되돌아갔다.

나는 컵에 커피를 채우기 시작했다. 보온병의 펌프는 한 번 누를 때마다 몇십 밀리리터씩밖에 나오지 않아 나는 계속 펌프질을 해야 했다. 옛날에 사람들이 마당에 설치해두고 쓰던 구식 우물 펌프를 떠오르게 했다. 보온병 펌프를 누르면서 나는 사진들 쪽으로 고개를 까닥했다.

"아이들 사진이에요?"

"네. 제 아이들입니다." 남자가 말했다.

"예쁜 아이들이네요."

남자가 말했다. "감사합니다."

"아이들, 몇 살이에요? 두 살과 여덟 살 정도?"

"아들은 이제 다섯 살이고 딸은 열한 살이에요." 그러면 사진이 오래된 거로구나, 하고 나는 생각했다.

"아이들이 여기에서 학교 다녀요?" 내가 물었다.

"인도에 아내와 함께 있습니다."

첫번째 컵을 다 채웠다. 컵에 뚜껑을 덮고 나서 두번째 컵을 채우기 시작했다.

"아이들이 학기를 마저 마치고 오려고 남아 있나봐요?" 나는 물었다.

"돈을 모아서 식구들을 이곳으로 데려오려고 합니다." 남자가 말했다. 나는 남자의 어려운 상황을 이해했다. 그의 아이들에 대해 즐거운 잡담을 하며 나에 대한 인상을 바꿔보려다가 외려 그의 고통스러운 상황을 환기시키게 되니 갑자기 기분이 엉망이 되었다. 하지만 사진들이 밖을 향해 붙어 있다는 건 사람들에게 자기 가족에 대해 알리고 싶다는 뜻 아닌가, 하고 나는 생각했다.

"가족들이 곧 옵니까? 오래 떨어져 있었어요?" 나는 물었다. 나는 관심을 보이는 편이 낫겠다는 생각을 했다. 사실, 이제 정말로 관심이 있었고 그걸 내보이면 안 될 이유는 없을 것 같았다. 어쨌거나 그 사람이 나를 지금보다 더 나쁘게 생각할 수 있는 여지도 없었다.

"가족들이 언제 올 수 있을지 모르겠습니다. 삼 년 동안 못 만났어요." 남자가 말했다.

"아, 형씨." 내가 말했다. "정말 안됐네요." 두번째 컵이 가득 찼다. 나는 컵에 뚜껑을 덮고 먼저 채워둔 컵 옆에 놓은 다음 세번째 컵에 커피를 채우기 시작했다. 커피는 종이컵에 들어 있는데도 손이 델 정도로 뜨거워, 나는 간간이 컵에서 손을 떼 식혀야 했다. 시큼한 산성의 냄새가 났다.

"유감이에요." 내가 말했다. 나는 계산대 쪽으로 한 발짝 다가가 남자를 향해 오른손을 내밀었다. "제 이름은 찰리예요." 나는 말했다. "찰리 크로스비." 남자는 손을 힘없이 늘어뜨리고 악수를 했지만 줏대나 기개가 부족해서 그런 건 아닌 것 같았다. 비록 내 할아버지는 힘없는 악수는 그런 성격을 나타낸다고 내게 항상 말했지만. ("물에 젖은 국수 같은 손을 내밀면 안 돼." 할아버지는 말하곤 했다. "상대의 손을 부러뜨릴 듯이 해도 안 되지. 특히 여자의 손은 더더욱. 그렇지만 단호하게, 외향적으로, 자신감 있게 악수를 해. 그러면 첫인상이 좋아지거든.") 나는 남자가 그렇게 이상한 악수를 한 것은 그가 악수에 완전히 익숙하지 않아서일 거라고 추측했다. 내가 그의 기분을 상하게 한 것이 아니길 바랐다. 나는 그의 기분을 상하게 했을까봐 걱정을 하는 내가, 그리고 어쩌면 그의 문화에서는 다른 사람과 손을 잡는 악수가 비위생적이라거나 품격이 떨어지는 일로 여겨지는 건 아닐까 하고 조금은 무지한 생각을 하는 내가 멍청이처럼 느껴졌다. 이젠 너무 늦었어, 나는 생각했다. 차라리 선의를 가지고 그냥 밀고 나가는 편이 나았다.

"저는 맨프라사드입니다." 남자가 말했다.

"맨프라사드." 내가 말했다. "아이들 이름은 뭐예요?" 나는 다시 한번 움찔했다. 낯선 사람에게 아이들 이름 같은 친밀한 질문을 하는 건 무례한 일일지도 모른다는 생각과 인도의 문화에 대한 모욕적일 수도 있는 설들을 지어내는 나 자신이 한심하다는 생각이 동시에 들면서, 지금껏 그에 관한 책을 읽어보지 않은 것이 유감스러웠다. 나는 생각했다. 이십 년 넘게 책벌레 중의 책벌레로 살면서 인도에 대해서는 단 한 쪽도 읽지 않았다니. 지구상의 가장 중요한 문화들 중 하나가 아닌가. 에논과 뉴잉글랜드에 대한 책으로 가득찬 도서관들을 섭렵한 내가 지구상의 다수를 차지하는 다른 인간들의 경험에 대해서는 거의 아무것도 읽지 않았던 것이었다. 정작 그들은 뉴잉글랜드에 대해서는 들어본 적도 없고, 내게도 불현듯 자만심만 강했지 보잘것없는 작은 점에 불과하게 느껴지는 이 마을에 대해서는 신경을 쓰지도 않을 텐데. 이 남자 역시 어렸을 때는 에논에 대해 들어본 적도 없었을 테지만 결국은 이 마을로 들어와 가족과 함께 지내기 위해 필요한 돈을 긁어모으느라 계산대 뒤에 처박혀 살게 될 거라고 이미 운명 지어져 있었다는 생각이 들었다. 내게 반대의 경우가 생긴다면 어떨까 궁금했다. 인도의 깊숙한 곳, 어떤 이름 없는 조그만 마을이, 깜짝 놀라고 비참한 모습으로 그곳에 다다른 나를 기다리고 있을까? 물론 그런 마을은 없겠지, 나는 생각했다. 언제나 나를 기다리고 있었던 것은 딸의 상실과 그후의 고통이었을 테니까.

맨프라사드는 몸을 앞으로 기울여 담배 진열대 밑에서 머리를 낮춘 채 위쪽의 아들 사진을 가리켰다. "얘는 스왑닐이에요." 그는 또 딸 사진을 가리켰다. "그리고 얘는 아난디타."

"정말 아름다운 이름이네요, 맨사프라드." 나는 말했다.

"맨프라사드." 맨프라사드가 말했다.

"아! 내 말은, 맨라—"

"매니." 맨프라사드가 말했다. "사람들은 절 매니라고 불러요."

"매니." 나는 말했다. "아이들 이름이 정말 아름다워요." 나는 마지막 컵을 다 채운 후 두 잔씩 계산대 가까이 가져갔다. "얇은 포장에 든 말보로 레드 세 갑도 주세요." 매니는 머리 위 진열대에서 담배 세 갑을 꺼냈다. 나는 매니에게 그의 아이들에 대해 더 물으려 했지만, 그가 내 동기를 의심이라도 할까싶어서 기분이 이상해졌다. 같은 부모로서 관심이 있는 것뿐이라고 그에게 알리고 싶었다. 그런 생각을 마치기도 전에 이미 말이 튀어나왔다. "따님보다 나이가 약간 더 많은 딸이 있어요."

매니가 말했다. "아, 좋으시겠어요." 그는 금전등록기에 커피와 담배의 가격을 입력했다.

"음, 있었죠." 나는 말했다. 그 순간, 무엇보다 내가 원한 것은 무사히 소파로 돌아가 담배를 피우며 약을 먹은 후, 약기운이 주는 평화가 밀물처럼 밀려오기를 기다리는 것이었다. "딸이 있었어요. 케이트. 그런데 일 년 전에 잃었어요. 대략……" 나는 날짜를 셌다. "대략 일곱 달 전이었네요, 사실은." 겨우 일곱 달밖에 되지 않았다는 사실이 충격적이었다. 이미 몇 년은 지난 것처럼, 몇 년 동안 애도를 하고 있었던 것처럼 느껴졌다.

"유감입니다. 상실감이 크겠어요." 매니가 말했다.

"아, 괜찮아요……" 또 그 사람에게 '형씨'라고 할 뻔했다. 다른 삶에서라면, 예를 들어, 오랫동안 친근하게 지낸 후 우리 사이에 진심 어린 우정이 생긴 뒤였다면 그 말을 좀더 줄여, 그를 '형'이라 부를 수 있을지도 모를 일이었다. 우리가 계산대 뒤에 우유 상자를 놓고 마주앉아 하루종일 크리비지 게임을 하고, 오랜 세월에 걸쳐 둘 사이에 자리잡은 약칭들을 써가며 함께 웃고 떠들다가 손님이 오면 잠시 멈추고 계산을 해주는 우리의 모습을 그려보았다.

"다 해서 삼십일 달러 오십 센트입니다." 그가 말했다. 둘이서 친구로 지내며 케이트를 잃은 슬픔을 헤쳐나가도록 그가 나를 돕고, 아내와 아이들이 올 때까지 기다리는 그를 내가 돕는 상상 속의 모습은 사라졌고, 나는 그의 신중함에 짜증이 났다. 너한텐 잘된 거야, 크로스비. 나는 생각했다. 지금 보니 저 사람은 속을 알 수 없는 인도 사람이잖아. 잘된 일이야. 어쩌면 더 나쁜 종류의 인도 사람일지도 몰라. 넌 지금 아주 헐값을 치르고 편견을 확인하는 거야. 나는 바지 주머니에서 일 달러와 오 달러만 모아 돌돌 말아둔 낡고 더러운 돈뭉치를 꺼내 돈을 세기 시작했다. 내가 우리 둘 모두의 시간을 망치고 있다는 생각에 기분이 더러웠다. 그 순간 인지능력이 있는 어떤 생물이 우리 머리 위를 지나다가 '레드 오차드'의 지붕을 뚫고 우리 두 사람을 본다면, 이렇게 마주보고 서서 서로 경계하고 의심하고 화가 난 모습으로 돈과 커피와 담배를 주고받는 우리가 사실은 보기보다 더 나은 사람들일 수 있다는 것을 알 수나 있을까?

내게는 이십이 달러 삼십오 센트밖에 없었다.

"미안해요, 형, 아니 매니." 내가 말했다. "돈이 더 많은 줄 알았는데. 아니면 물건이 더 싼 줄 알았거나. 음, 상표 없는 담배는 얼맙니까? 빨간 걸로요."

"사 달러 칠십구 센트예요. 다섯 갑에 이십 달러고요."

"좋아요. 그럼 이 담배들을 물러야겠군요. 그걸로 세 갑 줄래요?"

"네, 괜찮습니다."

쌓여 있는 신문더미에 눈길이 갔다. 시사에 관해, 지역 뉴스나 전국, 국제 뉴스 모두 전혀 파악을 못하고 있었다는 생각이 들었다. 보스턴 신문 옆에 에논의 주간지 〈데일리 브레드〉 최신호가 놓여 있었다. 표지 기사는 정원을 잘 가꿔 상을 탄 마을 여자에 관한 글이었다. 몇 년 전에 내가 잠깐 동안 마당을 손봐준 적이 있는 사람으로, 이름은 월리스였다. 그 주간신문을 꼼꼼히 보면서, 지역의 온갖 토막 뉴스와 마을 회의에 대한 자세한 소식, 도서관 행사, 빵 바자회, 경찰의 사건 기록 등, 친숙한 이름과 함께 나오는 현재 마을의 자질구레한 사정들을 다 읽고 싶었다. 나는 신문 한 부를 꺼내 계산대 위에 올려놓았다.

"이것도요." 나는 말했다. "그리고 커피를 담아 갈 상자 같은 거 있을까요?"

"네. 저기 진열장 옆에 있습니다." 매니가 말했다. 나는 그쪽으로 서둘러 가, 판지로 된 엉성한 커피 운반용 상자를 집어 펼친 다음 네 귀퉁이에 커피를 하나씩 넣었다. 나는 매니에게 돈을 주고 뒷주머니에 담뱃갑을 하나씩 넣은 후 나머지 하나는 커피

사이에 찔러넣었다. 눈물이 흐르기 시작했다. 나는 셔츠 소매로 눈물을 닦았다.

"휴우." 나는 말했다. "저, 아, 오늘 너무 귀찮게 해서 미안해요, 형씨." 나는 커피를 담은 상자를 계산대에서 빼내 팔로 감싸 들었다. 상자가 커피를 지탱하기에는 너무 얇아 컵들이 이리저리 쏠렸다.

"귀찮지 않았습니다, 크로스비 씨." 매니가 말했다. "제가 문을 열어드릴게요." 그는 계산대를 돌아 나와 문을 열었다. 그 어디에도 내가 말한 동료들이나 픽업트럭이 보이지 않는다는 사실에 대해 그는 아무 말도 하지 않았다.

나는 눈물과 콧물을 닦고 말했다. "아, 우리 작업조 사람들이 일하러 가버렸나봐요. 좋은 친구들인데. 하지만 저 길로 조금만 올라가면 돼요." 나는 집으로 돌아가는 방향으로 턱짓을 했다. "돌아가면서 조금 걷는 게 저한테도 좋을 거예요. 심호흡도 몇 번 하고."

"그래요, 크로스비 씨. 제 생각에도 심호흡을 몇 번 하시면 아주 좋을 것 같아요." 매니가 말했다. "그리고 제 가족에 대해 그렇게 친절하게 물어주셔서 감사합니다."

"정말로 빨리 가족을 데려올 수 있길 빕니다, 매니." 나는 문앞 모퉁이에서 주차장으로 내려섰다. "네, 그럼 좋은 하루 보내세요." 매니는 고개를 끄덕이고 가게 안으로 들어갔다. 나는 주차장을 가로질러 걸었다. 커피가 제각각 다른 방향으로 기울어졌다. 집에 반쯤 왔을 때 커피 컵 하나가 상자 밖으로 기울어졌다. 그냥 쏟아지게 놔두었어야 하는 것을 잡으려다가 다른 컵들까지 모두 보도에 떨어뜨렸다. 그중 세 개는 땅에 닿으면서 뚜껑이 열리는 바람에, 보도 여기저기로 튄 커피가 차가운 공기 속에서 김을 내뿜었다. 뚜껑이 닫힌 채로 떨어진 네번째 컵에서는 커피가 뚜껑 위의 조그만 구멍을 통해, 동물이나 사람에게서 피가 흘러나오듯, 꿀럭꿀럭 새어나왔다. 컵이, 마치 심장처럼, 구멍을 통해 커피를 뿜어내는 것처럼 보였다. 나는 몸을 숙여 컵을 집어 들었다. 커피는 아직 사분의 삼 정도가 남아 있었고, 컵 사이에 끼워두었던 담뱃갑은 엎질러진 커피에 빠져 있었다. 담배가 커피에 젖었다 해도, 쿠키 판을 찾을 수만 있다면 거기에 올려 오븐에서 말리면 될 거라고 생각했다. 나는 다른 컵들과, 젖은 상자와, 보도에 엎질러져 김을 뿜고 있는 커피를 그대로 내버려둔 채, 달리지는 않으면서 가장 빠른 걸음으로 집으로 돌아갔다.

9

분자물리학에는 입자가속기 안에서 두 개의 광자가 충돌하면 그 과정에서 새로운 입자가 생성됨을 보여주는 실험 사례가 있다. 매섭게 춥던 어느 새벽, 또 한번의 힘겹고 목적 없는 방랑의 밤을 지낸 후 에논 습지 서쪽의 오래된 철길을 따라 집을 향해 걷고 있을 때, 나는 자전거에 탄 케이트와 그 아이를 친 차를 생각했다. 나는 아이와 자전거가 차 밑으로 들어가 엉망이 되는 모습 대신, 폭발이 일어나고 빛이 터지면서 차 세 대와 자전거 세 대가 덜커덩 튀어나오고, 모두 똑같은 수영복 위에 똑같은 반바지와 셔츠를 입고 똑같은 레드삭스 야구 모자를 쓴 세 명의 케이트가 밖으로 굴러떨어지는 장면을 상상했다. 한 케이트는 공중제비를 넘어 보도로 떨어졌다. 다른 케이트는 덤불 속으로 미끄러져 들어갔다. 세번째 케이트는 새로 생긴 차 세 대 중 한 대의 위를 뛰어넘어 다른 한 대의 지붕에 떨어졌다. 세 아이 모두 잠시 멍해 있다가 일어나 앉아, 전기를 치직 발산하며 주변을 살피더니 사고 장면을 보고 얼굴을 찡그렸다.

그런 다음 여러 케이트들이 서로를 보았다. 아이들은 숨을 헉 몰아쉬더니 일제히 말했다. "케이트?"

아이들은 서로에게 다가갔다. 이 아이는 절뚝거리고 저 아이는 팔꿈치를 조심스럽게 받치고 또 한 아이는 이마의 혹을 어루만지며 모여들어 둥글게 둘러섰다. 그 모습은 유원지의 유령의 집 거울에 겹겹이 비친 상처럼 보였지만 다른 것이 있다면 셋 모두 상이 아니라 진짜 여자애들이라는 점이었다. 아이들은 서로의 얼굴을 만졌고 서로의 머리를 토닥거렸으며 서로에게 괜찮으냐고 묻고는 말했다. "그런 것 같아. 그런데 너흰 누구야?"

케이트를 친 후 무릎을 꿇고 절규했던 여자와 미니밴 뒷자리에서 비명을 질렀던 여자의 세 아이 대신에 여자 세 명과 아이 열두 명이 생겨났고, 자기와 똑같이 생긴 사람들이 주위에 우르르 몰려드는 모습에 놀라 도로 위를 날뛰고 다녔다. 경찰과 구급차, 소방 트럭이 나타났을 때는 대혼란이 일어났지만 결국은 모든 케이트들이 신분을 확인받았으며, 똑같이 생긴 세쌍둥이가 똑같이 생긴 아이들을 데리고 똑같이 생긴 차를 몰고 가다가 똑같이 생긴 자전거를 타고 가던 똑같이 생긴 세쌍둥이를 친 것이 정말 기이한 우연이라는 데 의견을 모은 뒤 우리는 모두 집으로 돌아갔다. 집에서 세 아이를 보니 나는 진짜 케이트가 누군지 구분할 수 있었다. 턱에 있던 사마귀를 없앤 진짜 케이트와는 달리 새로 생긴 두 케이트에게는 아직도 사마귀가 남아 있었기 때문이다. 결국 모두 웃고 농담을 하며, 이층 침대가 필요하겠다고, 이제부터는 정말로 돈을 아껴 써야겠다고 말하는 우리들의 모습, 그리고 딸이 셋이나 있어서 정말 신난다고 생각하는 내 모습을 상상했다.

"아빠한테는 우리 케이트가 아주 넘쳐나는구나!"라고 말하는 내 모습도.

세 명의 케이트를 진짜 케이트부터 시작해 한 줄로 나란히 세우고 왼쪽에서 오른쪽으로 죽 훑어보면, 아이들의 눈 색깔이 한 눈에서 다음 눈으로, 한 아이에서 다음 아이에게로, 완전한 흰색에서 시작해 무연탄 같은 흑색으로, 균일하게 단계적으로 변해 가는 것을 볼 수 있었다. 진짜 케이트의 오른쪽 눈은 자개와 같은 광채가 나며 홍채의 빗살무늬가 만들어내는 희미한 그림자를 제외하면 아무런 색깔이 없었고 아주 미세한 광원에도 빛이 났다. 그 아이의 왼쪽 눈 역시 거의 흰색이었지만 왼쪽 가장자리의 곡선을 따라 파란색이 살짝 비쳐 보였다. 다음 케이트, 우리가 둘째 케이티라 부르는 아이의 오른쪽 눈은 개똥지빠귀의 알 색깔에 황록색과 갈색 반점들이 찍혀 있었다. 그 아이의 왼쪽 눈은 갈색이었지만 오른쪽 가장자리를 따라 파란색이 점점이 보였다. 셋째 케이티의 오른쪽 눈은 짙은 갈색에 금색 점이 한두 개 섞여 있었고 왼쪽 눈은 칠흑같이 새까만 색깔이었다. 마치 진짜 케이트의 흰색 눈이 유성이어서 그 흰색과 파란색, 녹색, 금색의 꼬리를 다른 케이트들의 눈을 따라 드리우다가 공간의 칠흑 속으로 되돌아가는 것 같은 느낌, '3번 케이티'의 흑요석 같은 눈이 다른 아이들 눈의 모든 색깔과 빛을 자기 쪽으로 빨아들이는 블랙홀 같다는 느낌이 들었다.

세 명의 케이트가 집에 왔을 때 우리는 라디오를 켜고 거실에 둥글게 모여 춤추고 노래하면서 우리의 굉장한 행운에 환호했다. 하지만 다음날 아침이 되자 무엇인가 잘못되었다는 신호가 나타났다. 아이들은 두통을 느끼며 잠에서 깨어났고 시간이 갈수록 상태가 심해졌다. 아이들이 코피를 흘리기 시작했다. 진짜 케이티는 여름인데도 계속 추위를 느꼈다. 아이는 모직 담요를 둘러쓰고 해가 잘 드는 창가에 앉아 있었다. 난방 온도를 삼십 도가 넘도록 올려달라고 했고 아침 내내 몸을 덜덜 떨면서 뜨거운 밀크티를 홀짝거렸다. '2번 케이티'는 부엌에서 소금을 숟가락으로 퍼먹고 동전을 모아둔 단지에서 퍼낸 동전 한줌을 삼켰다. 열기와 빛을 견디지 못한 '3번 케이티'는 지하실 냉동고 안에서 성에가 들러붙지 않도록 홑이불을 깔고 누운 모습으로 발견되었다. 세 아이 모두 해질 무렵에 죽었다. 나는 딸 하나를 곧바로 잃고 애도하는 대신, 하룻밤의 기만적인 기쁨을 얻는 대가로 다음날 딸 셋을 잃어야 했다.

10

4월 중순, 나는 두 주 동안 프랭키를 찾을 수 없었다. 약이 거의 떨어져갔다. 진통제 여남은 알과 근육이완제 몇 알 정도가 전부였다. 위스키의 힘을 빌려 남은 약으로 좀더 버틸 수 있었지만, 할 수 있는 한 인색하게 쓰더라도 이틀이면 약이 다 떨어질 형편이었다. 손은 더이상 아프지 않았고 나는 그냥 약을 원할 뿐이었다. 생각해낼 수 있는 유일한 해법은 그날 밤 밖에 나가, 부엌 조리대나 침실 서랍장 또는 침대 협탁 위에 처방약의 약병을 두고 있되 경보기를 설치하지 않은 집을 찾을 수 있는지 살펴보는 것뿐이었다. 머릿속에 떠오른 사람은 윌리스 부인이었다. 내가 잔디를 깎아준 적이 있고 장미로 상을 받아서 에논의 〈데일리 브레드〉에 실린 윌리스 부인이라면 집에 약이 있을 거라는 생각이 들었다.

윌리스 부인과 그녀의 남편은 부유한 가정의 은퇴한 노부부였으며 역시 부유한 성인 자녀 다섯을 두고 있었는데, 기사에 따르면 셋은 그들의 아버지와 마찬가지로 변호사였고 나머지 둘은 컨설턴트라고 했다. 자식들은 맨해튼, 워싱턴 D.C., 런던 그리고 보스턴의 비콘힐 등 각지에 흩어져 살고 있었다.

케이트가 여덟인가 아홉 살이었을 때 나는 여름 한철 동안 윌리스 가족의 마당을 돌본 적이 있었다. 그때 이미 윌리스 부인은 깨어 있는 순간 대부분을 발륨의 고요한 이불 속에 완전히 감싸여 보내고 있었다. 부인의 막내딸 리비가 부모가 사준 조지타운의 타운하우스로 이사했을 때였다. 내 기준으로 판단할 때 그 가족은 서로 가깝다고 할 만한 사이는 결코 아닌 듯했으나 윌리스 부인은 자기 가족이 늘 가깝다고 생각했고, 그래서 자신이 낳은 아이들 중 막내가 둥지를 떠났다는 사실이 자기 인생의 필수적이고 본질적인 무언가가 끝났음을 의미한다고 생각한 듯했다. 내가 이런 것들을 아는 이유는 윌리스 부인이 내 조경 기술을 나무라는 몇 번의 설교중에 그런 생각을 간접적으로 드러냈기 때문이었다. 그러다 결국 나는 그 여름의 끝자락에, 가을 낙엽 청소 대목이 오기 직전, 그 집에서 해고되었다. (그곳에서 내가 상당한 돈을 벌 수 있는 시기를 바로 코앞에 둔 참이었다. 왜냐하면 그 집의 대지는 3만 제곱미터가 넘었으며 그 위에 단풍나무 성목 스물여섯 그루가 자라고 있었는데, 그중 설탕단풍은 나뭇잎을 좀 일찍 떨어뜨리기 시작하고 은단풍은 항상 설탕단풍보다 한 주에서 석 주 정도 늦게 낙엽이 지므로 결국 두 번의 낙엽 청소가 필요했기 때문이다.) 부인이 어떤 종류의 안정제를 복용하고 있는지 알게 된 날 오후, 나는 잔디를 좀더 짧게 자르지 않았다는 핀잔을 들었다.

"난 우리집 잔디가 털이 북슬북슬한 카펫처럼 보이는 게 싫어요, 크로스비 씨." 부인이 말했다. "그 이유야 크로스비 씨도 뻔히 알고 있을 거라 생각해요." 부인에게는 자신이 원하는 것을 지능이나 은총에 의해서가 아니라 순전한 의지의 힘으로 이루어낸 사람 특유의 재치 없는 진득함이 있었다. 부인이 미소를 짓거나 소리 내어 웃는 모습을 본 적은 거의 없었고, 가끔 웃을 때마저도 우월함을 드러내는 억지웃음 같은 느낌이 들었다. 부인은 내가 속으로 '마당 작업복'이라고 부른 옷을 입었는데, 허리가 높고 잘 다린 여성용 면바지에 티 없이 깔끔한 흰색 반소매 옥스퍼드 셔츠를 안으로 넣어 입고 발목까지 오는 바지 아래로는 낡고 닳은 자국이 있는 갈색 가죽 로퍼를 신은 차림이었다. 부인은 몸집이 작고 날씬했으며 머리는 하얗게 센 그대로 두었다. 손에는 흰색 정원용 장갑을 꼈으며, 내게 설교를 할 때는 한 손을 옆구리에 올리고 다른 한 손으로는 다른 꽃밭으로 옮기려고 뽑아든 백일초를 한 움큼 쥐고 있었다. 그 당시 윌리스 부인의 집을 포함해 에논의 많은 정원을 돌보고 다닌 일본 남자 스키가 그 모습을 보았다면 틀림없이 경악을 금치 못했을 것이다. (일본에서 어부였던 스키는 제2차세계대전 당시 배에서 무단이탈해 어찌어찌하여 스톤포인트에 정착하게 되었고, 스톤포인트 다리 아래 부두 옆 낚시 도구 창고에서 산다고 알려져 있었다. 그런 말들이 사실이었는지는 나도 모른다. 그는 영어를 조금 알아듣기는 하는 것 같았지만 말은 하지 않았으며, 우리 조경사들과 얽히는 것을 철저히 거부했다. 언젠가 내가 특히 섬세해 보이는 꽃들 근처의 조그만 땅에 새로 잔디씨를 뿌린 다음 그에게 비료를 쳐도 되는지 물었더니 그는 내게 "빌어먹을 양키!"라고 말했고, 그것이 내가 그 사람에게서 끌어낼 수 있었던 가장 큰 반응이었다. 나는 그것 때문에 그를 좋아하게 되었으므로 더이상 뭐라고 하지는 않았다.)

나는 말했다. "맞습니다, 윌리스 부인. 보통 저는 여름 이맘때면 잔디를 조금 길게 관리합니다. 너무 덥고 비가 잘 오지 않으니 잔디가 타버릴 수 있거든요."

윌리스 부인은 내 말에 대답하기 전에 내 눈을 똑바로 들여다보며 한순간 망설였는데, 바로 그때 나는 부인이 어떤 종류의 처방약, 페인트 작업조의 사내들이 쓰던 표현대로, '답답한 걸 좀 풀어주는' 약을 먹은 상태라는 것을 깨달았다.

"잔디를 짧게 유지하면서도, 본인 말대로, '타버리지' 않게 하는 것이 조경사의 일이라고 난 생각했어요, 크로스비 씨."

〈데일리 브레드〉의 기사에는 월리스 씨가 곧 병원에서 돌아올 예정이라 꽃들을 잘 돌보기 어려워질 것 같다고 한 부인의 말이 인용되어 있었다. 부인이 아직도 발륨을 복용중일 수도 있고, 남편이 수술을 한 뒤라면 분명 진통제 처방도 받았을 테니, 내가 찾아갈 집은 바로 그곳이라는 생각이 들었다. 그리고 그 집 잔디를 돌본 지 몇 년이 지났지만 나는 그 집 안팎의 구조와 더불어 그곳엔 어떤 종류의 보안장치도 없다는 사실을 알고 있었다. 노부부는 집에 보안장치가 없다는 것이 자기 집과 마을에 그런 장치가 필요 없다는 사실을 보여준다며 자랑스러워했고, 에논의 다른 노인들 다수도 그런 정서를 공유했다. 그리고 사실상 에논 안으로 들어오거나 통과해 나가는 대중교통수단도 주요 도로도 없었으며(그리고 도로에 에논의 존재를 알리는 표지판도 없었다), 마을 밖 사람들 중 아무도—사실 마을 사람들도 다수가—거리에서 보이지도 않고 우편함에 이름도 적히지 않은 월리스 가족의 집에 대해서는 거의 알지 못했다. 메인 스트리트에서 갈라져 나온 오솔길을 따라 숲으로 들어가는 입구에 위치한 그 집은 들어가는 길이 흡사 버려진 흙길처럼 보였다. 게다가 '야만인의 초원'을 지나면 나오는 입구 쪽에서 숲을 뚫고 간다면 집 뒤편으로 접근할 수도 있겠다는 생각도 들었다.

자정에 집을 나섰다. 목요일이었다. 나는 검정색 바지에 모자 달린 진청색 운동복 셔츠를 입고 작업용 부츠를 신었다. 지문을 남기지 않으려고 설거지할 때 쓰는 주황색 고무장갑도 준비했고, 문에서 삐걱거리는 소리가 나지 않게 경첩에 바를 생각으로 부식 직전의 깡통에 든 '스리인원' 윤활유를 할아버지의 오래된 공구함에서 챙겼으며, 자물쇠의 걸쇠에 붙일 강력 접착테이프도 가지고 나왔다. 밤공기는 눅눅하고 싸늘했지만 4월치고는 따뜻했다. 땅안개가 '야만인의 초원'의 움푹 파인 곳에 웅덩이처럼 고여 있었고, 공기 중에도 들판과 습지 사이의 도로를 가로질러 엷은 안개가 흘렀다. 바람의 속살에서 소금맛이 느껴졌다. 나는 도로를 따라 들판과 경계를 이루는 돌담을 넘은 후 체리 스트리트를 향해 담과 나란히 걸었다. 돌담과 그 전체 길이를 따라 15미터 정도 간격으로 서 있는 스트로부스잣나무 가지들이 나를 지나가는 차들이 볼 수 없게 가려주었다. 차라고 해봐야 아주 느린 속도로 지나간 트럭 한 대밖에 없었다. 안개 속을 밝히는 전조등으로 인해 트럭은 칠흑 같은 해구를 탐사하며 불안하고 험한 심해 밑바닥에서 생명의 흔적을 찾는 잠수함처럼 보였다. 한

순간, 나는 입에 뾰족뾰족한 이빨이 가득 나 있는 찡그린 물고기가 되어 빛나는 등불을 밝히고 나아가는 철제 동물을 좀더 제대로 보기 위해 애를 쓰고 있었다.

초원의 뒤쪽에 도착한 후 나는 철제 울타리 안에 비석 네 개가 있는 터커 가족의 묘지에서 숲으로 뚫고 들어갔다. 숲은 생경했고 이상하게 개방된 듯한 느낌을 주었다. 나는 자꾸만 뒤에서 누가 따라오는 것 같은 느낌을 받았다. 뒤돌아보고 싶었으나 약이 부족해서 몸이 안 좋았기 때문에 그냥 어둠 속을 조심스럽게 걸어 나아갔다.

월리스 가족의 사유지 경계인 숲의 가장자리에 이르렀을 때 나는 잠깐 무릎을 꿇고 숨을 가다듬은 다음, 고무장갑을 끼고 잔디밭을 종종걸음으로 지나갔다. 부엌 바깥쪽에 붙은 흙받이 방으로 들어가는 문이 보였다. 나는 그 문의 경첩과 손잡이에 윤활유를 바르고 문을 연 다음 안으로 들어갔다. 안쪽 방에서는 점토와 차가운 진흙과 달큰하고 눅눅한 신문 냄새가 났다. 낮은 벤치가 하나 있었고 외투용 옷걸이에는 팔꿈치가 닳은 플란넬 셔츠가 걸려 있었다. 벤치 맞은편 벽에는 '유리', '플라스틱', '깡통'이라고 쓰인 라벨이 붙은 부엌용 쓰레기통 세 개가 나란히 놓여 있었다. 쓰레기통 옆에는 〈월스트리트 저널〉과 에논 〈데일리 브레드〉가 여러 부 쌓여 있는 플라스틱 신문함이 있었다. 문턱 바로 너머에는 시종 외투를 입고 흰 각반에 검은 구두를 신은 황소개구리 모양의 문 버팀쇠가 있었다. 개구리는 한쪽 팔을 등뒤로 돌리고 다른 한쪽 팔은 앞으로 뻗은 모습이었다. 나는 개구리를 들어 바깥문에 괴어 문이 열려 있도록 했다.

머리와 손과 다리가 그 어느 때보다 더 윙윙거리고 덜덜 떨렸으며, 속이 메스꺼워 금방이라도 토할 것만 같았다. 나는 입안에 약을 한줌 털어 넣고 싶다는 생각 이외에 다른 것에는 거의 집중할 수가 없었다. 불쌍한 부자 노인네들의 뒷문에서 그렇게 신경이 날카롭게 곤두선 상태로 진땀을 흘리며 쩔쩔매고 있자니, 나는 거의 흐느껴 울 지경이 되었다. 하지만 아직 분별력은 남아 있어서 부지깽이에 머리가 깨지거나 산탄총에 몸이 뚫려도 싸다는 것을 알고 있었다. 사실, 내가 붙잡힐 것이고, 그것이 정의이며, 약을 갖고 도망을 칠 수 있는 상황이야말로 터무니없고 거의 악의적이기까지 하다는 생각에 반쯤 납득하지 못했다면 나는 애초에 그런 범죄를 저지를 엄두도 내지 못했을 것이다.

나는 언덕 꼭대기에 선 케이트가 언덕과 맞물린 하늘을 머리에 이고, 바람에 자꾸만 앞으로 날리는 머리를 뒤로 넘기며 에논 전체를 내려다보다가, 문 뒤에 웅크린 나를 보는 상상을 했다.

“윌리스 씨는 수술을 했어, 아빠. 아저씨도 그 약이 필요해.”

“알아, 케이트. 미안해.”

언덕 위로 달이 잠깐 비추었고 케이트는 뒤로 돌아 뒤편 언덕으로 사라졌다.

나는 부엌문을 왼손으로 밀면서 동시에 문고리를 당겨, 잠금 장치의 걸쇠가 문틀의 구멍에서 빠져나온 후에도 문이 흔들리지 않게 잡았다. 고무장갑을 낀 손에 땀이 나 축축해졌다.

모든 게 다 정말 어이가 없구나, 하고 나는 속으로 생각했다. 밖에서 몰아쳐 들어오는 차갑고 신선한 공기에서 무기물의 냄새, 건강한 냄새가 났다. 나는 그 공기에 내게 필요한 모든 양분이 들어 있기를, 에논의 물과 소금과 바위와 땅과 나뭇잎이 증류되어 그 바람 속에 섞여들어간 향신료가 나를 지탱할 음식, 나를 치유할 약이 되어주기를 기원했다. 나는 내 미친 상상력과 약한 의지, 내 내장을 뭉쳤다 풀었다 하는 경련을 욕하며 문을 조금 더 열었다.

어둠 속에서도 부엌은 하얗게 빛났다. 그곳은 벽에 타일을 붙인 널찍한 공간이었고 커다랗고 하얀 수납장들과 오래된 산업용 등급의 흰색 가전제품들로 가득차 있었다. 흰색 에나멜을 입힌 철제 개수대는 크기가 사실상 욕조에 가까웠다. 나는 발끝을 세워 살금살금 식탁 쪽으로 다가갔다. 눈이 어둠에 적응하자, 파란색과 흰색 바탕에 스프링어스패니얼과 청둥오리와 부들 무늬가 교대로 그려진 식탁보를 배경으로 식탁 위 물건들이 뚜렷이 모습을 드러냈다. 정원용품 카탈로그가 한두 권 있고 그 위에 금테 안경 하나가 얹혀 있었다. 유선 메모지 옆에는 펜이 하나 놓여 있었으며 메모지에는 뚜렷하고 우아한 필체로 '아만다와 아이들, 금요일, 한시 삼십분. 아서에게 줄 포도'라고 쓰여 있었다. 나는 백 년 전에 내 집이었던 곳에서 낯선 사람들의 삶의 세부를 살피고 돌아다니는 신세가 된 귀신처럼 무력하고 갑갑한 느낌이 들었다.

철컥 소리와 함께 냉장고 모터가 돌아가기 시작했고, 집 안쪽에서 남자 목소리가 들렸다. "존?"

내 안에서 아드레날린이 분출했고 잠시 잊고 있던 갈망이 다시 요란스레 윙윙 울려댔다. 나는 금방이라도 비명을 내지르고 집 전체를 마구 날뛰고 다니며 꽃병과 의자들을 뒤엎고 찬장을 휘저어 박살낼 것 같았다. 정말 그랬다면 방금 말한 사람이 누구든 그는 집안에 다른 사람이, 낯선 이가, 침입자가 있다는 것을 확실히 알았을 것이며 혹시 귀신 소리를 들은 건가 의심할 필요도 없었을 것이다. 하지만 그때, 개수대 옆 조리대 위에 놓인 회전식 쟁반이 눈에 들어왔고, 그 위에 놓인 스물 또는 서른 병 정도의 처방약이 보였다. 아무것도 움직이지 않았고 목소리도 다시 들리지 않았다. 나는 희열로 가슴이 벅차오르는 것을 느끼며, 부엌 너머에 있는 접이식 문과 방들을 주의깊게 내다본 후, 반쯤은 발작 비슷한 우스꽝스러운 몸짓으로 약병 가까이 걸어갔다. 조그만 은쟁반도 하나 있었는데, 거기에는 갈색 플라스틱병에 흰색 뚜껑이 있는 여남은 병의 다른 약과 투약 방법이 인쇄된 종이 한 장, 커다란 다이아몬드 반지 한 개가 놓여 있었다. 나는 쟁반에 놓인 약병들을 먼저 점검했다. 처방받은 근육이완제 오십 알, 그리고 기적처럼, 고용량 속효성 진통제 칠십 알이 있었다. 나는 그 약병들을 운동복 상의 주머니에 쑤셔넣었다. 그것들은 조그만 마라카스처럼 달가닥거렸다. 나는 그것들을 주머니 안에서 한 번, 두 번, 세 번, 흔든 다음 속삭였다. "차, 차, 차, 나는 카르으멘 미라안다라네." 다른 약들은 내가 알지 못하는 것들이어서 나는 회전식 쟁반을 반의 반 바퀴 정도 살짝 돌려 다음에 나오는 약들을 들여다보았다. 발륨 사십 알이 든 병이 하나 있었는데 유효기간이 지났지만 함량은 높았다. 중간 단에 있는 약병을 모두 집어, 마치 공장의 생산 라인에 놓인 것처럼 조리대 위에 나란히 늘어놓았다. 근육이완제가 조금 더 있었고 발륨이 추가로 이삼십 알 넘게 있었으며, 함량이 좀더 낮고 약간 김빠진—유효기간이 지난 약에서 나는 그런 느낌을 받았다—진통제가 사십 알가량 더 있었다. 나는 약이 놓인 곳 바로 위쪽의 수납장을 열었다. 거기에는 비싼 비타민과 영양제가 가득 들어 있었는데 코데인이 든 기침약 시럽이 한 병 있어서 그것도 주머니에 넣었다. 어떤 불가해하면서도 한심하고 경박한 존중감이 들면서, 나는 다른 약들을 회전식 쟁반 위로 되돌려놓기 시작했다. 마지막 두어 병을 다른 약병들 사이에 끼워넣고 있을 때 남자가 다시 "존?" 하고 바로 등뒤에서 불렀다. 나는 화들짝 놀랐고 약병들이 식탁 위로 우르르 쏟아졌다.

"조니, 여보? 붕대가 또 이렇게 엉망이 되어버렸네."

나는 겁에 질려 뒤로 돌면서, 경찰차가 이미 집 앞으로 들어오고 있다고 확신했다. 노인이—윌리스 씨가—서 있었다. 안짱다리에 허리가 굽은 모습으로, 양손으로는 잠옷 윗도리 밑의 배를 부여잡고 있었다. 그는 내가 기억하는 것보다 훨씬 늙고 마르고 약한 모습이었다. 어느 해 여름 한철 동안 이 집의 잔디를 돌본 이후로 육칠 년 만의 첫 대면이었다. 노인은 축 늘어진 입을 헤 벌리고 있었고, 마지막 남은 흰머리 몇 가닥이 머리 양편에서 밖으로 삐져나왔다. 내가 자기 아내가 아니라는 것을 알아봤는데도 노인의 표정은 바뀌지 않았다.

"너 내 동생이냐?" 그가 물었다.

"아니에요." 나는 낮은 목소리로 말했다. "아니요, 전 어르신 동생이 아닙니다." 그의 표정은 여전히 똑같았다.

"너 내 아들이냐?"

"아니, 아니요, 윌리스 씨. 전 어르신 아들이 아닙니다."

"내 이웃인가? 개가 자꾸 짖어대는?"

"아니요, 윌리스 씨." 나는 말했다. "저는 찰리예요."

"오. 찰리. 허. 찰리, 정말 미안한데 기억이 나질 않네. 이런 늙어빠진 머리, 염병할 방충망처럼 숭숭 새."

"체 사이로 물이 빠져나가듯이 말이죠,* 윌리스 씨." 나는 속삭이며 검지로 내 머리 한쪽을 톡톡 두드렸다.

"말해보게, 찰리. 자네는 늙은 공군 동료 한 명을 도울 수 있겠는가? 위층에 사는 여자는 외출했는데 이 우라질 붕대가 또 엉망이 되어버렸어. 그리고 이 철침들을 봐."

윌리스 씨가 잠옷 윗도리를 올리자 그가 반쯤 뜯어낸 커다란 붕대가 보였다. 붕대에는 새로 난 피가 비치는 것 같았고 잠옷 바지의 허리 고무단에도 피가 배어들어 있었다.

"좀 앉으셔야 할 것 같아요, 윌리스 씨." 나는 말했다. 그리고 고무장갑을 벗고 손에 배어 있는 땀을 닦은 후, 윌리스 씨의 팔꿈치를 잡고 식탁으로 데려갔다. 노인을 의자에 앉혔다. 붕대에서 시큼한 냄새가 났다.

"이 철침들 때문이야. 이것들이 어떻게 여기에 있는지 모르겠는데, 어쨌든 빼내야 돼." 윌리스 씨가 말했다. 그의 배에 길게

---

* 루이스 캐럴의 『거울 나라의 앨리스』에 나오는 노래의 한 구절.

난 까만 절개 자국을 따라 철침으로 상처가 봉합되어 있었다. 상처에서 피가 배어나왔고, 철침 몇 개는 윌리스 씨가 파내려고 한 듯 구부러진 모양새를 하고 있었다.

이 사람은 도대체 왜 집에 있을까, 나는 생각했다. 여기 간호사든 누구든 함께 있어야 하는 거 아닌가? 도대체 어떻게 이 사람은 저 뒤쪽의, 서재인지 뭔지 알 수 없는 곳에 혼자 앉아 이 철침들을 뜯고 있는 걸까? 갑자기 이 사람의 약을 훔친다는 건 너무나 지독한 일이라는 생각이 들었다. 더 나쁜 것은, 좀전까지는 그런 생각이 전혀 들지 않았다는 점, 마약과 술과 슬픔의 저류에 떠밀려 다니느라 진짜 인간이 느끼는 진짜 통증에 대해서는 생각도 하지 않았다는 점이었다. 케이트가 그런 생각을 내게 상기시키는 상상은 했지만 난 그것조차도 무시했었다. 나는 재빠른 계산으로, 내가 떠난 후 윌리스 씨가 아내를 깨우지 않는다 해도 아무리 늦어도 아침 일곱시나 여덟시 정도에는 윌리스 부인이 경찰을 부를 것이고, 적어도 정오까지는, 어쩌면 더 빨리, 새로운 약을 처방받을 수 있을 것이라 결론을 내렸다.

"어, 안 돼요, 안 돼, 윌리스 씨." 나는 속삭였다. "그걸 뜯으시면 안 돼요. 의사들이 붕대를 그대로 둬야 한다고 말하잖아요. 그걸 계속 뜯어내시면 상처가 아물지 않아요." (똑같은 말을 케이트에게도 여러 번 했었다. 케이트는 어렸을 때 붕대에 대해 발작적이고 비이성적인 공포를 느꼈고, 상처가 아무리 심해도 그것을 붕대로 덮느니 차라리 피를 흘리는 편을 택했기 때문이다.)

나는 주머니 속을 더듬거리며 가장 강한 약이 든 병을 찾았다. 거기에서 여덟 알을 식탁에 톡톡 떨어뜨렸다. 그리고 다른 약병 하나를 골라 먼젓번 약병에 남아 있는 강력한 처방약들을 다 쏟아넣은 다음, 덜어놓은 여덟 알을 빈 첫번째 약병에 도로 담아 식탁 위에 올려놓았다.

"그거 비타민인가?" 윌리스 씨가 물었다.

나는 말했다. "윌리스 씨, 그 철침들을 자꾸 뜯으시면 상처가 감염되고 그러면 지금보다 두 배로 힘들어져요. 그리고 이 모든 엉망진창을 훨씬 길게 겪으셔야 한다고요."

윌리스 씨는 내 손을 잡고 꼭 쥐더니 고개를 끄덕이며 말했다. "넌 항상 이렇게 착한 아들이었어."

부엌 뒤편에 내가 미처 보지 못했던 하인용 계단 꼭대기에서 여자 목소리가 들렸다. "아서? 오키프 양? 아서, 당신 거기 아래에 있어요?" 아래로 내려오는 발소리가 들리기 시작했다.

윌리스 씨가 대답했다. "조니. 나 여기 부엌에 있어. 카일이 왔어요. 얘가 철침을 빼는 걸 도와주고 있어."

그 여자, 윌리스 부인이 계단 중간쯤에서 외쳤다. "아서, 그만 좀 해요!"

윌리스 씨는 다시 나를 쳐다보았다. 혼란스럽고 이해가 안 된다는 듯한 표정이 노인의 얼굴에서 잠시 사라지면서, 그는 한 손으로 내 뒤통수를 살짝 잡고 다른 손으로는 내 손을 더욱 꼭 쥐더니 미소를 지으며 말했다. "넌 항상 이렇게 착한 동생이었어, 워런."

계단 아래까지 내려온 윌리스 부인이 자기 남편 옆에 웅크리고 있는 어두운색 후드 티셔츠 차림의 나를 보더니 비명을 지르기 시작했다.

나는 윌리스 씨의 손을 내 입술에 가져가 입맞춤을 하고 말했다. "형도 항상 이렇게 좋은 형이었어, 아트." 나는 부엌과 뒤편 현관을 가로질러 잔디밭을 지나 나무들 사이로 다시 들어갔다.

쓰러진 나뭇가지에 걸려 넘어지고 손과 얼굴을 가시에 긁히면서 십여 분 동안 숲을 헤치고 달린 후, 나는 멈춰 서서 숨을 고르며 누가 따라오는 소리가 나는지 귀를 기울였다. 내가 두려워한 사이렌이나 고함소리, 개 짖는 소리 등은 들리지 않았다. 나의 헐떡이는 숨소리만 빼면 밤은 고요했다. 하늘은 아직 구름으로 뒤덮여 있었고 기온은 거의 영하로 떨어져 있었다. 잠시 후에야 나는 내가 있는 곳이 대충 어디인지 알 수 있었다. 예전에 나는 에논 역사에서 가장 이른 시기에 대한 공상을 자주 했다. 그것은 길이 생기기 전, 나무에 그은 칼자국이나 불로 지진 자국에 의지해 집으로 가는 방향이나 거리에 대한 대강의 감을 갖던 시기였다. 밤에는 빽빽한 원시림을 뚫고 돌아다니는 일이 거의 없었을 것이며, 세상이 너무도 고요한 나머지 1킬로미터가 넘게 떨어진 호수 위로 펼쳐진 허공의 소리가 들릴 듯했을 것이다. 나무들 사이로 언뜻 보인 집에서 흘러나오는 불빛은, 그 시절에는 당연한 것으로 여겨지지 않았을 음식과 온기와 쉼터로 돌아감을 의미했을 것이다. 하지만 내가 사백 년 전에 추위 속에서 숲을 헤치고 집으로 돌아가고 있는 남자라고 상상하자, 그런 안락은 오로지 케이트와 수전이 집에 있을 때에만 의미가 있음을 깨달았다. 새해부터 에논을 강타한 맹추위 때문에 평소보다 불가에 가까이 끌어다놓은 침대 위에서 케이트는 이미 잠들어 있고 수전은 난로 반대편에 놓인 소박하고 딱딱한 의자에 앉아 바느질을 하고 있는, 그런 집일 때에만 의미가 있다는 것을. 집에 있는 수전과 케이트가 불빛과 온기와 음식에 효능을 부여하는 촉매작용을 했을 것이다. 하지만 케이트는 죽어 마을 맞은편 언덕에 묻혀 있고 수전은 자기 조상의 집으로 돌아갔으며 나는 강도질을 하고 나와 비틀거리고 있으니, 불빛과 온기와 음식은 의미를 잃었다. 어둠 속에서 그런 청교도적인 집을 찾으려 애쓸 이유가 이젠 더 이상 없었다. 집에 대한 그런 생각을 참나무 몸통의 갈라진 틈이나 화강암 바위 아래에 움푹 파인 빈 공간보다 선호할 하등의 이유가 없었다. 집은 어두워졌다. 집은 추워졌다. 쥐들이 바구니에 든 사과와 자루에 든 밀을 갉아먹었다. 집은 숲속 어두운 공터에 놓인 어두운 나무상자가 되었고, 그것은 어두운 나무 사이에서 바라보는 편이 제일 나았다. 집을 건사한다는 것은 무모하리만치 대담한 일이었다. 집이란 모름지기 축복을 지켜나가는 곳—돌이켜보면, 그러모아놓는 곳이 더 맞을 듯하지만—이어야 하는데 그런 축복은 그저 사라지기만 한 것이 아니라 부패하여 저주받은 상태로 변해버렸다. 집은 단순히 숲의 평형상태로 되돌아간 것이 아니라 고사해버린 것이다. 마치 그 안에 든 것이 난로와 의자와 침대가 아니라 헐어 문드러진 내 심장이었던 것처럼. 혹은, 내가 가슴속에 심장 대신 그 컴컴해진 집을 지니고 다녔던 것처럼. 어두운 문턱을 넘어 그 집에 들어가, 어두운 방에서 어두운 난로 옆에 놓인 어두운 의자에 앉아, 창틀이 부서진 창문을 통해 어두운 나무에 둘러싸인 바깥을 내다보는 일이 천벌처럼 느껴졌다.

윌리스 씨 집에 침입했다가 집으로 되돌아올 무렵, 나는 진정한 금단증상이 금방이라도 시작될 것처럼 느껴지는 상태였다. 천벌이거나 아니거나, 나는 집으로 들어갔다. 그리고 곧바로 거실로 가서는 소파에 앉아 주머니에 든 보물들을 모두 꺼내 바로 앞 탁자 위에 늘어놓았다. 나는 기침약 시럽의 병을 따고 크게 한 모금 들이켰다. 그리고 담배에 불을 붙인 다음, 위스키를 병째 들고 마셨다. 근육이완제를 한 알 먹고, 속효성 진통제 두 알을 유리잔 바닥으로 짓이겨 가루로 만들었다. 일 달러 지폐를 말아 갈아놓은 알약을 코로 흡입했다. 그러고는 남은 알약들을 잡지에 올려놓고 역시 가루로 만든 다음 그것을 조그만 플라스틱 그릇에 담고 수돗물을 찻숟갈로 두 스푼 넣어 섞은 후 냉장고에 넣었다.

거실로 돌아간 나는 소파에 다시 주저앉아 위스키를 한 모금 더 마시고 내 수확을 점검했다. 약이 효과를 내기 시작하자 나는 불쌍한 윌리스 부부나 어두운 집이나 어두운 심장에 대해 생각하지 않았으며, 앞으로 한참은 버틸 수 있겠다는 생각만 했다. 마치 내가 영양실조 같은 것, 또는 보통은 엄두도 못 낼 정도로 비싸고 강력한 약을 다량으로 먹어야 하는 중병에 걸렸다가 그 위험에서 한동안은 벗어나게 된 사람인 양, 그 일이 내 건강을 위해 필요했다고 생각했다. 나 자신이 병에 걸린 순진무구한 아이 같다고 느끼며 위스키를 비우고 약 몇 알을 더 먹고 기침약을 한 모금 더 마셨다. 스스로를 중병에 걸린 가난한 고아라고 여기고 나 자신에게 더없이 순수한 진심과 자비심을 느끼다가 어느 순간 의식을 잃고 소파에서 굴러떨어졌다.

다음날 오후에 나는 바닥에서 구토를 하며 깨어났다. 나는 휘청거리며 욕실로 달려가 뱃속을 마저 비워내고 욕조의 수도꼭지에 입을 대고 물을 마신 후 흐르는 물 아래에 머리를 처박았다. 통증이 일제사격을 하듯 머릿속에서 폭발했고 배는 뱀장어들이 가득차 몸부림치는 것처럼 꼬이는 느낌이었다. 수치심에 사로잡힌 내 머릿속에 제목이 기억나지 않는 어떤 시가 떠오르며 후회는 지옥에 걸맞다고 했던 구절을 거듭 되새기게 했다.

11

늦봄의 어느 날 밤—사실은 어느 새벽, 네시경이었을 것이다—이젠 기억나지 않는 어떤 것, 불현듯 필요하다는 생각이 떠오른 멍키렌치였을 수도 있고 주황색 전기 연장 코드였을 수도 있는 어떤 물건을 찾으러 차고를 뒤지다가, 할아버지가 살아 있을 때 메인 주로 낚시 여행을 다니며 사용한 오래된 낚시 도구를 찾았다. 할아버지 소유였던 그 장비를 나는 할아버지가 돌아가신 후에도 보관하고 있었으며, 우리가 머물렀던 야영지로 나중에 케이트를 데리고 가 플라이낚시로 민물송어 낚는 법을 가르칠 생각이었다. 장비들 중에는 겨자색 낚시 도구함이 있었는데, 그 안에 릴과 리더와 조그만 접는 칼, 끝이 뾰족한 펜치, 줄 세척제, 플라이 묶는 도구, 플라이를 넣는 데 썼던 깡통 등이 여러 개씩 들어 있었다. 또한 판지로 된 오래된 서류함에는 우리가 낚시를 갔던 곳이 매우 세밀하게 표시되어 호숫가에서 우리가 묵던 통나무집까지 찾아갈 수 있는 측량도가 가득 들어 있었고, 그 밖에도 너무 오래되어 이제는 정확하지 않은 메인 주의 지도책 몇 권과 비옷 몇 벌, 양모로 짠 양말 한 켤레, 납작하게 눌린 야구 모자 몇 개가 들어 있었다. 할아버지가 항상 입던 낚시 조끼도 들어 있었는데, 그 조끼에는 이산화탄소 통이 부착되어 있어서 배에서 연못으로 빠질 경우 조끼 앞쪽에 달린 주황색 줄을 잡아당기면 조끼가 부풀어 구명조끼 역할을 하게끔 되어 있었다. 차고 안은 차갑고 깨끗한 느낌을 주었다. 거기에서 풍기는 깨끗하고 순수한 냄새는 회반죽을 바른 석고판 벽과 매끈한 콘크리트 바닥 때문일 것이다. 뒷마당은 아직 어둠에 싸여 있었지만 아침해가 고개 너머에서 막 떠오르려 하고 있었다. 나는 헌옷과 그릇들이 가득 담긴 상자들을 넘어서 차고의 앞쪽 구석으로 건너갔다. 거기에는 원통형 알루미늄 케이스에 든 낚싯대들이 한데 모여 벽에 기대 있었다. 각각의 높이가 가슴께까지 오는 케이스가 열 개 정도 있었는데, 맨 위에는 돌려서 여닫는 뚜껑이 있었다. 나는 케이스들을 모두 내 쪽으로 끌어다 뚜껑들을 살피다가, '조. W. 크로스비에게, '스컹크' 모렐로부터, 1983'이라고 적힌 통을 하나 발견했다. 할아버지의 가장 친한 친구 레이 모렐이 할아버지를 위해 만들어준 흑연 소재 낚싯대였다. 당시 흑연 낚싯대에 마음을 빼앗긴 두 사람은 새 낚싯대를 쓰기 위해 원래 쓰던 영국제 또는 스코틀랜드제 대나무 낚싯대를 내팽개쳤다. 나는 다른 낚싯대들은 다시 모서리에 세워두고 그 통의 뚜껑을 열어 낚싯대 두 개가 든 나일론 싸개를 꺼냈다. (할아버지와 레이는 둘 다 나일론에도 홀딱 반해 있었지만, 내가 좋아했던 것은 더 오래된 낚싯대가 들어 있던, 누빔이 된 빛바랜 갈색 면 싸개였다.) 나는 낚싯대를 싸개에서 반만 꺼냈다. 진한 녹색의 낚싯대는 특정 각도에서 빛을 받지 않으면 검은색으로 보일 정도로 어두운색이었다. 할아버지는 항상 낚싯대 상부 반쪽의 맨 아래 연결 부위를 코에 대고 두어 번 돌려줘야 한다고 가르치면서, 피부의 기름기로 인해 낚싯대 두 조각이 잘 끼워지면서 하부 반쪽의 윗부분이 쪼개지는 것을 방지해준다고 말했다. 우리는 낚시를 할 때마다 연결 부위를 코에 문지르는 의식을 거의 종교적으로 준수했지만, 실용적 측면에서는 쓸모없는 행위였을 거라는 생각이 든다.

어두운 차고 안에서 나는 낚싯대의 끝을 코에 대고 문지른 후 두 조각을 연결했다. 그리고 팔을 뻗어 낚싯대를 위아래로 두세 번 가볍게 튕겼다. 다시 낚싯대를 오래된 서랍장 위에 걸쳐 올려놓고 낚시 도구함에서 할아버지가 가장 좋아했던 릴을 찾아냈다. 거기에는 아직도 낚싯줄과 리더가 달려 있었다. 나는 릴을 낚싯대 맨 아래에 있는 릴 장착부에 꽉 조여 고정시킨 후, 펼친 손 위에서 낚싯대와 릴의 균형을 맞췄다. 뒤쪽 창문으로부터 입자가 거친 분필 같은 빛이 차고로 들어왔고, 무성하게 자란 풀 위로 안개가 가슴 높이까지 깔린 마당이 간신히 보였다. 마당 위를 흐르는 안개는 메인 주에서 아침에 낚시를 할 때 연못 위를 떠다니던 안개처럼 보였다. 마당의 안개는 물 같았고 그 아래의 키 큰 풀들은 수로의 배출구에 자란 잡초처럼 보였다. 마당의 풀은 서로 뭉치고 엮이며, 급류에 빗질이 된 것처럼 한 방향으로 몰려 있었다. 바람에 쓸려 그런 모양이 만들어진 게 틀림없었지만, 거의 어둠 속이나 마찬가지인 상태에서 풀 위로 안개가 피어오르고 있으니 마당은 연못의 환영처럼 보였다.

낚싯대 끝까지 난 구멍을 따라 낚싯줄 리더를 끼워가며 잡아당기니 릴이 딸깍 소리를 내며 줄을 낚싯대 끝까지 풀어주었다. 나는 끝의 구멍으로 줄을 뺀 다음 힘껏 잡아당겨 줄을 릴에서 몇 미터 정도 더 빼놓고 낚싯대를 도로 서랍장 위에 올려놓았다. 피부가 끈적이는 느낌과 함께, 갑자기 내가 피부밑에서 수축하고 있는 듯한, 아니면 내 피부가 팽창하고 있는 듯한 느낌이 들었다. 어느 쪽인지 잘 구분은 못하겠지만, 밤새 깨어 있다가 새벽이 가까워지면 자주 들던 느낌이었다. 야행성 각성 상태를 유지했던 아드레날린이 갑자기 연소되어버리면, 근육을 뼈에, 피부를 근육에 붙어 있게 해주던 어떤 에너지가 증발해버리고, 갑자기 조직과 장기가 무른 납으로 만들어진 것처럼 나는 급작스러운 피로의 무게에 휘청거리곤 했다. 약과 술이 내 안에서 어떻게 뒤섞였든 간에 심야에 집안 구석을 뒤지고 다니도록 나를 이끈 그 힘은 이제 모두 사라졌다. 차고의 서늘하고 거친 회반죽 냄새가 갑자기 최면 가스처럼, 기운을 돋우는 것이 아니라 진정작용을 하는 향수처럼 느껴졌다. 나는 집안의 소파로 돌아가 시원한 누비이불을 한 겹 덮고 맘껏 잠에 취하고 싶다는 갑작스럽고 다급한 욕구를 느꼈다. 하지만 이상하게도, 수면욕과 함께 나를 사로잡은 것은 어떤 간단명료하고도 긴요한 생각이었다. 바로 한 순간 전까지만 해도 존재하지 않았던 생각이 다음 순간 내 온 정신에 스며들어 내 뇌가 오직 그것만을 담기 위해 만들어진 것처럼 느껴질 정도였으며, 나는 그것을 그냥 생각이 아니라 새로 습득한, 그러나 그 무엇보다 더 뿌리가 깊은 본능으로서 경험했다. 그 생각 때문에 나는 잠자리를 뒤로 미루고 마당의 새벽안개와 잡초들을 헤치고 들어가 낚싯줄을 던져야 했다. 나는 새로운 세상에 사는 새로운 종으로 변신했고, 그 변신만큼이나 갑작스럽게 새로운 세상의 함의가 정교하게 구축되기 시작했다. 그리하여 풀이 흐르는 강의 낚시꾼으로서 처음 든 생각은 마당 낚시를 위해 플라이를 고르면 풀물의 섬유조직에 걸리지 않도록 미늘을 잘라내야겠다는 것이었다. 나는 플라이가 든 깡통에서 노란색 메뚜기를 고르고 미늘을 잘라냈다. 그리고 플라이를 리더의 끝에 묶고 차고의 뒷문을 통해 자욱한 안개와 뒤엉킨 긴 풀 속으로 걸어나갔다. 나는 풀을 헤치고 나아가 마당 한가운데 안개 위로 살짝 드러난 늙은 참나무 둥치로 올라섰다. 반사적으로, 나는 줄 끝에 달린 플라이를 풀고 낚싯대를 머리 위에서 앞뒤로 휙휙 움직이며 그때마다 팔 길이 정도의 줄이 릴에서 풀려나가게 했다. 앞뒤로 한 번씩 왕복할 때마다 멈추는 시간을 조금씩 길게 함으로써 등뒤에서 풀려나왔다가 앞쪽으로 길게 밀려나가는 줄의 길이가 점점 더 길어져 마침내 줄을 완전히 펼쳐 드리울 때는 플라이가 진짜 벌레처럼 부드럽게 수면에 떨어지도록 했다. 마당 끝에 숲과 경계를 이루며 줄지어 서 있는 나무들 중 앞으로 살짝 튀어나온 한 그루 나무 근처에 첫번째 낚싯줄을 던졌다. 길게 밀려나간 줄이 나무 바로 오른편에서 플라이를 안개 속으로 빠뜨렸다. 나는 안개 밑으로 가라앉은 나뭇가지 주변을 맴돌고 있을 고기를 유인할 생각이었다. 나는 고리버들고기를 낚으려고 풀밭으로 낚싯줄을 던지고 있었으므로 플라이를 회수하려면 줄을 홱 채면서 끌어당겨야 했다. 내가 쓰고 있는 플라이가 전에 케이트에게 낚시를 가르쳐줄 때 썼던 것과 같은 종류라는 것이, 그리고 그때도 케이트가 낚싯줄을 던지는 속도와 타이밍을 맞추지 못해 우리 둘 중 누군가의 귀나 뒤통수에 갈고리가 걸리는 일을 막기 위해 플라이에서 미늘을 잘라냈다는 사실이 떠올랐다.

나무 근처의 같은 지점에 다섯 번이나 줄을 던진 후에도 입질이 없자 나는 오른쪽으로 45도 정도 돌아섰다. 그리고 흐릿한 어둠 속에서 회화나무 묘목의 수풀처럼 보이는 곳에 플라이를 날렸다. 나는 물고기가 떠오르는지 귀를 기울이다가, 안개의 표면 아래 플라이가 안착했을 곳에 습관적으로 신경을 집중하며 물고기가 미끼를 와락 무는 느낌이 들기를 기다렸다. 등뒤로 지평선을 따라 빛이 올라와 테두리를 이루며 어두운 안개 속에서 반짝거렸다. 안개에 잠긴 마당에 낚싯대를 내리치는 동안 낚싯줄은 머리 위에서 쌩쌩 날아다녔고, 던지면서 타이밍을 잘못 잡았을 때는 플라이가 채찍의 해진 끄트머리처럼 쩍 갈라졌다. 나는 나무둥치 위에서 한 번에 몇 도씩 돌며 마당 둘레를 따라 플라이를 날렸다. 빛이 천천히 세상 위로 올라왔고 발밑에서는 나무둥치의 굵고 어두운 뿌리가 사방으로 뻗어 있었다. 잠시, 나는 구름 위에 떠서 숨막힐 듯 빠른 속도로 돌고 있는 거대한 바퀴의 방사형 바퀴살 한가운데 서 있는 듯한 느낌이 들었다. 낚싯대를 던질 때의 원심력과 거둬들일 때의 구심력이 바퀴의 축 위에서 작용하면서 어떤 종류의 비틀림을 생성한다면, 눈 깜짝할 정도로 짧은 한순간이나마, 내 딸과 거룻배 위에 나란히 서서 새벽녘을 맞이할 수도 있을 것 같았다.

하지만 빛은 점점 밝아졌고 빛을 받아 어른거리던 안개는 무지갯빛으로 빛나다가 걷히기 시작했다. 방치된 잔디밭이 더도 덜도 아닌 잔디밭 그대로의 모습으로 나타났다. 다시 피로가 나를 압도했고, 이번에는 약과 술에 취해 마당의 나무둥치에 올라서서 플라이낚시를 했다는 창피함까지 더해졌다. 릴을 돌려 낚싯줄을 감기 시작하자 솟아오른 잡초 무더기에 플라이가 걸렸다. 낚싯대를 잡아당기니 낚싯대가 U자 모양으로 휘어졌으나 줄은 걸린 곳에서 풀려나오지 않았다. 주머니를 뒤져봤지만 줄을 자를 만한 도구가 아무것도 없었다. 아침의 첫 열기가 막처럼 피부를 뒤덮었고 땀이 머리카락 밖으로, 턱을 따라, 코 밑에서, 목 뒤로 흐르기 시작했다. 눈과 머리가 아팠다. 나는 낚싯대와 릴을 내가 서 있던 곳에 그대로 내팽개치고는 서둘러 차고를 통과하고 진입로를 가로질러 집안에 갇혀 있던 고요한 어둠 속으로 서둘러 돌아갔다. 약병이 가득 든 플라스틱 식품 용기를 뒤져 안정제를 찾아 네 알을 삼킨 다음, 먼지가 부연 소파에서 오래된 신문과 책과 술병과 재떨이 사이에 몸을 웅크리고 누워, 황폐한 내 머릿속에서 케이트에 대한 생각을 몰아내려 애를 썼다. 의식을 잃는 순간 불현듯 내가 몸을 숨기고 있는 곳이 쥐의 소굴 같다는 생각이 뇌리를 스쳤다.

세상을 떠난 그 여름에 케이트는 에논 체육공원에서 테니스 강사로 시간제 근무를 했다. 체육공원에서 육 년 동안 테니스를 배운 케이트는 그 무렵 훌륭한 테니스 선수가 되어 있었다. 아이는 다니던 중학교의 테니스 팀 부주장이었고, 고등학교에 가면 분명 첫해에 대표팀에 들어갈 것이었다. 나는 체육공원에서 여름 프로그램을 운영하던 실비아 블랙을 할아버지를 통해 알고 있었기 때문에, 실비아에게 얘기해서 케이트가 비록 열세 살에 불과하지만 그곳에서 레슨을 해도 좋다는 동의를 얻어냈다. 아이가 창피해할 것 같아 그 이야기는 하지 않았다. 어쨌거나 케이트는 진짜 일자리를 갖게 되었다는 사실에 몹시 흥분했다. 케이트는 그 일에 매우 진지하게 임했고, 가끔은 아이들을 조금은 너무 엄하게 대한다는 생각이 들 때도 있었다. 가장 이른 레슨은 아침 여덟시에 시작했는데, 케이트는 매일 자전거를 타고 일곱시 반까지 체육공원으로 갔다. 체육공원은 주로 여자들이 날마다 차를 마시고 오이 샌드위치를 먹으러 가는 '에논 티 하우스' 뒤에 있었다. 테니스장은 체육공원 아래쪽에 나무들을 심어놓은 곳에 있었고, 그 가까이에 있는 습지는 봄에는 늪이었다가 겨울에 소방서에서 물을 채우면 스케이트장으로 변했다.

나는 일주일에 한두 번, 일터에서 쉬는 시간이 생길 때마다 테니스장에 있는 케이트를 보러 가려고 노력했다. 테니스장은 두 개가 나란히 붙어 있었는데 주위는 철조망으로 둘러싸여 있었고 문밖에 기다란 벤치가 하나 있었다. 벤치는 잘린 전신주 세 개를 균등한 간격으로 땅에 묻고 그 위에 긴 널빤지 두 개를 못으로 고정해 만든 것이었다. 원래 진한 초록색으로 칠했으나 오랜 시간에 걸쳐 칠이 대부분 벗겨진 널빤지는 자줏빛이 감도는 회색 목재의 매끈한 속살을 드러냈다. 이른 아침의 테니스장은 밤에 머금고 있던 추위를 떠오르는 해와 함께 방출하는 것처럼 어떤 서늘함을 내뿜었다. 케이트가 맡은 일은 제일 어린 아이들에게 레슨을 하는 것이었는데, 아이들은 헝클어진 머리에 게슴츠레한 표정으로 라켓을 뒤에 끌면서 테니스장에 나타났다. 레슨을 시작하기 전에 케이트는 아이들에게 격려의 말을 한 후 테니스장 달리기 두 바퀴와 팔 벌려 뛰기를 열 번 시켜 몸을 풀게 했다. 아이들은 숲속에 숨겨진 굴에서 웅크리고 있다 나온 조그만 동물들 같았다. 아이들 대여섯 명이 테니스장 여기저기에서 한 양동이 분량의 형광 녹색 공을 쫓아다니고 케이트가 아이들을 격려하는 말을 외치는 정도가 레슨의 전부였다. 나는 테니스공이 라켓에 통통 튀는 소리와 공이 철조망에 철렁하며 부딪히는 소리가 무척 좋았다. 케이트는 매일 아침 여덟시에서 열시 반까지 이십 분 레슨을 여섯 번 했고, 내가 테니스장에 가면 대개 네번째

나 다섯번째 레슨이 진행되고 있었다. 내가 거기에 있는 것을 케이트가 좋아한다고 생각했지만 처음으로 일자리를 갖고 홀로 섰다는 사실을 의식한다는 것 또한 알았기에, 나는 벤치에 앉아 되도록 조용히 있으려고 노력했다. 케이트는 자기가 얼마나 열심히 일하며 얼마나 능력 있고 믿을 만한지 보여주고 싶어했다. 나는 항상 오렌지주스 한 병과 옥수수 머핀 하나를 가지고 갔는데, 마지막 레슨이 끝나면 케이트는 나와 함께 벤치에 앉아 주스를 마시고 머핀을 조금씩 뜯어 제 입에 넣거나 참새들의 모이로 앞쪽 땅바닥에 뿌렸다.

때로 케이트는 의욕이 앞선 나머지 아이들을 너무 엄하게 대하는 경우가 있었다. 한번은 어린 여자애에게 백핸드가 잘못되었다고 호통을 쳤다.

"제발, 에마. 너 또 그랬잖아! 정말 노력 안 할래?" 케이트는 여자애에게서 등을 돌리더니 고개를 저으며 중얼거렸다. "정말 미치겠네." 나는 케이트에게 열 좀 가라앉히라고 소리치고 싶은 걸 꾹 참았다. 그애가 수전이나 내가 아닌 다른 사람에게 그렇게 성질을 부리는 모습을 본 건 그때가 처음이었다. 내가 다른 어른을 보면서 느낄 법한 분노의 감정을 내 딸을 보고 느껴본 것도 그때가 처음이었다. 나의 분노는 즉시 연소되어 수치심으로 바뀐 뒤 다시 비애로 변했다. 시간이 흐른다는 것을 실감할 때,

우리와 우리 자식들이 실제로 죽게 된다는 것을 깨달을 때 느끼는 그런 종류의 비애였다. 케이트에게 그만하라는 말을 하려다 만 것은, 아이가 느끼는 것이 날것 그대로의 새롭고 복잡한 감정이고 나 역시 그 나이에 비슷한 종류의 감정을 느꼈기 때문이었다. 나는 케이트에게 그만하라는 말을 하고 싶었던 것만큼이나 그 아이의 진지함에 탄복했으며, 그런 진지함이 어떻게 성숙해갈 것인지, 내 딸이 언젠가 얼마나 정열적이고 놀라운 여자로 성장해갈 것인지 생각하며 감탄하기도 했다.

레슨이 끝난 후, 제자에게 너무 가혹한 것 같더라는 내 말에 케이트는 재능이 좀 있는 애라서 누군가가 더 잘하라고 다그칠 필요가 있다고 답했다.

"하지만 겨우 댓 살 먹은 꼬마잖아."

"바로 그래서야. 걔가 나중에 조금이라도 잘하려면 지금 나쁜 버릇들을 없애야 한다고."

"알았어, 알았어. 일리가 있긴 해. 그냥 꼬마들을 좀 살살 대해줘, 알았지?" 케이트는 내가 가져간 머핀을 조금씩 떼어 먹다가 손가락 끝을 튕겨 빵가루를 털어낸 후 테니스 치마의 측면에 손을 닦았다.

"그럴게, 아빠."

"지금부턴 뭐할 거야? 보호구역으로 산책 갈래? 아니면 걸 하버에 가서 바다 유리*를 찾아볼까?" 나는 케이트가 둘 중 어떤 것도 원하지 않으리라는 것을 알았지만, 내가 그런 걸 묻는다는 사실 자체를 아직도 좋아하기를 바랐다.

"캐리하고 호숫가에 가기로 했어."

"누가 태워다주는데?"

"자전거 타고 갈 거야."

"잠깐만. 너 그걸 하든 다른 걸 하든, 엄마한테 물어는 봤어?"

"아니. 괜찮아. 안전하게 갔다 올게."

"아, 안 돼. 꼬맹아, 미안하지만 안 돼. 네가 자전거를 타고 호수 주변과 그레이프바인 도로를 달리는 게 아빠는 싫어. 길이 너무 구불구불하잖아."

"하지만 아빠. 아빠도 그렇게 했잖아! 아빠도 어렸을 때 그러고 다녔으면서! 뭐야. 너무 불공평하잖아. 왜 안 돼?"

나는 그게 공평한 건지, 사려 깊은 건지, 심술맞은 건지, 변덕스러운 건지, 나쁜 양육법인지, 다른 무엇인지, 모두 전혀 상관하지 않는다고 말하고 싶었다. 나는 그냥 너 그러는 게 아빠가 싫다잖아, 부모는 나야, 그래서 안 된다면 안 되는 거야, 라고 말하고 싶

* sea glass. 깨진 유리 조각이 바다에 들어가 오랜 세월 파도에 마모되어 해변으로 밀려나온 것. 공예품으로 쓰인다.

었다. 대신에, 나는 눈을 감고 얼굴을 찌푸리며 진이 빠진다는 듯 한숨을 쉰 후, 알았다고, 가라고 말했다.

“그래도 조심해야 돼. 특히 물가, 그리고 찻길 조심해.” 내가 말했다.

“알았어, 아빠. 특히 거기.” 케이트가 말했다. 나는 가려고 일어섰고 케이트는 라켓과 공이 든 양동이를 움켜잡았다.

“여섯시까지 집에 와.” 내가 말했다.

“일곱시.” 아이가 말했다. 그리고 내 귀에 뽀뽀를 했다.

“일 분도 늦으면 안 돼. 너희 둘 저녁밥 해줄게.”

“옥수수도 사와.”

“알았어. 사랑해, 딸.”

“나도 사랑해, 아빠.”

7월에는 폭염이 찾아왔다. 에어컨은 작동하지 않았고 오직 선풍기 두 대밖에 없었다. 하나는 먼지가 두껍게 들러붙은 커다란 창문용 선풍기였고 다른 하나는 플라스틱으로 된 조그만 탁상용 선풍기였는데, 창문용 선풍기는 소파 가까이 바닥에 두고 탁상용은 거실 탁자 위, 내 머리 옆에 두었다. 프랭키가 그 전주에 내가 요청한 약을 모두 공급해주어 한동안은 버틸 준비가 되어 있었다.

나는 약 네 알에서 추출해낸 것을 자몽주스에 타서 마신 후, 사각팬티에 민소매 셔츠를 입고 찬물에 적신 수건을 돌돌 말아 이마에 올려놓은 채 소파에 누웠다. 소파 근처 바닥에 에논의 역사에 대한 책이 놓여 있어서 그것을 집어들고 책장을 넘겼다. 1890년 7월의 메인 스트리트 사진이 있었다. 길 한가운데에서 동쪽을 바라보고 찍은 사진에는 '코넌트의 포도로 더위를 식힌다'라는 설명이 곁들여 있었다. 길 양옆의 느릅나무들은 종이처럼 바싹 말라 보인다. 과다 노출로 찍힌 사진에는 노출이 적절했다면 보였을 부분들이 빛에 가려 보이지 않는다. 나무들 뒤에 있는 하얀 집 한 채는 순수한 빛으로 증발하기 직전인 것처럼 보인다. 길 건너 오른편에는 아이 둘이 손을 잡고 서 있다. 하나는 반바지에 멜빵을 메고 챙이 넓은 밀짚모자를 쓴 조그만 남자아이다. 다른 하나는 좀더 큰 여자아이인데 무늬 없는 흰색 면 원피스에 까만 양말과 발목까지 오는 가죽신을 신었다. 두 아이 모두 빛에 삼켜지기 직전이다.

나는 눈을 감고 그 길 한가운데에서 햇빛과 열기를 직접 받고 서 있으면 어떤 느낌일지 상상해보았다. 열기는 너무도 강렬해 액체처럼 느껴지며 들이마시고 내쉬기도 어렵고 타는 듯 뜨거워 거의 질식할 지경이다. 소년과 소녀 둘 다 길 한복판에 서 있는 나를 바라본다. 너덧 살 정도 될 것 같은 소년은 어린아이답게 솔직하고 실질적인 호기심을 드러내며, 내가 왜 이렇게 더운 날 길 한복판에 서 있는지 궁금해하고 있다. 소녀 역시 같은 걸 궁금해하면서도 어린 소년은 너무 어려 알지 못하는, 뜨악한 의심의 기색을 내비친다. 그렇다고 의심 때문에 겁을 먹은 것은 아니어서, 아이는 신중하면서도 호기심에 차 있다. 열기 속의 비포장도로는 부드럽고 먼지가 부옇다. 먼지는 땅에서 조금 떨어진 곳에서 얇은 면을 이루고 떠 있는 것 같더니, 열에 녹아내린 공기를 휘감은 바람이 길을 따라 몰아치자 춤추듯 위로 빙빙 돌면서 부옇게 날아오른다. 먼지는 사진 바깥으로 회오리쳐 나가 집 뒤편 마당으로 휩쓸려간 후 열기를 띤 적송과 참나무 사이 어딘가에서 가라앉는다. 내가 다가가면 아이들이 사라져버리고 사진 자체가 흩어져버릴 수도 있다는 것을 나는 알고 있다. 어떤 종류의 경계, 꿈에서 익히 경험한 경계가 존재한다. 소녀는 케이트다. 하지만 완전히 케이트는 아니다. 분명 나는 소녀에게 다가가고 싶고 소녀를 케이트로 변하게 하고 싶지만, 내 의지에 의해서가 아니라 그 소녀의 의지나 무언가 다른 외적 일치에 의해 저절로 그렇게 되었으면 좋겠다. 왜냐하면 우리가 꿈에서 가장 만나고 싶어하는 사람은 항상 의도적으로 잡아두려는 순간 사라져버리기 때문이다. 나는 햇볕에 이글거리는 널찍한 길의 확 트인 한복판에서 공중에 뜬 채로 서 있다. 내가 한 발짝 다가선다면 소년과 내가 케이트이길 바라는 소녀는 열기 속으로 증발해버릴 것이다. 내가 등을 돌린다면 사진 전체가 무너져내릴 것이다. 소녀가 케이트이길 바라는 내 소망이나마 간직하는 게 내가 바랄 수 있는 최선이다. 소녀가 케이트이길 바라는 마음은 케이트가 아예 거기에 없다는 생각만큼은 아니어도 거의 그만큼 고통스럽다. 일종의 선행하는 원자 같은 잔물결이 내 의식의 경계에 다가오고 있음을 느낀 순간, 그리하여 금방이라도 깨질 듯한 이 개념이 흩어져버리고 그 자리에, 이를테면, 내 이마 위 수건에 대한 거칠고 무미건조한 생각이 자리잡으려는 바로 그 순간, 소녀가 말을 한다.

"이 포도알은 사과만큼 커요." 나는 처음으로 그 아이와 소년이 아까와는 다른 집 마당 앞에 서 있다는 것을 알아차린다. 집은 보이지 않지만, 아이들 뒤로 느릅나무가 지붕처럼 머리 위를 덮은 곳 아래쪽에 포도 넝쿨이 우거진 정자의 가까운 쪽 끝자락이 보인다. 소년과 소녀의 세부 모습은 대부분 흐릿하지만 둘 다 반투명의 진한 보라색을 띤 커다란 사과처럼 보이는 것을 손에 들고 있는 것이 이제야 보인다. 소녀는 제 손에 있는 과일을 자세히 보라는 듯 내 쪽으로 내민다.

"포도알이에요." 소녀가 말한다. "난 항상 이게 사과처럼 무거울 줄 알았는데, 그렇지가 않아요."

나는 포도알들을 볼 수는 없지만, 무게는 느낄 수 있다. 포도

나무 정자의 넝쿨에 주렁주렁 매달려 있는 사람 몸만한 포도송이들과 밧줄처럼 두꺼운 줄기에 빽빽이 들어찬 주먹만한 포도알들의 무게가 거의 내 가슴속을 누르는 듯한 느낌이다. 그 포도송이들을 잘라내려면 벅 나이프가, 그것들을 나르려면 손수레가 필요하다. 포도가 잘 익으면 그 집과 포도나무 정자의 주인인 벤저민 코넌트와 그의 이웃 조나 피스크와 윌리엄 도지—조와 빌—가 포도를 수확한다. 벤저민은 정자 아래에 사다리를 놓고 꼼지락거리며 넝쿨로 기어올라간다. 그는 잘 갈아놓은 칼로 포도송이들을 잘라낸다. 가장 큰 송이는 삼십 킬로그램에 달한다. 조와 빌은 포도 밑에 서서 벤저민이 고안하고 바느질까지 한, 거위털을 채운 조그맣고 둥근 매트리스를 양쪽에서 들고 있다. 벤저민이 줄기를 자르면 송이가 아래로 처지기 시작한다. 그러는 동안 조와 빌은 포도송이가 요람에 누운 아기처럼 매트리스로 내려올 수 있도록 위치를 잡는다.

벤저민은 마지막 칼질 직전에 '헙' 하는 소리를 내, 묵직한 과실이 곧 떨어질 것임을 알린다. 그가 칼날을 뒤로 빼면 포도송이는 넝쿨에서 떨어져나와 푹신한 매트리스로 옮겨진다.

매트리스 양쪽 끝에 있는 남자들이 각각 짧게 '옙' 하고 외친 후 포도송이가 적절히 놓이도록 잠시 매트리스를 정리한다. 해마다 가장 더운 철이면 항상 그러하듯, 벤저민은 조와 빌을 시켜 잘 익은 포도송이들을 뒷마당에 돌로 지은 지하 저장고로 옮긴다. 그 서늘한 저장고에는 지난겨울에 에논 호수에서 잘라다가 톱밥더미 위에 저장해둔 오십 킬로그램짜리 얼음 대여섯 개가 있다. 그는 포도송이들을 얼음 위로 옮기게 한 다음 이틀 동안 차게 식힌다. 그러고 나서 그는 조와 빌에게 포도송이들을 자기 집 앞마당으로 옮기라고 하는데, 거기에는 마을 아이들과 젊은 사람들 대부분이 모여 있다. 두 남자는 거의 얼 정도로 차가워진 포도송이들을 꼬챙이에 꿴 후, 끝에 홈을 파 수직으로 세운 두 개의 장대 사이에 걸쳐놓는다. 그런 다음, 벤저민 코넌트는 노골적으로 종교적인 짧은 연설을 한다.

그는 열변을 토한다. "어린이 여러분. 우리의 바른 뿌리가 또 다시 열매를 맺었습니다! 우리의 땅이 바르고 땅을 숨막히게 하는 가시만 없다면 뿌리는 열매 맺기를 그치지 않을 것이며 해마다 달콤한 선물을 다시 수태하게 될 것입니다."

'티 하우스'에 가던 걸음을 잠시 멈추고 아이들 뒤에 서 있던 나이든 여자 둘이 수태라는 말에 헉 소리를 낸다. 두 노인을 비롯해 특히 고지식한 마을 사람들 일부는 벤저민 코넌트의 연설이 불경하다고 생각한다. 아마도 그들이 포도알을 이교주의에 결부시키기 때문일 것이다. 하지만 벤저민은 마을의 보배와 같은 주민이므로 두 노인은 그저 쯧쯧 혀를 찰 뿐, 연설을 계속 듣는다.

호소를 마친 벤저민 코넌트는 아이들을 향해 차갑고 달고 감미로운 포도알을 받고 싶으면 가장 어린 아이들부터 한 명씩 다가오라고 한다. 아이들은 들뜬 마음에도 불구하고 서로 질서를 지키고 얌전히 행동하며, 원하는 아이들은 모두 짤막한 의식을 치른 후 포도를 한 알씩 받는다. 그 의식에서는 아이가 "포도 한 알만 주시겠어요, 코넌트 씨?" 하고 묻고, 그는 "물론 줘야지, 우리 예쁜 아가야" 하고 대답한다. 그러고는 엄숙하지만 대단히 기쁜 마음으로 엄선한 포도알을 굳은살이 박인 손으로 딱 한 번 비틀어 딴 다음, 앞으로 돌아 고개를 살짝 숙이며 아이에게 포도알을 건넨다. 그러면 아이는 "감사합니다, 코넌트 씨"라고 말하면서 관습대로 고개를 숙이거나 무릎을 구부리는 인사를 한 후 다른 사람들이 모여 있는 곳으로 되돌아간다.

포도 껍질은 색깔이 진하며, 너무 두꺼워 대부분의 아이들은 베물지 못하거니와 어쨌거나 맛도 씁쓸하다. 그래서 탄닌맛으로 떫은 포도 껍질을 벗겨서 손수레에 담은 후 코넌트의 집 뒤쪽 풀밭에 실어다 버리면, 썩어서 말벌이 우글거리는 그 껍질 무더기를 보고 아이들은 신기함과 끔찍함을 동시에 느낀다. 나이가 많은 여자애들은 자기 포도를 벗겨 먹기 전에 어린아이들이 껍질 벗기는 것을 먼저 돕는다. 내가 케이트라고 생각한 아이는 어린 소년의 포도 껍질을 벗겨준다. 소년은 매끈한 공 같은 포도알을 받아서 한입 베어먹는다. 눈부시게 밝은 햇빛이 꼬챙이에 매달린 포도송이에 떨어져, 어떤 포도알들은 보라색 껍질 밑으로 진한 초록색을 내비친다. 아이들은 포도 씨를 한곳에 뱉어 무더기를 만든다. 좀더 큰 남자아이들은 누가 길 위로 가장 멀리 씨를 뱉는지 겨루기 시작하지만 벤저민 코넌트는 그 놀이를 중단시킨다. 입안에 든 것을 뱉는 일은 어떤 경우든 마을을 더럽히는 행위라는 것이다. 내가 케이트라고 생각한 소녀와 함께 있는 어린 소녀은 자기 포도알을 땅에 떨어뜨린다. 아이는 숨을 헉 쉬며 포도알을 집는다. 알맹이의 반 정도가 흙으로 뒤덮여 있다. 다른 쪽 반은 아직 깨끗하고 달콤했지만 아이가 찐득찐득한 손으로 이리저리 돌리며 살펴보는 바람에 모두 더러워지고 만다. 아이는 포도를 한입 베물더니 뱉어버리고 흐느껴 운다. 케이트는 아이에게 돌아서서 조금 혼을 낸다. 소녀는 남은 제 포도를 아이에게 건넨다. 내가 소녀 쪽으로 한 걸음 내딛자, 사진은 현상액에 너무 오래 담가둔 인화지처럼 까맣게 변하기 시작한다. 얼굴에 수건을 올리고 소파에 누워 있는 내 실상에 대한 의식적인 생각이 꿈으로 파고들자, 그런 하찮은 각성의 용제 속에서 소녀와 소년과 포도알과 1890년 7월 에논의 메인 스트리트는 하얗게 폭발하며 사라져버린다.

12

나는 더 깊은 그늘 속으로, 이승과 그 밖에 있는 것 사이의 경계를 향해 더 나아가, 점점 더 시체에 가까운 모습으로 변해갔다. 머리숱이 줄어들었고 뼈가 튀어나와 보였으며 피부는 뼈 위에 대강 걸쳐 있는 느낌이었다. 나는 경계를 넘지 않도록 조심할 필요가 있었다. 자신의 죽음 때문에 아버지가 자살했다고 생각한다면 내 딸이 너무 견디기 힘들 것 같아서였다. 그리고 내가 저 너머 어두컴컴한 세상에서—일상에 익숙해진 우리 눈으로 볼 수 없을 뿐 자양분이 풍부한 빛이 흘러넘치는 곳일 테지만 무단으로 침입하는 나 같은 산 사람에게는 단지 어두컴컴할 그곳에서—케이트를 만날 때 내가 그애에게서 듣기를 갈구하는 말은 '안 돼'라는 말이 아니었다. 가장 강력한 약들로 만들어낸 밧줄에 매달려 마침내 내 딸을 만난 뒤 다시 각성의 세상 표면으로 획 끌려와 구급차 바닥이나 병원 침대 위로 떨어지기 전, 그 찰나의 순간에 내 딸이 외치는 한마디 말이 '안 돼'이기를 나는 원치 않았다. 어둠 속에서 잠시 얼굴을 내민 케이트가 내 눈을 똑바로 바라보며 미소 짓는 순간을 기대하며 눈물을 흘릴 때가 한두 번이 아니었다. 그 순간에 케이트는 내가 기억하기 위해 날마다 연습하는, 반은 소녀 같고 반은 여자 같은 목소리로 내게 말할 것이다. '그래'라고.

7월 말경의 어느 아침, 나는 잠에서 깨어 바닥의 더러운 접시에 놓인 담뱃갑에서 담배 하나를 꺼냈다. 나는 거실 탁자 위에 어질러진 쓰레기들을 이러저리 밀치며 라이터를 찾아보았다. 바닥의 소파 밑자락에 성냥갑이 하나 있었다. 성냥에 불을 켜 입에 문 담배로 가져갔을 때, 회색빛으로 쪼그라든 내 손이 보였다. 손톱 몇 개는 길고 때가 끼어 있었다. 나머지 손톱들이 짧은 것은 이미 물어뜯어서 카펫 위에 뱉어버렸기 때문이다. 내가 마치 조난자처럼 보일 거라는 생각이 들었다. 오랫동안 목욕을 하지 않았다. 얼마나 오래되었는지 헤아려보려 했지만 알 수가 없었다. 추측할 수 있는 가장 짧은 기간은 오 주였다. 그래도 옷은 언젠가 갈아입었던 것 같다고 생각했으나 실제로 그랬던 기억 역시 떠올릴 수가 없었고, 단지 너무 헐렁해져 자꾸만 내려가는 바지를 추스르기 위해 수전의 옷장 안을 뒤적거리다 오래된 벨트 하나를 찾았다는 기억만 났다. 수전의 벨트는 사십 년은 된 듯 보이는 것이, 중고품 가게에서 사온 것 같았다. 커다란 버클이 달린 흰색 가죽 허리띠였는데, 버클 위에는 제 꼬리를 쫓아 헤엄치는 듯한 물고기 그림과 함께 검은 글씨로 '물고기자리'라고 쓰여 있었다. 내 모습이 끔찍할 것이라는 확신과 얼마나 형편없는지 봐야겠다는 충동이 동시에 나를 사로잡았고, 나는 욕실로 달려가 거울에 비친 내 모습을 살펴보았다. 지난 몇 주 중 어느 땐가 나는 욕실 개수대 위에 있는 거울을 베갯잇으로 가려놓았다. 전신 거울도 벽을 향하게 돌려놓았다. 거울을 가린 이유는 아마도 손을 씻을 때, 아니면 밤에 많은 약을 먹었거나 늘상 마시는 위스키에 기침약 한 병을 더 마신 후 정신을 잃기 전 겨우 양치나마 할 수 있을 때, 내 모습을 흘끔거리는 나 자신이 부끄러워서였을 것이다. 그러나 그날 아침에는 내 실제 모습을 보고 싶었다. 어쩌면 그 모습에 깜짝 놀라 참회하기를 바랐는지도 모른다.

내 모습은 비참할 정도로 흉했다. 길게 자란 머리는 엉클어지고 한데 뭉쳐 얼굴 왼쪽으로 삐져나와 있었다. 최소한 두 달은 면도를 하지 않아 얼굴과 목에는 기름기로 뭉친 수염이 듬성듬성 들러붙어 있었다. 하지만 가장 신경이 쓰이는 것은 너무도 말라버린 몸이었다. 케이트가 죽을 무렵, 나는 오륙 킬로그램 정도를 빼려고 노력하는 중이었다. 조경 일을 하며 상당히 많은 운동을 하고는 있었지만, 신진대사가 느려진 것 같았다. 여전히 일주일에 두 번씩은 스테이크를 먹었으며, 특히 케이트와 수전이 잠든 후 밤늦게 스포츠 중계를 보거나 책을 읽으며 피자나 간식 등 먹고 싶은 것은 다 먹었기 때문이다. 하지만 그날 거울을 보니 몸무게가 이십 킬로그램 이상 줄어든 것 같았다. 얼굴은 창백하고 수척했으며 목은 밧줄 묶음처럼 보였다. 음식과 음료수 자국이 묻고 겨드랑이 부분이 누렇게 변한 티셔츠 안에서 내 몸은 윤곽조차 잡히지 않았다. 처음 수전의 벨트를 찾아서 허리에 맸을 때는 조금은 멋스럽다거나 다소 매력적으로 흐트러진 모습으로 보일 거라고 생각했었는데, 그날 거울로 보니 벨트는 바지를 섬뜩하게 졸라매고 있었다. 내 모습은 알코올 도수를 높인 포도주에 취해 일요 신문을 덮고 공원 벤치에 잠든 모습으로 발견될 법한 사람과 아주 닮아 있었다. 그 생각을 하자, 그게 누구든 나와 비교를 당한 불쌍한 영혼에게 미안한 마음이 들었다.

흑요석 소녀는 밤에 나무들 사이로 움직여 다닌다. 무대의 발밑 조명의 갓 역할을 하는 돌담을 따라, 소녀는 도로 가까이에서 골프장의 페어웨이를 가로질러 움직인다. 검은 유리 소녀는 눈에 거의 보이지 않고 불안하게 흔들리는 흐릿한 형체로만 나타난다. 소녀는 어두운 렌즈다. 소녀를 통해 세상을 떠받치는 어둠의 지주가 보이지만 그것을 보는 사람은 돌이나 얼음, 소금, 혹은 습지의 풀로 변해버린다. 매일 밤, 새벽이 오기 직전, 소녀는 숨겨진 낙하문을 통해 언덕 속으로 내려간다. 소녀는 크리스털 술병이 굴러가는 소리를 내며, 언덕의 심장부로 이어지는 화강암 경계선을 따라 아래로 내려간다. 그곳에는 낮에도 밤에도 끊임없이 타오르는 용광로가 있고, 그 백열의 입구에 껌껌하고 희미한 남자들이 삽으로 석탄을 밀어넣고 있다. 검은 유리로 만들어진 소녀가 나타나자 남자들은 삽을 지하 석실의 벽에 기울여두고 그림자 속으로 물러난다. 소녀가 용광로 앞으로 다가가자, 번쩍이는 허리케인처럼 맹렬히 퍼져나온 열기가 소녀의 머리 위로 쏟아진다. 소녀는 머리를 뒤로 젖히고 양손을 옆으로 뻗는다. 열기가 소녀에게 훅 끼치자 소녀의 손가락 끝이 빛나기 시작한다. 소녀의 얼굴과 팔과 다리의 윤곽선이 찌그러지고 뒤틀리기 시작한다. 무릎 아래가 무너져내리고 몸의 나머지 부분도 미끄러져내리다가 고꾸라진 다리 앞으로 떨어진다. 소녀는 동강난 다리 위에서 잠시 똑바로 서 있는 듯하더니, 입을 벌린 용광로 앞 흙바닥으로 얼굴을 처박고 넘어진다. 언뜻 보기엔 소녀가 흙 속으로 가라앉는 것처럼 보이지만 사실은 녹아내리고 있는 것이다. 유리 소녀는 녹고 있다. 유리는 차가웠을 때 소녀의 형상을 유지했지만, 지금은 녹아서 바닥에 웅덩이로 고여 있다. 유리가 소녀의 몸밖으로 새어나온 것인지 소녀가 유리 밖으로 새어나온 것인지는 구분되지 않는다.

사람의 귀로는 들을 수 없는 소리가 난다. 그것은 사람의 눈으로 볼 수 없는 곳, 땅속 깊은 곳, 또는 하늘이나 물, 나무나 바위 속 깊은 곳에서 온다. 그 소리는 세상의 목구멍 깊은 곳에서 나오는 목소리다. 그 소리는 너무 낮은 음역에서 비롯되어 들을 수 없는 음이지만, 온 동네의 많은 사람들이 그 소리에 잠을 설친다. 그 음은 너무 광대해서 전체를 결코 알 수 없는 어떤 노래에서 나왔다. 그것은 인간적인 모든 것을 아우르고 지탱해주지만 결코 인간에게 충실하지 않으며 오직 인간 안에 잠재된 것에만 충실하다. 그것은 공포를 일으킨다. 잠에서 깨어난 이들은 가슴을 틀어쥔 채 숨을 헐떡이고 신음을 내뱉으며 손으로 관자놀이를 누른다. 그들은 자신들이 겪는 문제들을 두고 법석을 떨면서, 자신들이 이 세상에 태어난 것은 오직 고난을 겪기 위해서라는 것을, 그리고 고난이야말로 그들이 아직도 이 땅 위에 그림자를 드리우고 있다는 유일한 표시라는 것을 직감적으로 느낀다. 그 음은 화음들이 이루는 웅장한 궁륭형 대성당의 일부이며, 이 화음들은 우주를 창조의 순간으로부터 급속도로 벗어나게 한다.

오감을 지닌 그 음은 언덕 밑 지하 석실 안에서 울음 같기도 하고 웃음 같기도 한 소리를 내는데, 울음도 웃음도, 모두 유리 소녀의 슬픔 때문이다. 매일 아침 새벽이 오기 직전 불길 앞에 자신을 던지지만, 한없이 절망스럽게도, 아침이면 더 깊은 유리 공장에서 또다시 만들어진 후 언덕 깊은 곳에서 쫓겨나 다시 땅 위로 나오는 소녀. 풀밭으로 부는 차가운 공기가 소녀의 유리 눈과 유리 눈썹, 유리 뇌와 유리 심장을 식히고 굳히면, 소녀는 또 다른 밤을 시작하여 한 남자의 깨지기 쉬운 추억이 된다. 자신이 아닌 어떤 소녀의 아버지인 남자의.

나는 수없이 많은 밤을 묘지에서 보냈다. 물론 케이트가 그런 모습을 보지 않아도 되도록 항상 케이트의 비석 뒤편에 앉아 있거나 몰래 헤매고 다니거나 기어다니거나 때로는 정신을 잃었다. 그러다가 나는 묘지와 언덕과 그 옆에 있는 골프장이 회전하는 무대에 설치된 커다랗고 정교한 세트 같다고 생각하게 되었다. 돌담은 발밑 조명을 위한 갓 역할을 했고 퍼팅 그린은 무대의 앞자락이 되어주었다. 언덕들 위에서는 거대한 화강암 바위들과 조그만 탑만한 원통형 납추들과 수톤의 자철 또는 다른 바닥짐들이 평형추 역할을 했다. 낮 동안 언덕들은 대관람차 크기의 놋쇠 톱니바퀴로 고정되어 있었고 그 톱니바퀴는 땅 밑 아주 깊은 곳에 있는 피니언 톱니바퀴의 검은 철제 멈춤쇠에 걸려 고정되었다. 늦은 밤이면 캡스턴 실린더와 기어에서 풀린 레버들이 돌아가기 시작했고, 꼭대기가 무거운 언덕들은 완벽한 고요 속에서 각기 거꾸로 뒤집히며 밤의 위치로 이동했다. 정밀한 기계장치의 부드러운 움직임 덕분에, 가장 밝고 둥근 달이 떠 있는 가장 밝은 밤에도 인간의 눈은 그 움직임을 거의 감지하지 못했다. 언덕들은 밤새 이동하며 위치를 재조정했으며, 자신이 지켜보는 것이 무엇인지 정확하게 알고 바라보는 기민하고 방심하지 않는 관찰자만이 가끔 미세하게 째깍, 하는 움직임을 곁눈질로 느낄 수 있었다. 제대로 쳐다볼 때는 아무것도 볼 수 없었다. 하지만 관찰자는 눈앞에 보이는 오르막이 지난번에 봤을 때와 똑같은 위치가 아니라는 것만은 분명히 느낄 것이었다. 그러나 이미 그는 확실한 위치를 기억해낼 수 없을 터였고 잠시 스스로를 의심하다가 또다시 언덕 꼭대기의 윤곽선에 새로 생긴 이음매라든가 그 밖에 다른 변화에 밤새 주의를 빼앗길 것이었다. 그사이 언덕 한편 아래에서 선회하며 올라온 별들이 언덕 위로 둥글게 솟았다가 다른 편 아래로 지면, 새벽이 오기 직전에 전체 세트는 낮시간의 위치로 되돌아가 완전히 똑바로 섰다. 그날의 첫 빛줄기가 언덕의 꼭대기에 내리꽂히면 관찰자는 땅이 항상 보던 모습 그대로인 것을 보면서, 정신의 속임수란 얼마나 이상한가, 지형이 밤새 움직여 다닌다는 생각을 하다니 이 얼마나 이상한 환상인가 하며, 자신이 계속 완전히 깨어 있었다고 확신했지만 사실은 많은 시간 동안 반쯤, 또는 그보다 더 깊이 잠들어 있었던 게 틀림없다고 생각할 것이었다. 하지만 결국, 그는 자리를 뜨려고 일어서면서 잠은 항상 그런 식으로 우리에게 닥치는 법이라고 생각할 터였다.

때로 첫 햇살이 휙 하고 내리꽂히며 페어웨이를 점화시킨 후 묘지와 가까운 쪽 골프장 끝자락에 있는 내 쪽으로 밀려드는 이른 아침이면 나는 무대의 마지막 기어가 딸각 소리를 내며 제자리로 돌아가는 소리의 반향을 거의 들을 수 있을 것 같았다. 어떤 친근한 영혼이 막 내 시야 밖으로 달아난 듯한, 황급히 무대를 떠나는 누군가의 발뒤꿈치를 얼핏 본 듯한 느낌이 들었다. 그럴 때면 나는 마음이 어지러웠다. 묘지에 묻힌 모든 사자들이 그들만의 규칙에 따라 막 다시 눈을 감긴 했지만, 거주지를 침범한 나에 대한 불만과 나돌아다니는 자신들의 모습을 하마터면 들킬 뻔했다는 모욕감을 말없이 전달하고 있다는 생각까지 들었다. 사자들이 깨어 있는 상태가 완벽하게 정상이라는 생각을 하면 나는 몹시 두려웠다. 심지어 나는 죽은 이들이 제멋대로 돌아다니는 모습을 내게 들킬 뻔했다는 사실을 못마땅해하는 것은 자기들 때문이 아니며—그런 곤경은 오히려 그들에게 즐거움을 주거나 심지어 장난기를 발동시킬 것 같으므로—그들 중 단 한 명 때문인지도 모른다고 생각했다. 한 명의 황급한 도피를 감추기 위해, 그들은 각자의 침상으로 굴러들어간 후 눈을 꽉 감으며 잠자는 척 연기해서 내 신경을 분산시키려 했을지도 모른다고 생각한 것이다. 나는 때로 그들의 모습을 목격하기 직전의 순간에, 비석 위의 날개 달린 해골 조각들과 묘지 전체의 천사상들 모두가 역시 눈을 감는 것 같다는 느낌이 들었다. 점판암과 대리석으로 된 그들조차도 눈 하나 깜짝하지 않고 죽은 이들을 위해 불침번을 서는 일에서 가끔씩 벗어나 휴식을 취해야 한다는 듯이. 그리고 사자들과 그들의 묘비에 있는 돌 조각상들은 사실 평안히 잠들어 있는 것이 아니며, 오히려 산 사람들보다도 더 분주한 삶을 살고 있는 것 같다는 느낌도 들었다.

케이트를 위해 지어낸 촌극에 에논의 죽은 이들을 등장시킨 것은 나였지만, 내가 갈수록 균형을 잃어가자 그들은 점점 자기 뜻대로 행동하는 듯했다. 그런 환영들을 만들어낸 것은 분명히 약과 탈진과 슬픔이었지만, 그렇긴 해도 그 환영들은 점점 자주, 점점 생생하게 내 앞에 출몰했다. 환각 상태가 얼마나 심각해지고 있는지 자각하게 된 것은 초여름의 어느 늦은 밤, 도로에 가까이 면해 있는 에논 골프클럽의 퍼팅 그린 가장자리에 앉아 쉬고 있을 때였다. 나는 풀밭에 앉아 다리를 앞으로 뻗은 채 돌담에 기대 눈을 감고 심호흡을 했다. 눈을 뜨고 나자 갑자기 나는 공연이 시작되기를 기다리고 있는 듯한 기분이 들었다. 축축한 풀밭에서는 몇 주 만에 처음으로 건초나 짚 냄새가 아니라 식물 냄새가 났다. 바람은 파도처럼 높이 일어났다 빠져나가며 골프장과 묘지 사이 언덕 위로 줄지어선 나무들의 이파리에 부딪혔고, 나뭇잎 사이를 사르륵거리며 지나가다가 내 앞의 탁 트인 페어웨이를 가로질러 몰려왔다. 언덕의 푸르른 비탈에 푸른 기운은 거의 사라지고, 아랫부분으로 내려갈수록 어둠이 짙었다. 무대의 배경막이 된 연회색의 단색 구름은 그날의 마지막 빛을 담고 있었는데, 그 빛은 어디에서 오는지 알 수 없고 빛도 아니며 심지어 눈에 보이는 대상도 아닌, 은은하게 퍼지는 발광체 같았다. 배경막 앞으로는 거의 녹색에 가까운 컴컴한 소나기구름의 무리가 낮게 드리우고 있다가 언덕 뒤로 신속하게 물러났다. 후퇴가 어찌나 빨랐던지 언덕이 내 위로 솟아오르는 것 같았고, 금방이라도 내 머리 위로 넘어올 것만 같았다. 나는 싸늘해진 양팔의 윗부분을 문질렀다. 왼쪽 전방의 언덕 중간쯤, 너도밤나무 숲 뒤로 보이는 골프장 클럽하우스 주차장에서 깜빡거리며 켜진 가로등이 나뭇가지와 이파리에 담황색으로 빛나는 벌집 모양을 만들었다. 바다 안개가 묘지에서 페어웨이로 쏟아지면서 모든 것을 차가운 안개에 담가 소금에 절였다. 언덕 아래의 동굴들과 화강암 지층과 지하수면의 물이 내 발밑에서 진동하며 불안한 바소 프로푼도의 소리로 울렸다. 돌담 사이를 비집고 지나가는 바람은 빈 구멍 속에서 이상한 데스캔트 음을 냈다. 내 뼈와 내장과 호흡이 느려지면서 이 어두운 솔페주의 순환과 일치하는 순간, 나는 속삭임처럼 '라' 음을 노래했다.

필그림 또는 구두수선공의 뒤꿈치 뼈가 내 옆구리를 아래에서 위로 훑고 지나갔다. 그리고 갈비뼈들이 만들어내는 아르페지오, 머리뼈의 부드러운 곡선을 따라 흐르는 선율.

제자리로 가세요, 여러분. 자리에 앉으시기 바랍니다.

불안감을 불러일으키는 조성의 서곡이 흐른다. 나는 엉덩이를 들썩거리며, 주변에 내려앉은 냉기에 바르르 떤다. 약간 메스꺼운 느낌이 든다. 불현듯 공연의 범위가 넓게 확장되는 느낌을 받는다. 내가 사실은 객석에 앉아 있는 것이 아니라 무대 위 앞쪽에 있다는 느낌. 내가 듣고 있는 음악은 나를 위한 것이 아니라 아치형 무대의 반대편에 있는 관객들을 위한 것이며, 관객들은 다른 배우들이 무대 안쪽에서 등장하는 모습을 바라보는 나를 지켜보고 있다. 나는 무릎 사이에 머리를 들이밀고 심호흡을 한다. 뱃속이 시큰하고 눈앞에 부글부글 거품이 이는 것 같다.

내 뒤에는 동굴처럼 뚫린 야외 공간이 있어서, 무대 앞 일층 객석과 무대 맞은편으로 수직으로 층층이 쌓아올린 발코니석,

무대 옆 귀빈용 박스석까지 모두 소란스러운 늙은 유령들과 으스스한 필그림들로 가득차 있다. 그들은 팔꿈치로 서로를 툭툭 치면서 몸을 기울여 귓속말을 한다. 저기 봐, 저 사람 지금 상태가 좀 안 좋은가봐!

관객들과 오케스트라 사이에서 야유와 웃음이 물결처럼 번지더니, 일층 객석으로부터 이층으로 올라가 구름 천장 근처의 최상층 발코니석까지 퍼져나간다. 나는 뒤를 돌아보지만 보이는 것은 텅 빈 거리뿐이다. 그런 내 행동을 본 숨은 구경꾼들은 자기들을 보지 못하는 내 모습이 우스꽝스럽다는 듯이 노골적이고 뻔뻔하게 박장대소를 한다. 그들은 나를 비웃고 있다. 그들이 웃는 것은 내가 바보 연기를 너무 잘하기 때문이 아니라, 내가 혼자라는 사실 때문이다.

그러자 언덕이 정말로 솟아오르며 뒤에 있는 모든 것들을 가린다. 언덕은 무너질 듯 불안정하게 솟아오르더니 커튼처럼 가운데가 갈라지면서, 흐릿한 회색 기둥 양옆에서 두 덩어리로 허물어진다. 희미한 노란빛에 물든 기둥이 칠흑 같은 어둠을 배경으로 도드라져 보인다. 어두운 땅에서 뼈들이 올라온다. 쇄골과 갈비뼈, 넓적다리뼈와 정강이뼈, 손과 발의 뼈들이다. 발톱과 나무줄기만큼 두꺼운 거대한 척추와 그 뒤에 붙어 점점 가늘어지는 꼬리뼈, 찜용 고깃덩이처럼 커다란 척수를 담고 있었을 동그란 등골뼈도 있다. 설치류 동물들의 머리뼈 수십만 개를 내장으로 엮어 만든 묵직한 화환이 말의 머리뼈 위에 드리워 있고 이는 다시 인간 아기들의 섬세한 골격과 융합된다. 서로 맞물린 뼈들이 마구 얽혀 빙빙 돌면서 곁가지가 많이 달린 장식 촛대처럼 우뚝 솟는다. 나는 버르적거리고 딸깍거리고 탁탁거리고 삐걱거리고 쾅쾅거리는 기념탑에 집중하면서, 뼈 하나하나를, 특히 머리뼈들을 제대로 보려고 애쓴다. 왜냐하면 그것을 전체로 보면 볼수록, 지상에 존재한 적 없는 동물들을 한데 모아놓은 듯한 인상이 점점 강해질 뿐만 아니라, 그 뼈 무더기들이 내 가장 깊은 공포를 자아내기 위해 만든 끔찍한 기계처럼 보이기 때문이다. 바로 그때, 그 기계의 가운데가 카메라의 조리개처럼 나선형으로 돌아 열리면서 케이트가 걸어나온다.

케이트는 에메랄드색의 거대하고 희한한 폴로네즈 드레스를 입고 있다. 드레스는 신록과 바다와 이끼와 대서양의 초록색이다. 몸판은 이파리를 뜯어내고 푸른 가지만 남긴 버드나무 가지를 잇댄 후 바닷말로 몸통 둘레를 꽉 조여 만들었다. 머리에는 도깨비불이 후광처럼 빛난다. 머리칼은 금빛으로 퍼지고 태양빛으로 타오른다.

저, 저, 지금.

아이고, 아이고, 저거 재밌지 않아?

이건 어떻게 만든 환상이야?

내 등뒤 발코니에서 계속 높이 솟아오르며 길을 건너고 옥수수밭의 어둠 속으로 울려퍼지는 모욕과 야유를 나는 무시한다. 케이트는 장엄하고 아름답다. 숲과, 물과, 별빛 찬란한 하늘과, 대륙붕 너머 차가운 바다의 끓어오르는 심연으로 되돌아간 케이트, 언덕 바로 뒤편 나무들 사이에서, 군림하기보다는 자연과 하나가 된 케이트는 여왕이 아니라면 공주다. 나는 생각한다—그래, 이건 케이트의 첫번째 축하 행진, 추분의 성찬식, 사후 세계의 일원으로서 한 해의 시험 기간을 만족스럽게 마친 후 복위를 기념하는 의식이로구나.

뼈만 남은 말과 망아지 한 무리가 자기들의 가죽으로 만든 호화로운 의상을 걸친 채 과장된 걸음걸이로 느긋하게 걸으며 무대 위를 활보한다.

언덕 꼭대기에서 불기둥이 분출하며 밤하늘로 수킬로미터를 솟구치다가 대기의 보이지 않는 천장에 부딪혀 불타는 레이스 무늬를 그리며 퍼져나간다. 큰곰자리의 별들이 보석처럼 박힌 에논의 하늘 위로 거대한 불의 왕관이 타오른다.

케이트는 무대에 표시된 자리에 서서 불을 쳐다보고, 그 뒤에서는 수없이 많은 뼈가 카메라의 셔터처럼 빙글빙글 돌고 있는데, 다 함께 모여 큰 원을 그리듯 회전하지만 뼈 하나하나도 제

각각 빙글빙글 돌고 있는 것 같다. 모여서 돌고 있는 뼈들은 어찌 보면 전설의 성유물함 같기도 하고 다시 보면 접시에 남긴 음식 찌꺼기 같기도 하여, 한순간에는 리바이어던과 성인들의 유골처럼 보였다가, 다른 순간에는 뜯고 남은 닭다리 뼈나 갈빗대처럼 보인다. 케이트가 목을 쭉 빼고 하늘 위로 치솟는 불의 움직임을 따라간다. 몸의 나머지 부분은 전혀 움직임이 없는 것을 보니, 드레스 속에서 어떤 틀 같은 것에 고정되어 있는 것 같다. 팔은 양옆으로 어깨 높이까지 올린 채 양 손가락의 끝이 가슴 앞에서 닿을락 말락 하도록 팔꿈치를 구부린 모습이다. 케이트는 팔을 움직일 수 없다. 드레스 안에서 어떤 골조 같은 것이 움직임을 제한하는 듯, 오직 양손과 손목만이 자유롭게 움직인다. 불을 보려고 돌리는 머리의 움직임이 그리 뻣뻣한 이유도 이해가 된다. 케이트는 자기 뒤에서 여러 갈래로 빙빙 돌며 요란하게 타오르는 불기둥을 좀더 잘 보기 위해 어깨와 상체와 골반을 돌리거나 발로 방향을 바꿀 수 없다. 내가 앉은 곳에서도 불의 열기가 느껴진다. 케이트는 나보다 훨씬 불에 가까이 서 있다. 이제는 케이트가 불에 탈 걱정은 하지 않아도 된다고 생각하면서도, 나는 아이가 타고 있는데도 열기를 피하지 못하고 있는 게 아닌가 하는 느낌이 든다. 이제 보니—내 눈으로 직접 보는 것은 아니고 머릿속에서 본다는, 안다는 것이다—케이트는 나무로 된 결박 장치에 망치로 리벳을 박아 만든 단단한 틀 같은 것에 고정되어 있는데, 아이를 움직이지 못하게 하려는 게 목적이 아니라 의상의 무게에 짓눌리지 않게 하려는 것 같다. 거대한 잔인함 속의 작은 친절이랄까. 모르긴 해도, 궁극의 자비심이 주관하는 것 같은 잔인함. 이제 보니 케이트의 의상은 두툼하게 짠 비단과 레이스, 옥사, 지벨린 등의 천을 한없이 이어붙여, 보석 덩어리들과 진주를 엮은 줄을 주렁주렁 매달고, 수킬로미터 길이의 비단 리본을 묶고 꼬아 장식했다. 드레스는 여러 개의 숨겨진 패니어 속옷 위에 놓여 있는데, 그것들이 옷감 밑에 숨겨져 있다는 사실이 내게 떠오른 순간, 패니어는 옆으로, 위로 튀어나오며 케이트를 말도 안 되는 엄청난 높이까지 밀어올린다. 케이트는 위로 올라가고 드레스의 치맛자락은 폭포수처럼 아래로 쏟아져 풀밭 위에 펼쳐진다. 도르래와 권양기들이 삐걱거리며 돌아가는 소리가 들린다. 케이트가 위로 떠오르자 모든 손가락 끝과 관절에 매달린 비단실들이 빛을 받으며 모습을 드러낸다. 아이의 머리 위로 올라가 위편의 어둠 속으로 자취를 감추는 비단실들은 아이의 손가락을 미리 정해진 우아한 패턴에 따라 올렸다가 내리기를 반복한다. 나는 눈을 가늘게 뜨고 케이트의 머리 위쪽 어둠 속을 본다. 분명 검은 벨벳으로 된 배경막 같은 것이 있고 이를 완벽한 조명으로 비추어 진짜 밤하늘과 자연스럽게 섞이도록 해놓았을 것이며, 그리하여 놋쇠로 된 통이 회전하면서 통 표면의 수없이 많은 돌기들이 금속으로 된 빗의 살대를 퉁기는 모습을 가리고 있을 것이라고 확신해서다. 케이트의 손목과 손가락에 매놓은 줄은 모두 그 금속 빗의 살대에 하나씩 묶여 있어서, 회전통이 돌면 아이의 손은 여러 가지 정교한 포즈들을 취하게 되는 것이다. 나는 케이트가 불에 탈 것 같아 두렵다. 나는 공포에 휩싸여 자리에서 일어나려 하지만 움직일 수가 없다. 관중들이 요란하게 웃음을 터뜨린다.

그 광경과 함께 흐르는 음악은 부자연스럽고 단절적이다. 쌕쌕거리는 증기 오르간 소리에서 별안간 장난감 호루라기 소리로, 땅을 뒤흔드는 금관악기로, 심술궂게 찍찍 긁어대는 현악기 소리로, 또 공습경보 사이렌 소리로 자꾸만 바뀐다. 어느 한순간, 나는 그 소음의 깊은 곳에서 아코디언이 내는 뿜빠빠 뿜빠빠 리듬을 포착한다. 나는 허벅지에 손가락을 대고 약지와 중지와 검지를 차례로 두드리며 셋잇단음표 리듬을 타고, 알아들을 수 있는 부분이 있다는 것에 감사하면서 거의 안심하는 기분이 된다. 나는 그 리듬과 함께 흐르는 모든 음에 맞춰 머리를 앞뒤로 흔든다. 케이트에게로 눈을 돌리니, 아이는 내가 연주하는 리듬에 맞춰 오른쪽 팔과 오른쪽 다리를 올렸다 내리고 머리를 오른쪽으로 젖힌다. 내가 얼굴을 찡그리며 손가락 두드리기를 멈추자 케이트의 팔과 다리와 머리도 멈춘다. 나는 내 오른쪽 약지를 한 번 두드린다. 케이트의 다리가 올라갔다 내려온다. 내가 중지를 한 번 두드리자 케이트의 팔이 올라갔다 내려온다. 내가 검지를 두드리자 케이트의 머리가 까딱한다. 내가 왼손 손가락으로 같은 패턴을 반복하자 케이트의 왼쪽 팔다리가 오르락내리락하고 머리가 왼쪽으로 젖혀진다. 케이트의 머리 위 어둠 속을 올려다보니 놋쇠 통과 금속 빛은 커튼 뒤에서 케이트를 조종하는 장치가 아니라 원래 보이도록 의도된, 무대 위 공연의 일부로서 보이도록 의도된 소품이다. 내가 작은 행진곡에 맞춰 손가락을 두드리니 케이트는 거기에 맞춰 몸을 까딱거린다.

무슨 일이 일어나고 있는지 깨달았을 때 나는 숨이 턱 막힌다. 케이트의 뒤쪽에서 불길이 벽처럼 터져 오르며 아이의 기괴한 의상에 불이 붙는다. 아이는 불길에 감싸이고 모든 공연은 와해된다. 무대장치와 골조와 전선과 기어와 권양기가 한순간에 모두 무너져내리고 케이트가 그 모든 것들 밑으로 사라지자, 잔해는 모두 소리도 흔적도 없이 언덕 뒤로 휙 끌려들어간다. 불길과 무너지는 돌무더기 속으로 집어삼켜지기 직전에 보인 아이의 창백한 얼굴이 내가 본 케이트의 마지막 모습이다. 그 모든 광경은 재난을 묘사한 무대, 아름다운 소녀가 재앙을 만나 목숨을 잃는 이야기를 무대에 올린 것처럼 보이지만, 물론 그것은 항상 속임수의 일부다. 나는 케이트의 이름을 목놓아 외친다.

바로 그거야. 네 딸을 용광로에 처넣어버려, 이 얼간이야!

만세!

야호, 야호, 만세!

저 인간은 밤이면 밤마다 여자애를 말뚝에 묶고 불태워!

그러고는 애를 부르며 우는 거 봐, 어린애처럼!

엉 엉 엉!

널 잡고 말 테니 두고봐!

13

8월 초, 케이트가 죽은 지 일 년이 되기 직전, 허리케인이 동부 해안을 강타해 에논을 휩쓸고 지나갔다. 내가 아이언사이즈 술집에서 프랭키 슈이를 찾아 약을 좀더 사려고 스톤포인트까지 걸어가지 않았다면 허리케인이 다가온다는 것도 모르고 있었을 것이다. 술집에 도착해보니 안에는 프랭키와 다른 남자 한 명뿐이었다. 프랭키 옆에 앉은 남자는 과거에 나와 같은 조경이나 페인트칠 작업조였던 적이 있는 사람인 듯, 어딘가 눈에 익은 느낌이었다. 그는 몸이 말랐고 어깨가 구부정해 반으로 쪼개질 것처럼 보였다. 안색은 창백한 잿빛에 얼굴뼈가 뾰족해 피부를 찢고 나올 것 같았다. 숱이 적은 검은 머리에 검은 콧수염이 나 있었고 그 밑에는 불붙인 담배가 물려 있었다. 볼이 쑥 들어가 있는 것으로 보니 남은 치아가 아예 없거나 몇 개 안 되는 것 같았다. 전반적으로 보아, 그는 몸을 오랫동안 함부로 쓴 것 같은, 그리고 애초에 특별히 튼튼하지도 않았던 것 같은 모습이었다. 나는 그가 항상 골골하고 늘 기침을 하며 천식이나 기관지염을 달고 살아왔음을, 그리고 항상 침대에서 쉬거나 뜨거운 수프를 먹거나 술을 확실히 끊어야 하는 상황임을 감지했다. 그 남자와 프랭키는 나란히 앉아 각자 보일러메이커 하나씩을 앞에 놓고 있었다. 이미 어두침침했던 술집 안이 조금 더 어두워졌고, 나는 항구 쪽을 향한 벽의 높은 곳에 넓고 좁게 뚫린 두 개의 불투명한 유리창을 바라보았다. 창문 하나는 이미 깜깜하게 가려졌고 다른 하나에는 내가 보고 있는 동안 누군가가 밖에서 합판을 대고 망치로 못을 박아넣는 중이었다. 함께 술을 마시고 있는 남자가 프랭키의 왼쪽에 앉아 있었기 때문에 나는 그의 오른쪽에 있는 높은 의자를 꺼냈다.

나는 "어이, 프랭키" 하고 말했다. 프랭키는 고개를 돌려 내가 누구인지 보고는 다시 바 쪽으로 시선을 돌렸다.

"어이." 프랭키가 말했다. 그의 왼쪽 옆에 앉은 남자가 나를 보더니 코를 찌그러뜨렸다.

"이 새끼는 뭐야?" 남자가 프랭키에게 물었다.

"찰리 크로스비야." 프랭키가 말했다.

"어떤 새끼라고?"

"이름이 크로스비라니까." 프랭키가 말했다.

"더럽게 미안한데," 남자가 말했다. "저 사람 냄새가 너무 지독해. 나가라고 좀 말해. 어이, 이봐, 찰리 크로스비. 당신, 냄새도 꼬락서니도 너무 지독해. 꺼져." 스톤포인트에서 바다로 나가는 고깃배에서 일하는 남자들이 때로 밤에 부두나 술집 뒷골목에서 벌인다는 싸움에 대한 이야기가 생각났다. 그들은 선원 중 하나를 무리에서 가장 거친 사람과 싸움을 붙이면서, 싸우지 않으면 반쯤 죽도록 패겠다고 위협한다. 그 선원에게 술을 먹이고 좀 열받게 만든 다음, 조그맣고 억센 사내 하나를 보여주며 그 사내가 그에 대해 험담을 했다고 말해준다. 그러면서 그에게 그 사내를 패지 않으면 못나게 군 죄로 자기들에게 얻어맞게 될 거라고 말한다. 선원들은 항상 새로 온 사람에게 이런 덫을 놓는데, 신참이 몸집이 클수록 더 좋았다. 그런 사람은 항상 그들이 지목한 작은 사내를 때려눕힐 수 있겠다고 생각하기 때문이었다. 이런 일을 당했던 사람들이 해주는 이야기들을 들어보면, 다른 선원들은 조그만 사내와 속아넘어간 선원을 가운데에 놓고 빙 둘러싼 채, 조그만 사내가 몸집 큰 신참을 혼수상태에 빠뜨릴 때까지 시간이 얼마나 걸릴지를 두고 내기를 한다고 했다. 그런 관례에 대해 내가 들은 모든 이야기들이 하나같이 강조하는 것은 그 조그만 사내가 믿기지 않을 정도로 잔혹하고 거친 싸움꾼이었고, 그가 때려눕힌 신참은 사흘 후 자기 집에서 온몸에 얼음찜질을 받다가 깨어났으며 어찌나 심하게 얻어맞았는지 일주일 동안 볼 수도, 먹을 수도, 물 한 모금 마시기 위해 움직일 수조차 없을 정도였다는 사실이었다. 페인트칠이나 조경 일을 하는 일꾼들과 함께 무리지어 일해온 세월 내내, 나는 한 번도 싸움에 말려든 적이 없었고 그들이 묘사하곤 했던 심한 싸움을 본 적도 없었다(때로 서로 툭툭 치고받는 모습을 보긴 했지만 정말로 폭력적인 싸움은 아니었다). 나는 프랭키 옆에 앉은 남자가 병들고 술과 약에 취하고 굶주렸으며 잠도 전혀 자지 못한다는 것을 알 것 같았다. 그는 내리쬐는 뙤약볕 아래에서도, 억수로 내리는 빗속에서도, 살을 에며 흩날리는 눈발 속에서도, 파도가 높지 않은 날은 하루도 빠짐없이, 매일 열두, 열네 시간씩, 티셔츠 차림에 맨손으로 물고기나 바닷가재 망을 배 위로 끌어올리며 일하는 사람 같았다. 그러는 매 순간 정말 해야 할 일은 죽는 일뿐이며, 그것도 젊은 나이에 험악하게 죽는 것이 그의 진짜 운명인 것처럼 보일 남자. 그를 어머니의 자궁에서 이 세상으로 끌어내, 아비와 친구들의 주먹에 시달리며 고통받고 쇠락하다가 죽어서야 거기에서 벗어나는 모습을 지켜보는 존재—그 존재가 무엇이든 간에—에 대한 복수로 자신을 파괴하며 키워온 증오 때문이건,

아니면 무지나 더러운 성미 때문이건, 당장 죽어도 이상할 게 없을 것처럼 보이는 남자.

나는 프랭키와 함께 있던 남자가 그렇게 거친 사람인지, 아니면 강하지도 거칠지도 않지만 더없이 비참한 신세이기에 싸움꾼들이 상대를 안 한 사람인지, 혹은 상대를 안 하는 것이 아니라 내키는 대로 지내도록 놔두며 일종의 마스코트로 삼은 사람인지 나는 알지 못했다. 그 남자를 보니 속이 울렁거리고 섬뜩했지만 동시에 죄책감도 느껴졌다. 내 마음 한편에서는, 인간적인 친절이나 지능이나 빛을 그리도 완전히 상실해버린 그를 한 마리 바퀴벌레처럼 짓밟아 이 세상 밖으로 쫓아내버리고 싶었다. 하지만 똑같은 이유로, 그 남자를 바로 그런 혐오나 멸시의 감정으로부터 지켜주고 싶은 마음도 들었다.

나는 막 앉으려 했던 의자에서 뒤로 물러났다.

"어이, 어이, 됐어요. 계속 있을 필욘 없어요. 그냥 프랭키에게 뭐 좀 물어보면 돼요." 나는 말했다.

"오, 그래요, 지랄을 하세요." 남자가 어린 여자애를 흉내내려는 듯이 높은 목소리로 말했다.

프랭키는 쿡 웃음을 터뜨리며 잠시 남자 쪽을 보더니, 다시 바의 뒤쪽을 가득 채운 술병들을 보며 고개를 저었다. "제기랄, 스크러프." 프랭키가 말했다. "너 오늘 정말 열받은 조그만 레프러

콘* 같다. 이건 장사야, 자식아."

"물론, 장사겠지." 스크러프가 말했다. 그는 나를 구두에서 머리끝까지 훑어보았다. "재수없는 병신."

"미안, 스크러프는 신경쓰지 마. 폭풍이 불 때마다 저렇게 꼭지가 돈다니까."

"재수없는 병신이 알짱거릴 때마다 그렇지." 스크러프가 말했다.

"지금은 가진 게 아무것도 없는데." 프랭키가 말했다.

"전혀?" 나는 말했다. "어, 야. 난 네가 뉴멕시코에 갔다 왔기를 바랐는데." 태연한 말투로 가볍게 얘기할 생각이었다.

프랭키는 바에서 내 쪽으로 몸을 돌리고 담배를 한 모금 빨더니 나를 곁눈질했다. "아냐. 이제 더이상 뉴멕시코에 안 가." 프랭키가 말했다.

"'뉴멕시코' 소리, 한 번만 더 했단 봐." 스크러프가 말했다. "한 번만."

"알았어요, 알았어. 미안, 미안." 나는 말했다. "그런데 내가 좀 곤란한 상황이야."

"비키는 스무 개 있어. 한 개에 이십오 달러." 프랭키가 말했다.

"좀 너무 비싼 거 아냐?" 내가 말했다. 내가 망가지기 시작한

---

* 아일랜드 설화에 나오는 짓궂은 요정.

것을 보고 그는 내게 바가지를 씌우고 있었다.

"한 개에 오십은 어떠냐, 병신아." 스크러프가 말했다.

"지금 삼백밖에 없어." 나는 말했다. "그 돈에 줄 순 없겠어?"

"안 돼. 삼백이면 열두 개."

스크러프는 맥주를 벌컥벌컥 들이켜더니 턱을 아래로 꾹 내리며 술을 목구멍으로 넘기고는 최대한 빨리 다음 욕설을 내뱉었다. 나는 바의 상판에 그의 골통을 내리쳐 부숴버리고 싶었다. 하지만 그 모든 곤경이 너무도 끔찍하고 희화적이고 거의 사악할 정도여서, 나는 스크러프가 더이상 아무 말도 못하도록, "알았어, 알았어"를 최대한 빠르게 반복하며 주머니에서 돈을 꺼내 프랭키에게 내밀었다.

스크러프는 더러운 돈뭉치를 보았다. "도대체 얼마나 뻥뻥이를 쳐야……?"

"아, 참, 형씨." 나는 신음 소리를 냈다. "그냥 입 좀 닥쳐요, 예? 제기랄, 정말 끔찍하게 성가신 사람이군."

스크러프는 바의 높은 의자에 앉아 몸을 뒤로 뻗치며 담배 연기를 천장에 내뿜더니 웃음을 터뜨리며 무릎을 내리쳤다. "하! 당신은 나보다 더해." 그는 기침을 했다. "당신은 처량한 쓰레기야, 이 양반아."

프랭키는 비닐봉지를 열더니 거기에서 흰 알약 여덟 개를 꺼내 그것들을 그대로 주머니에 다시 넣었다. 비닐봉지에 든 약 열두 알을 건네받은 나는 그 열두 알을 받아 기쁘기보다는 프랭키가 주머니에 넣어버린 여덟 알 생각만 났다. 이 약은 강력하지만 아세트아미노펜이 잔뜩 들어 있어서 약 성분을 추출해야 했기에 더더욱 화가 났다. 나는 알약들을 주머니에 넣었다.

"됐어, 프랭키." 나는 말했다. "모두 고마워. 이번주 후반에는 물건이 좀 있을까?"

"몰라. 원하면 와서 확인해."

"알았어. 모두 고마워." 나는 돌아서서 문 쪽으로 걸었다.

스크러프가 내 뒤에서 외쳤다. "가다가 쓰러진 나무에 깔려 뒈져라, 등신아." 나는 고개를 숙이고 손을 흔들며 술집을 나갔다.

밖으로 나오니 허리케인을 목전에 둔 날씨 때문에 마치 다른 행성에 와 있는 것 같았다. 물기를 흠뻑 머금어 소리마저 먹먹하게 전달하는 공기 때문에 마치 액체를 뚫고 걸어가는 느낌이었다. 앞으로 몸을 숙이고 발로 보도를 살짝 밀어주면 땅에서 몇 센티미터쯤 떠올라 개구리헤엄으로 집까지 갈 수 있을 것 같았다. 낮게 깔린 어두운 구름의 천장 뒤로 비치는 빛은 공기가 아니라 물을 뚫고 땅으로 내려오는 듯했다. 나는 물도 없이 알약 두 개를 삼키고 걸었다. 그랬더니 항구를 가로질러 스톤포인트와 반턴을 잇는 다리에 도착할 무렵이 되자, 내가 걷고 있는 세상이 빛이 굴절되고 사방이 고요한, 완전한 수중 왕국처럼 느껴졌다. 아직은 바람도 비도 닥치지 않았지만 사람들은 모두들, 내 생각으론 어쩌면 불필요할 것 같은, 건전지와 생수와 합판과 표면보호용 테이프를 사러 슈퍼마켓과 철물점으로 이미 달려간 듯했다.

반턴에서 에논으로 넘어가는 마을 경계를 지나자 고요와 정적은 더욱 깊어지는 듯했다. 지구상에 홀로 있는 느낌, 사람이 살지 않는 어떤 태고의 영역을 떠다니고 있는 느낌이었다. 그 안에는 오직 해파리들과 나만이 있다. 우리는 하늘에 광활한 번개의 그물이 던져지는 모습을 올려다보고, 빗줄기가 수중 왕국의 천장을 휘저어 지도를 그릴 수 없는 들끓는 지형으로 만드는 모습을 보며, 수면 위를 쓸고 지나가는 바람의 소리 없는 포효를 듣는다. 단순한 눈으로 대기의 물질들이 가열되고 끓어오르고 합성되는 모습을 보던 우리는 폭풍이 지나간 후 햇살이 다시 비치면, 새로 생겨난 발로 모래를 밟고 탄산이 보글거리는 파도를 헤치며 양치식물이 흩어져 있는 해변으로 걸어나가게 되는 것이다. 번개에 의해 단순한 가열 이상으로 나아갔던 원형질 덩어리는 무엇이었던가? 한순간 내리친 번개에 바르르 떨고 요동쳤던, 한 점 얼룩에 지나지 않는 콜로이드 물질은 무엇이었던가? 생명의 시원이 된 그 한 점의 젤리 같은 물질은 무엇이었던가? 그 최초의 충격을 경험하고, 또 최초의 시체가 되었던 자아는 어떤 존재였을까?

구름은 물 같은 하늘에 구불구불 고사리 무늬를 수놓는 기름진 액체처럼 보였다.

나는 집에 도착해 알약 두 개를 더 먹고 커피 머그에 위스키를 부었다. 머그에는 '에이어스 중학교의 누군가가 당신에게 감사의 마음을 전합니다'라고 쓰여 있었다. 나는 남은 알약 여덟 개를 녹색 오닉스로 만든 막자사발에 넣고 으깼다. 장식이 섬세한 그 물건은 우리가 사귀던 첫해에 내가 수전에게 준 크리스마스 선물이었다. 나는 막자로 약이 고운 가루가 될 때까지 갈았다. 그리고 가루를 톡톡 털어 작은 종지에 담고 찻숟갈 하나 분량의 물을 넣어 부드럽고 매끈한 반죽이 될 때까지 손가락으로 잘 섞었다. 종지를 냉장고에 넣었다.

원시의 대양에서 떠다니던 몽상은 마법의 방정식에 대한 생각으로 바뀌었다. 묘지에서 포도주를 마시며 타로점을 치던 소녀들이 언젠가 매료될지도 모르는, 또는 이미 매료되어 분필로 그려보았을 그런 주문이나 그림 같은 것. 내 상상 속에서 그 아이들은 바람 없는 기나긴 밤 동안 지하 묘소 뚜껑에 색 모래를 뿌리고 그 위에 그림을 그려보며, 바람이 그림을 흩뜨리기 전에 누군가 다가와 그 아름답고도 언뜻 보기에 악마적인, 그러나 사실은 전혀 무해한 무늬를 볼까봐 조마조마한 흥분을 느낀다. 그렇지만 머리 위 나무에 있는 부엉이들을 뺀다면 아무도 그 무늬가 흩어지기 전에 볼 수 없을 거라는 생각에 그애들은 아마도 더 큰 즐거움을 느낄 것이다. 부엌 뒤편에 있는 책꽂이에는 영화나 어린이 방송을 담은 오래된 비디오테이프들과 케이트가 펠트펜이나 크레용 등을 담아두던 플라스틱통들이 아직도 많았다. 동그란 양동이 모양의 통에는 다채로운 색깔의 통통한 분필들이 가득했다. 나는 분필통을 거실로 가져와 밝은 빨간색 분필을 하나 꺼냈다. 소파로 올라선 후 벽 위쪽에 매달려 있던 거울을 고리에서 내려 거실 반대편에 있는 안락의자 쪽으로 던졌다. 의자 위에 조용히 떨어지기를 바라는 마음이 반이었고 약간 못 미친 곳에 떨어져 맞은편 바닥 곳곳에 파편을 튀기며 박살이 나기를 바라는 마음이 반이었다. 거울은 안락의자에 30센티미터쯤 못 미치는 곳에 한쪽 모서리를 바닥에 찍으며 떨어졌다. 거울 유리는 거의 총소리 비슷한, 또는 평화롭게 내리는 눈 사이로 내리치는 단발의 천둥 비슷한 소리와 함께 한 줄로 금이 갔고, 액자는 의자 위로 기울어지며 그 자리에 딱 멈췄다. 나는 소파 등받이 위에 올라가 벽에 기댄 채 왼쪽 위편으로 할 수 있는 데까지 손을 뻗었다.

나는 벽에 썼다. 세계를 W라고 하자.

그 밑에 썼다. 케이트를 k라고 하자.

그 밑에 썼다. 그러므로 케이트의 죽음은 (W-k)라고 하자.

나는 I라고 하자. 그러면 I는 이제 (I-k)다.

나는 항상 수학이나 논리에 약했다. 슬픔의 미적분을 증명하고 상실의 함수를 포착하는 회로나 그래프나 모형을 벽에 나타내려 하자 내 사고는 급격히 혼란스러워졌다. 나는 긴 나눗셈 문제는 거의 풀지 못했기 때문에, 내 변수들과 함수 기호들, 시그마와 삼각방정식들은 재빨리 상형문자로 변해버렸다. 왜냐하면 여러 가지 인수들, 즉 무덤가에 있는 고스족 스타일의 소녀들과 앨로이셔스의 후두(직사각형 안에 v로 표시),* 마약성 벡터(먹은 약의 종류에 따라 해골과 X자 대퇴골의 조합들을 각기 다른 색깔로 표시), 그리고 혈중알코올농도(만화에서 밀주를 담은 통을 표시할 때 쓰는 xxx 기호에다 취한 정도에 따라 더하기 또는 빼기 1~5), 그리고 보호구역의 길들여진 새들과 그곳 오솔길들의 패턴과 내 슬픔의 별자리에서 이동하는 별빛들을 인수로 넣을 방법을 찾아야 했기 때문이다. 희망(H)이라는 참으로 섬세하고 희귀한 입자들을 감정의 지질구조에 잘 섞어넣으려는 시도도 해야 했다. 왜냐하면, 비록 어떤 좌표에서도 희망의 값은 통계적으

* 후두는 일상 영어로 voice box, 즉 '소리 상자'라고 함.

로 영에 가까웠고, 또 비록 그 어떤 모멘트에도 희망의 값은 희망이 돌아오기를 바라는 희망의 값보다 더 크지 않았지만, 그것의 입자 단 하나로도 절망의 우주를 부정할 수 있었기 때문이다. 나는 만다라를 그리고, 입자가속기와 동심원과 밭 가는 황소 알고리듬으로 구성된 달력도 그려넣었다.

계산을 하다 어느 한 시점에 나는 벽에 그저 기호들을 그리는 것만으로는 안 된다는 것을 깨달았다. 날아가고 있는 케이트를 붙잡으려면, 내 딸의 부재를 일부나마 담을 수 있는 기계를 고안해내려면, 나는 내가 만들고 있는 도표들을 거실의 공간 속으로 불러들여야 한다는 것을 깨달았다.

때는 이미 밤이었다. 낮의 햇빛은 물러가고 없었다. 나는 손에 든 분필을 통에 던져넣고 거실에 있는 스탠드 세 개를 켰다. 불빛이 충분히 밝지 않아 전등갓을 벗겼다. 그래도 빛이 벽에 그린 내 그림들을 제대로 보기에 충분히 밝지 않은 것 같아서 스탠드를 모두 벽 가까이로 옮겼다. 그래도 빛이 충분하지 않자 나는 집안의 다른 곳에 있던 스탠드 네 개를 가지고 들어와 모두 멀티탭에 꽂았지만 여전히 충분히 밝지 않았다. 나는 벽에서 조금 물러서서 내 그림들을 보았다. 벽의 왼쪽 윗부분에서 방정식으로 시작된 그림들은 옆으로 여러 줄의 직선들을 그리며 진행되다가 벽의 중심쯤에 이르자 아래로 휘어지면서 물결 모양 지층의 단

면처럼 변하더니 원시적으로 보이는 그림과 아이콘들로 마무리되었다. 마치 어떤 힘이 글자들을 벽 중심부로 잡아당기고 있는 듯했는데, 글자와 숫자의 단층은 중심부로 다가가면서 그것들의 진짜 모습인 조그마한 동물이나 별, 기침약병 등으로 저절로 바뀌더니 블랙홀로 빨려들어갔다.

하지만 벽 한가운데에 구멍은 없었다. 그림들이 빨려들어갈 곳은 아무데도 없었다. 도가니도 없었고, 그림들의 적절한 반응을 유도할 증류기도 없었다. 나는 벽의 정확한 중심을 보았다. 아직 아무 표시도 없이 흰색으로 남아 있는 그곳에 구멍을 뚫고 평면을 깨뜨려야, 숫자와 글자와 동물과 사람이 회전하고 이동하고 선회하며 그 구멍으로 들어간 뒤 변형되어 다시 나올 수 있을 것 같았다.

구멍 뚫는 톱이 필요해, 나는 생각했다.

"넌 넝마주이야." 어떤 목소리가 말했다.

내 할아버지의 공구함은 차고에 있었다. 나는 밖으로 걸어나갔다. 허리케인이 저편의 캄캄한 바다에서 솟아올라 에논 쪽으로 돌진하고 있었다. 그 캄캄한 바다에서는 허리케인이 매 순간이 영겁의 시간인 것처럼 파도를 세웠다가 무너뜨렸고, 산 같은 파도의 꼭대기를 뚫고 올라온 고래들은 불을 뿜으며 물의 계곡으로 뛰어들었다. 거친 바람 소리가 나무에 떨어지는 폭포수 소리처럼 들렸다. 나는 차고 문을 열었다. 도로 건너편에 있는 가로등 불빛이 바로 앞 나무들 사이를 뚫고 나와 차고의 뒷벽에 맺혔고, 시계추처럼 포물선을 그리며 꾸준한 리듬으로 흔들렸다. 톱니 모양 허리케인의 가장자리에서 불어나온 바람이 잠시 정밀한 박자에 맞춰 빙글빙글 돌았다. 나는 생각했다. 폭풍이 이동을 멈추고 마을 위 높은 하늘에 걸린 채 머무르며 제자리에서 빙글빙글 돈다면, 그리고 항상 같은 속도로 압력과 물과 온도를 공급받는다면, 그건 마치 우리 머리 위 하늘에서 돌아가는, 거대한 1단 기어 장치 시계와 같겠다고. 우리는 그것을 보고 각자의 시계를 맞출 수 있겠다고. 그리고 우리 나름의 조그만 허리케인을 만들어 손목에 차고 시간을 볼 수 있게 될지도 모르겠다고.

"이거 폭포 소리 같지 않니, 케이트?" 내가 말했다. 나는 차고의 열린 입구 앞에 서 있었다. 나는 케이트가 내 뒤 오른편에 서 있는 것처럼 행동했다.

"최초로 만들어진 시계들 중 어떤 것들은 물을 이용해 움직였대. 그런 걸 '클렙시드라'라고 해. 물시계를 클렙시드라라고 했대. 할아버지가 말해주셨어."

나는 공구함을 손수레에 실어 거실로 옮겼다. 할아버지의 드릴을 콘센트에 꽂고 구멍 뚫는 톱에 연결했다. 줄자로 벽의 정확한 중심을 잰 다음 연필로 그 지점을 표시했다. 드릴을 벽에 댄 후 방아쇠를 당기고 몸을 기울이며 힘을 가했더니 벽 중간에 구멍이 뚫렸다. 구멍이 뚫리자 무언가 봉인이 뜯긴 듯한 느낌이 들었고, 나는 가쁜 숨을 멈춰 심호흡을 했다. 방안의 공기가 그 구멍 속으로 빨려들어가는 느낌이었다. 나는 뒤로 물러서서 벽을 살펴보았다. 구멍은 너무 거칠었고 너무 품위가 없었으며 너무 작았다. 나는 지하실에서 가져온 대걸레 양동이를 벽에 대고, 양동이 입구를 따라 구멍 주위로 더 큰 원을 그렸다. 점점 강해지는 바람의 무게에 집이 신음했다. 나는 할아버지의 왕복 톱을 가지고 벽에 좀더 큰 구멍을 냈다. 공기 중에는 액체처럼 물결치고 뒤집히는 석고 먼지가 자욱했다. 석고 먼지가 목구멍 뒤쪽에 반죽처럼 들러붙었고 코 안에서는 풀처럼 찐득하게 고였다. 나는 뒤로 물러서서 벽을 보며, 구멍이 입을 벌리고는 내가 그린 모든 것을 눈멀고 귀먹고 말도 없는 맹목적인 식욕으로 삼켜버리는 것 같다는 생각을 했다. 구멍은 그저 집어삼킬 뿐이었다. 그래서 나는 부엌 서랍에서 알루미늄 포일을 가져와 2미터 정도 길이로 뜯어내 길게 잘라 각각을 세 번씩 접어 납작하게 누른 다음, 벽에 있는 구멍 가장자리를 따라 스테이플러로 찍어 붙였다. 그 역시 좀 우습고 서툴러 보였다. 나는 회오리바람을, 소용돌이를, 폭풍의 눈을, 화산의 분화구를 원했다. 그 구멍이 빙글빙글 돌고 마구 휘저으며 빛을 토해낸 후 그것을 다시 삼켜 내가 생전 보지 못한 어떤 것으로 변형시켜주기를, 그리고 그 빛에 목소리가 있어 케이트가 괜찮다고, 잘 지내고 있다고 말해주기를, 그리고 그 말이 변모하여 내 가슴속 심장이, 내 늑골 뒤에서 차오르는 사랑이, 내 목을 조이는 울화가, 내 눈을 휘젓는 살인적 고통이, 내 코에서 타오르는 유황이, 내 귀에서 울부짖는 허리케인이, 내 컵 속의 분노가 되기를 바랐다. 나는 그 구멍이 찢어진 베일이 되기를 원했다. 그리고 나는 그런 혼미한 상태에서도, 내가 촛불과 구리선과 놋쇠로 된 나뭇잎, 티크 목재와 호랑이 이빨, 무거운 동전과 파란 진주알 등을 가지고 되는대로 멍청하게 만들고 있던 그 기계가 내 집을 기괴하게 파괴한 결과에 지나지 않을 뿐 내가 만들고자 했던 아름다운 제단이 아님을 알았다.

냉장고 안의 반죽에 결정이 생겼다. 나는 그것을 커피 필터에 넣고 액체만 짜서 다른 종지에 담은 후 오래된 어린이용 주사기로 빨아들였다. 나는 그것을 부엌의 싱크대 수납장 뒤편의 오래된 공기 흡입기, 안약병, 체온계 등의 물건들 틈에서 찾아냈다. 케이트가 너무 어려 숟가락으로 약을 받아먹을 수 없었을 때 그 주사기를 가지고 약을 먹였었다. 나는 부엌의 조리대 앞에 서서 주사기를 입에 쑤셔넣고 안쪽 막대를 주사기 관의 반 정도까지 밀어넣었다. 액체는 차갑고 아릿했다. 나의 좀더 현명한 자아가 좀더 못난 자아와 싸울 시간을 주지 않기 위해 나는 주사기 막대를 사분의 일 정도 더 밀어넣었다. 처음 뿜어나온 양이 확실히 반이 아니었던 것 같으니까 더 확실하게 해야지, 하고 나는 생각했다.

"여덟 알의 사분의 삼이라, 그러면, 뭐야? 세상에, 거의 다섯 알이잖아. 아니, 여섯이네. 잠깐, 그게 맞나? 그리고 앞에 먹은 네 알도 있잖아. 찰리, 너 완전 놀이기구 타는 느낌이겠다."

나는 다시 거실로 느릿느릿 걸어갔다. 바닥에는 공구들이 어지럽게 흩어져 있었다. 소파는 석고 조각과 먼지로 뒤덮였다. 벽에 내가 써놓은 글씨들과 방정식과 즉흥적으로 그려놓은 표의문자들이 석고 벽에 뚫린 구멍 속으로 빠져나가고 있는 동안, 나는 그것들을 읽고 이해해보려 했다. 알루미늄 포일로 가장자리를 두른 구멍은 어린애가 집에서 공상과학영화를 찍으며 특수 효과를 내려고 만든 것처럼 한심해 보였다. 약의 첫 효과가 파도처럼 밀려들어 머리 위로 부풀어오르자, 나는 거실을 그렇게 난장판으로 만든 스스로를 욕했다. 소파에 누워 정처 없이 떠내려가고 싶었던 순간이었던 터라 소파를 망쳐놓은 것이 특히 후회스러웠다.

"하, 대청소를 좀 하겠다고 나서려는 거로구나, 찰리 크로스비." 나는 말했다. "아, 케이트, 지금 네 아빠는 보통 때처럼 멍청한 짓거리를 해버렸다. 아니 사실 보통 때보다 훨씬 더한 멍청이 짓이야. 네 아빠는 대단한, 고집 센, 타고난 첨프야." 나는 미소지었다. 케이트는 '첨프'라는 단어를 무척 좋아했다. 언젠가 내게 일을 맡겼던 사람을 묘사하면서 그 말을 썼더니, 아이가 손뼉을 짝 치며 머리를 젖히고 요란하게 웃음을 터뜨렸다. "첨프! 그게 뭐야?"

"일종의 얼간이." 나는 말했다. "일종의 멍청이. 사전을 찾아봐." 케이트는 내가 거실의 소파 옆에 두던 사전을 꺼냈다.

"톱으로 잘라낸 통나무 조각이라는 뜻이네." 아이가 사전을 얼굴 가까이에 대고 눈을 찡그리며 말했다. 정신 좀 똑바로 차리고 애를 안과에 좀 데려갈 것이지. 나는 생각했다. "그러니까 '청크'*하고 '스텀프'**를 붙인 말이네! 잘라낸 나무 덩어리처럼."

"돌대가리와 비슷하지." 내가 말했다. "머리 대신 돌을 달고 다닌다는."

나는 벽장에서 진공청소기를 끌고 나와 플러그를 꽂아 전원을 켠 후, 본체에서 흡입관을 잡아당겨 소파와 쿠션 위에서 앞뒤로 밀기 시작했다. 하얀 가루가 너무 곱고 무거워서 청소기는 그저 천 위에 여러 개의 줄무늬를 남길 뿐이었다.

"얼씨구! 더 망쳤네. 잘하는 짓이다, 이 친구야." 나는 말했다. 나는 케이트 앞에서 스스로에게 화가 나지만 억누르려고 노력할

---

* chunk. '덩어리'라는 뜻.

** stump. 주요 부분이 잘려나가고 남은 부분. 혹은 나무 밑동을 뜻함.

때 내던 쾌활한 목소리로 나 자신을 놀렸다.

"네 딸은 죽었어, 이 친구야. 어우, 바보 천치." 나는 말했다. "그리고 너는 머리 대신 돌을 얹고 다니는 만신창이 인간이야." 나는 한숨을 쉬며 소파 위로 넘어졌다. 그리고 금속으로 된 진공청소기 봉을 가슴에 얹어놓고 누워, 모터가 윙윙 돌아가는 소리를 들으며 봉을 통해 모터의 회전을 느꼈다. "돌대가리가 에테르에 푹 젖었구나. 나무토막이 테레빈유에 푹 젖었구나."

바람이 굉음을 내며 집을 뒤흔들었고 진공청소기의 모터는 그 소리 위에 화음을 넣으며 윙윙 돌아갔다. 위층 어딘가에서 덧창이 창틀에서 덜거덕거렸다. 몸이 공중제비를 하며 빙글빙글 돌고 있는 느낌이었다. 어느 순간, 나는 의식을 잃었다. 진공청소기는 여전히 돌아가고 있었고, 폭풍은 거대한 왕국만한 터빈처럼 에논의 하늘에서 으르렁거리며 나무와 산울타리와 담장을 갈아엎고, 묘비들을 쓰러뜨리고, 덧문들을 경첩에서 떼어내고, 풍향계를 헛간 지붕에서 떨어뜨렸다. 그 모든 일이 벌어지는 동안 나는 약에 취한 채 꿈속을 헤매고 있었다.

다음날 정오에 정신을 차린 나는 현기증을 느끼며 소파에서 뛰쳐나가다가 책과 술병들에 발이 걸려 넘어질 뻔했다. 진공청소기는 전날 밤부터 계속 돌아가고 있었고, 본체를 만져보니 델 듯이 뜨거웠다. 청소기 전원을 끄고 나서 갑작스러운 고요가 찾아오자, 긴 시간 동안 모터의 소음 때문에 잠을 자면서도 미칠 것 같았다는 사실을 깨달았다. 주위는 고요한데 귀가 윙윙 울렸다. 해를 쳐다보다가 눈을 돌렸을 때 여전히 눈앞에 해가 보이는 것처럼 느껴지듯, 아직도 진공청소기 소리가 들리는 것 같았다. 청소기에서 쌉쌀하게 데워진 공기 냄새가 났다.

거실 창문 밖을 보니, 마당은 나무에서 떨어진 가지들과 나뭇잎들, 지붕에서 떨어진 지붕널들로 어지럽게 뒤덮여 있었다. 내 두개골 속 몽환의 늪 밖에 실제 세상 비슷한 어떤 것이 나타나기 시작했고, 나는 부엌으로 걸어갔다. 날짜가 지난 신문들과 우편물 더미 위에 놓인 헌 운동화를 신고 뒷문을 연 후 머리를 내밀었다. 차고 지붕에 있던 조그만 돔형 구조물이 깨진 채로 마당에 쓰러져 있었다. 그 구조물 위에 장착해두었던, 달리는 말 모양 풍향계는 몇 미터 옆 풀밭에 거꾸로 박혔다. 차고의 창문 중 네 개가 깨졌다. 진입로 위에는 유리와 벽돌과 지붕널과 나뭇가지들이 여기저기 흩어져 있었다. 나는 밖으로 나가 집 뒤편으로 돌아 걸었다. 빠른 속도로 움직이는 구름들 사이로 햇살이 기둥처럼 쏟아져내리며 주변 경관을 훑고 지나가다가, 피어오르는 구름의 만 속으로 되돌아 올라갔다. 폭풍 뒤편의 바람은 강하면서도 부드러웠고, 원기를 북돋우는 청명하고 달콤한 냄새가 났다. 그것은 허리케인 자체의 꼬리가 아니라 허리케인의 흔적을 치우는 바람 같았고, 허리케인이 뒤에 끌고 다니는 신호로서, 폭력은 이제 끝났고 세상에는 고요와 안전과 질서가 다시 퍼져나갈 것이라는 메시지 같았다. 단풍나무 하나가 케이트의 방이 있는 집 뒤편 모서리를 비스듬히 스치며 무너져 있었다. 나는 지붕을 좀 더 잘 살피려고 집에서 물러나 마당에 섰다. 지붕널이 반쯤 날아가고 없었다. 굴뚝 꼭대기에서 벽돌이 여남은 개 깨져나가 꼭대기에 총안이 설치된 성탑처럼 보였다. 마당에서는 비옥한 땅냄새가 났다. 참새들이 짹짹거리며 음식과 둥지를 고칠 풀이나 잔가지들을 찾아 주위를 날아다녔다. 새파란 하늘과 휘돌며 물러나는 구름들, 쏟아져내리는 햇살, 밝은 초록색 풀, 땅에 떨어진 가지의 꺾인 끝부분과 단풍나무 몸통에 생긴 상처들에서 빛나는 검푸른 금빛 고갱이, 마당 한가운데 널찍한 웅덩이로 고여 바람에 잔물결을 일으키는 은회색 투명한 빗물, 이 모든 것들이 감당할 수 없을 정도로 아름다워 나는 미소를 지으며 주변을 바라보다 진흙투성이의 젖은 풀 위에 앉아 울었다.

집과 마당은 내가 학대하고 방치한데다 허리케인 때문에 너무나 엉망으로 망가졌다. 에논의 다른 주민들이 모두 집과 마당을 청소하고 수리해 다시 말끔한 상태로 되돌려놓았는데 우리집만 저 상태로 그냥 내버려둔다고 생각하니 견딜 수가 없었다. 그렇다고 너무 튀지 않겠다며 다른 사람들을 따라 집과 마당을 직접 청소하고 수리한다는 생각 또한 참을 수 없기는 마찬가지였다. 역설적이게도 내가 그 일을 실제로 어떻게 해야 하는지 알고 있었기 때문에, 그리하여 얼마나 많은—내가 처한 상황에서는 도저히 끌어낼 수 없는—에너지가 필요한지도 알았기 때문에, 나는 그 일을 할 수 없다고 확신했다. 집을 그대로 둘 수도 없고 고칠 수도 없다고 생각하니 그 어느 때보다 더 대책 없는 기분이 들었다. 게다가 케이트가 내 옆에 서서 피해 상황을 살펴보다가 결단과 낙관을 기대하며 나를 바라보고 있다는 상상까지 했다. 내 딸이 살아 있었다면 나는 아이의 어깨에 팔을 두르고 내 곁으로 바짝 당겨 어깨를 몇 번 꽉 쥐면서 대충 이런 말들을 했을 터였다. "딸내미, 이런 건 일도 아냐. 아빠가 여기를 순식간에 잘 돌아가는 농장으로 만들어버릴 거야." 하지만 현실에서 나는 한숨을 쉬고 말했다. "아, 될 대로 되라지, 모두 다." 나는 정면 현관 안에 있던 배낭을 집어들고 빈 플라스틱 음료수 병에 수돗물을 채운 뒤 집을 떠나 걷기 시작했다. '레드 오차드' 상점에 거의 도착했을 때 나는 배낭을 벗어 밑바닥을 뒤지며 돈이 있는지 찾아보았다. 동전이라도 좀 있으면 담배 한 갑이나 초코바 같은 걸 살 생각이었다. 상점이 허리케인을 무사히 면했는지 보고, 매니에게 인사라도 하고 싶었다. 그 상점에 몇 주는, 아니 한두 달이 넘게 가지 않은 참이었다. 아니, 생각해보니 사실 그보다 더 오래되었다. 매니를 처음 만난 뒤로, 혹은 어쨌든 이야기를 나눈 뒤로 그곳에 처음 가는 것이었다. 그를 도와 부서진 창문을 테이프로 붙이고 침수된 바닥을 함께 닦아낸 후, 우유 박스에 마주앉아 차가운 콜라를 마시며 우리가 함께 해낸 모든 일들에 대해 서로를 위로하는 말을 나누면 좋겠다는 소망이 자연스럽게 솟아났다. 밖에서 보았을 때 상점은 멀쩡해 보였다. 그래서 나는 문에 얼굴을 들이밀고 매니에게 인사를 하며 아이들은 잘 있는지 묻고 한동안 들르지 않은 것에 대해 사과하려고 했다. 비록 내가 다시 오건 말건 그는 전혀 신경쓰지 않았을 것이라 나는 확신했고, 내 상태를 봤을 때 오히려 오지 않은 것을 다행으로 여겼을지도 모른다는 생각까지 했지만. 그런데 계산대에는 내가 모르는 남자가 있었다. 머리가 길고 키가 크며 어깨가 심하게 구부정한 젊은 애였다.

"어, 이봐요." 나는 말했다.

"네, 왜요?" 젊은 애가 말했다.

"미안하지만, 매니 있어요?"

"누구요?"

"매니. 그 남자 있잖아요……" 나는 '애들이 있는'이라고 거의 말할 뻔했다. "본명이 맨프라사드였던 것 같은데. 날마다 여기에서 일해요."

"오, 그 양반. 떴어요."

"떴다고요?"

"중국인지 어딘지로 되돌아갔다고요. 한두 달 전에."

"말도 안 돼. 그러니까, 음, 고맙다고요."

"별거 아니에요, 형씨."

매니가 인도로 되돌아갔다는 사실이 슬픈 영화의 마지막 장면처럼 비극적으로 느껴졌다. 그리고 나는 엔딩 크레디트가 올라갈 때 낭패하여 우울하게 돌아서서 걸어가는 남자 같았다. 우라질, 너절하고 조그만 마을이야, 나는 생각했다. 너절한 조그만 오솔길과 너절하고 조그만 조수보호구역. 모두 다 말도 안 되는 개소리 같았고 나는 그런 마을의 애처로운 마스코트 같았다. 에논의 머저리. 좆이나 까시지!

나는 하루가 다 가도록 여기저기 걸어다녔다. 세상천지에 갈 곳이 하나도 남지 않은 것 같았다. 집으로는 돌아갈 수 없었다. 폭풍으로 뒤엉킨 축축한 숲에서 밤을 보내고 싶지도 않았다. 호텔에 간다는 것은 불가능했다. 걸음을 멈추고 주위를 둘러보았다. 근처에 있는 도로 맞은편에 헤일 부인의 저택이 있었다. 그곳에서 나는 여름밤에 피터 로드나 다른 친구들과 풀밭에서 서로를 뒤쫓으며 놀았고, 케이트와 함께 해질녘에 집에 돌아가다

쥐면서, 지는 해를 배경으로 아름답고 웅장한 집이 어둠 속에 잠기는 모습을 바라보았으며, 할아버지와 함께 놀랍고 이 세상의 것이 아닌 듯한 오러리—상아로 된 행성과 위성, 놋쇠로 된 태양이 달려 있고, 나무로 된 손잡이를 돌리면 정렬된 모든 구체들이 각자의 축을 따라 서로의 주변을, 그리고 태양 주위를 돌며 완벽한 교향악을 이루던 그 오러리—를 보았다.

나는 헤일 부인의 집에 침입해 그 오러리를 찾아보기로 결심했다. 갑자기 세상에 그보다 더 중요한 일은 없는 것처럼 느껴졌다. 손잡이를 돌리면 전해오는 완벽한 기계장치의 부드러운 저항, 가해지는 힘의 완벽한 비율, 거의 감지되지 않는 궤도를 그리는 외행성들부터 팽이처럼 재빠르고 맵시 있게 회전하는 아주 작은 위성들까지, 천체들의 다양한 시기들을 보여주는 크랭크의 회전을 느끼고 싶었다. 나는 도로를 건넌 후 풀밭을 가로질러, 거대한 저택의 몇 개 안 되는 불빛 쪽으로 똑바로 다가갔다. 모습을 숨기거나 소리를 내지 않으려는 노력은 전혀 하지 않았다. 약을 찾아볼 생각도 하지 않았다. 나는 생각했다. 어차피 부인은 암염소 같은 양키 노인네야. 분명 아스피린 한 조각도 삼킨 적이 없을 테지.

"네 늙은 아빠가 어쩌면 빵에서 좀 썩어야 될지도 모르겠다, 꼬마야." 나는 말했다. "하지만 때가 됐어, 아니 지났지. 이곳에 네가 꼭 봐야 하는 것들이 있거든." 나는 우리가 함께 보던 제임스 캐그니와 에드워드 G. 로빈슨의 갱영화들을 생각했다. 역시 함께 보곤 했던 옛날 서부영화와는 달리, 아이는 그 영화들을 진심으로 좋아했다. 나는 크게 숨을 들이쉬었고 고개를 저었으며, 스스로에게 넌더리가 나 웃음을 지으며 말했다. "다 왔다, 케이트. 세상의 꼭대기야. 어쨌거나, 아빠가 지금 네게 보여주려는 건 좀 다른 거야."

나는 헤일 부인의 참나무로 만든 널따란 현관문으로 걸어갔다. 아마도 이십 년 전쯤, 할아버지와 내가 헤일 부인이 우리를 안으로 들이기를 기다리며 서 있던 곳이었다. 놋쇠로 된 문손잡이를 잡고 엄지로 나뭇잎 모양의 레버를 눌렀다. 레버가 끝까지 밀려내려가기에 문을 밀어보니 안으로 활짝 열렸다. 나는 정면 현관 안으로 걸어들어갔다. 현관에는 벽에 매단 촛대에 흐릿한 촛불 모양 전구가 딱 하나 켜져 있었다. 넓고 깊은 현관이 어두운 집 안쪽으로 이어졌다. 벽 양쪽에는 금색 액자에 넣은 어두운 색조의 그림들이 걸려 있었다. 모두 헤일 부인의 조상들처럼 보이는 남녀들의 초상화였다. 걸어들어가는데 바닥의 마룻장에서 끼익 소리가 났다. 현관에서 시작된 복도는 집 뒤편에서 왼쪽으로 꺾여 길게 이어졌다. 커다란 층계에 다다르자, 여덟 단 위의 층계참에 할아버지와 내가 고친 사이먼 윌라드의 키 큰 시계가 있었다. 나는 그 시계의 꾸밈없는 문자반을 올려다보았다.

"올라와요. 난 바로 여기 있어요." 어떤 목소리가 크게 외쳤다. 나는 깜짝 놀라 달려나가려고 뒤돌아섰다가 그대로 층계참에 멈춰 섰다. 그것은 헤일 부인의 목소리였다. 피터 로드와 나에게 계집애처럼 썰매를 탄다고 꾸짖었을 때, 그리고 할아버지에게 시계 수리비가 얼마냐고 물었을 때와 정확히 똑같았다. 부인의 목소리는 맑고 힘찼으며, 단어들은 차갑고 푸른빛이 도는 흰 종이 위에 또렷하고 지워지지 않는 검정 잉크로 찍어낸 것처럼 담담했다. 나는 나머지 계단을 올라가 널찍한 층계참을 가로질러 열린 문으로 갔다. 밤중에 집안을 헤매고 다니던 윌리스 씨와 맞닥뜨렸을 때 내가 본 것이 두 영역 사이를 더듬거리며 오가느라 흐릿하고 멍해진 반 유령, 반 인간의 어리둥절한 모습이었다면, 헤일 부인은 에논이 식민지 개척자들의 마을이었던 상대적으로 짧고 분명 덧없었을 세월뿐만 아니라, 보다 원주민에 가까운 인간들과 넓은 삼림의 본거지였던 수백 년, 그리고 빙하 밑이나 이름 없는 대양의 밑바닥에 있던 수천 년 동안, 태양의 주위를 한 번 돌 때마다 빨아들인 에논의 모든 빛과 공기와 흙과 사람들이 순수하게 농축된 정수처럼 보였다. 그리고 부인의 조상 대대로 살아온 집은 그 모든 것을 흡수한 후, 정확하게 배치된 창문들을 통해 초점을 맞추고 시계와 오러리로 정렬 또는 조정하여, 조그맣고 고지식하고 단정한 한 인물의 모습으로 구현해놓은 듯했다. 어둠의 장막에 뒤덮인 침침한 방의 안쪽을 유일하게 밝히는 촛불 전구 아래에서 소박하고 긴 나무의자에 앉아 있는 그 사람은 마치 박물관의 전시물이나 예배석의 선지자처럼 보였다.

나는 놀라서 말문이 막히고, 너무 무안한 나머지 이미 잘못을 뉘우친 채 문간에 서 있었다. 곧 듣게 될 거라 여겨지는 말은, 내가 이미 스스로 유죄라고 생각하는 모든 혐의의 세부 사항을 들어야 하는 곤혹스러움이 주는 추가적 반성의 효과만 아니라면 할 필요도 없는, 형식적이고 의례적인 말이었다. 헤일 부인은 무릎에 손을 포개놓고 앉아서, 할아버지라면 주저 없이 '기개'라고 불렀을 완벽한 평정을 유지하며 나를 똑바로 응시했다. 나는 혹시 내가 집에 흙을 묻혀 들이지 않았는지 신발 바닥을 확인해 보고, 머리를 단정히 매만지고, 셔츠를 바지 안에 집어넣고 싶은 충동을 느꼈다. 수치심이 두 배, 세 배로 커졌다. 나는 부인의 집에 들어온 것이 얼마나 가증스러운 짓이었는지 깨달았다. 내 행동이 얼마나 황당했는지는 그곳에 참을성 있고 침착하게 앉아 있는 부인 때문에 더욱 극명해져, 부인의 모습만 보면 마치 내가 사소한 예의범절 문제에 대해 부인의 분별을 구하고 있는 상황처럼 보일 지경이었다.

나의 어리석음에 외마디 비명이 나오려는 것을 억누르려 했지만 그러지 못했다. "헤일 부인." 나는 말했다.

"말하지 마세요, 크로스비 씨." 부인이 말했다. "당신이 누군지, 여기에 왜 왔는지 알아요. 이 집에서는 크로스비 씨가 원하는 것을 하나도 찾을 수 없을 겁니다. 슬픈 일을 겪은 것은 유감이에요. 하지만 그런 어리석은 짓은 이제 그만둘 때가 되었어요. 부끄러운 짓이에요."

눈에 눈물이 고였다가 볼로 굴러떨어졌다. 수치스럽기도 했고 그 여인에게 경외감이 느껴지기도 했다. 부인은 꾸밈없이 솔직한 말을 위풍당당하게 하는 능력이 있었다.

"헤일 부인." 나는 말했다. 약을 찾으러 온 것이 아니라고 말했다면 바보 같은 짓이었을 것이다. 어쨌든 그것은 부인에게 중요하지 않았다.

"크로스비 씨가 밤중에 밖에서 뭐하고 다니는지 저는 알고 있어요." 부인이 말했다. "수수께끼도 아니죠. 그렇게 밑바닥을 헤매다보면, 머지않아 배로 기어다니게 될 겁니다. 일생 동안 흙을 먹으며, 물어뜯을 맨발이 눈앞에 나타나길 소망하겠지요."*

---

* 창세기 3장 14절을 암시한다. "……뱀에게 이르시되……모든 짐승보다 더욱 저주를 받아 배로 다니고 살아 있는 동안 흙을 먹을지니라."

"헤일 부인." 나는 말했다.

"네, 크로스비 씨."

"죄송합니다."

"괜찮아요, 크로스비 씨. 하지만 지금 그 슬픔은 이기적이에요. 우울한 나날을 만들어내는 건 크로스비 씨 본인이에요. 자꾸만 이상한 불을 피워 딸을 태우고 있어요. 제 생각엔 그런 사랑스러운 자식이 있었다는 축복에 감사해야 할 것 같은데 말이에요. 도가 지나쳐요."

헤일 부인이 그런 말을 하고 있을 때 나는 부인이 경찰을 부르지 않으리라는 것을 알았다. 부인은 무단침입을 신고하거나 〈데일리 브레드〉의 사무실에 제보를 하거나 지금까지 한 것 이상의 엄한 말을 하지 않으리라는 것을, 아니 더이상 어떤 말도 하지 않으리라는 것을 알 수 있었다. 그만 물러가라는 명령을 내린 것이었다.

부인은 긴 의자에 움직임 없이 꼿꼿하게 앉아 반대편 벽의 높은 지점, 자신의 신념을 단단히 붙들어 매고 있는 무언가를 향해 시선을 고정한 채, 이제 볼일은 다 끝났다는 뜻을 확실히 전하고 있었다. 눈에 띄게 약해졌고 노쇠해 보이고, 설상가상으로 겁에 질리기까지 한 것 같은 부인은 내 폭력의 또다른 희생자였다. 나를 향한 그토록 준엄한 배려가 거의 견딜 수 없어진 나는 부인에게 침대에 눕도록 돕겠다거나 차를 끓여주겠다거나 정원의 잔디를 평생 무료로 돌봐주겠다는 제안을 할 뻔했다. 그 자체로 폭력적이었을 그런 제안을 했다면, 내가 부인의 뜻을 전혀 알아듣지 못했음을, 그리고 부인이 내게 베푼, 나를 위해 실천한, 엄연한 책임을 거부했음을 정확히 증명했을 것이다.

한순간, 나는 헤일 부인을 살해할 생각을 했다. 부인은 너무나 말도 안 되게 고상했다. 하지만 부인의 위엄이 나를 겸허해지도록, 침묵을 지키도록 자극했다. 고개 숙여 인사하고 잠시 부인 앞에서 말없이 서 있다가 문에서 돌아나와 복도를 따라 걸어내려가는데, 넓은 소나무 마룻장이 삐걱거렸다. 나는 어둡고 좁은 계단을 내려갔다. 아래쪽 층계참에 있는 키 큰 괘종시계가 한시 반을 가리켰다. 몇 초 동안 시계 앞에 서 있었다. 집의 고요가 너무도 깊은 나머지, 시계의 째깍 소리 하나하나가 문자반 뒤에서 회전하고 있는 놋쇠 태엽 장치를 소리로 드러내고 있는 듯했다. 한순간 시계는 내 할아버지와 할머니, 어머니와 케이트의 심장 박동을 보존하고 전달하는 장치 같았다가, 죽은 이의 관 같았다가, 성유물함 같았다가, 마침내 오래되고 평범하고 아름다운 시계로 보였다. 어딘가, 내가 기억하지 못하는 방에 강력한 오러리가 활동을 잠시 멈춘 채 어둠 속에 고요히 놓여 있었다. 나는 층계참에서 내려가 복도를 따라 건물 정면 현관으로 갔다. 그리고 어두운 밤으로 발을 내딛고 등뒤로 문을 닫았다.

나는 풀밭을 가로질러 숲속으로 들어간 후 에논 강 보호구역으로 갔다. 그리고 할아버지와 나, 케이트와 내가 그렇게 여러 번 손으로 새에게 모이를 주던 곳 근처로 향했다. 나는 죽은 새들이 나무에서 떨어져 땅이 온통 얽히고설킨 시체들로 뒤덮이는 모습을 상상했다. 한 마리 새의 부리와 부러진 날개와 흙 묻은 깃털과 바늘처럼 가는 뼈가 다음에 떨어진 새의 그것들과 엮이고 묶여, 결국 모든 새의 몸이 실로 짜듯 하나로 결합되는 모습을 눈앞에 그렸다. 그리고 그렇게 엮인 새의 시체들을 하나의 판처럼 띄워올려 내 어깨에 드리운 후 발톱을 이용해 목에 매달아 망토나 가운처럼 입는 모습도 상상해보았다. 그것은 깃털과 속이 빈 뼈로 만들어졌으므로 매우 가벼울 것이다. 그것은 또 매우 길어서, 나는 그 거대한 옷자락 뒤로 벌레들과 풀과 나무껍질을 쓸어모으며 입구의 사람 손을 많이 탄 지역을 넘어, 진정한 황무지를 배회하고 다닐 것이다. 옷자락이 그루터기의 뾰족한 부분에 걸려 자꾸만 걸음을 멈춰야 할 것이고, 그러면 나는 뒤로 돌아 옷자락을 수습하거나 잡아당겨서 빼거나 얽힌 부분을 풀고 다시 가다가, 바로 다음 순간 또다른 가시에 걸려 멈춰 서게 될 것이다. 새들의 뼈가 꺾이고 날개가 어깨뼈에서 빠져나오는 바람에, 나는 얽힌 깃털과 흩어진 사지를 흔적으로 남기고 다닐 것이다. 내가 몸을 뒤채면 옷을 찢을 뿐만 아니라 엉키게도 만든다. 내가 새 둥지를 지나갈 때면 살아 있는 야생 새들이 날아들어 내 옷 위에 앉아 함께 얽힌다. 시간이 지나며 변형된 옷은 처음의 길들여진 새들을 모두 몰아내고 깃털이 어두운 꿩과 까마귀와 희귀하고 조그만 노래하는 새들을 끌어모은다. 오랜 시간이 흐르고 망토에는 처음에 있었던 새들이 하나도 남지 않는다. 처음엔 모두 죽은 새들로 이루어졌던 망토는 죽은 새와 살아 있는 새들의 혼합으로 변하며 점점 더 소름 끼치는 모습이 된다. 옷은 검정과 갈색으로 뒤채고 몸부림치며, 선홍과 노랑과 자주색으로 파닥거린다. 덫에 걸린 새들은 서로를 쪼아 깃털을 떨구고 서로의 눈을 뽑고 치장을 하고 서로를 잡아먹고 서로에게 배설을 하고 교미를 한다. 그러는 내내 새들은 짹짹거리고 노래하고 둥지를 짓고 알을 품는데, 그것은 뼈와 깃털로 된 덤불 속에서 솟구친 다른 새의 알이며, 정작 자기 알은 빠져나가 다른 곳에서 부화하기도 하지만 땅이나 차가운 웅덩이로 떨어지면 껍질 안에서 자라나던 노른자는 식어서 뿌연 젤리로 변해버린다. 참새들은 여새를 키우고 까마귀는 되새를 자식으로 둘 것이며, 수세대에 걸친 새들이 그 무지막지한 망토의 덫에 걸린 채로 태어나고 살고 노래하고 분투하고 죽을 것이다.

에논 습지에서 호수로 흐르는 개천에 도착하자, 나는 발걸음을 멈추고 메고 있던 배낭에 내가 최대로 걸머질 수 있는 만큼의 돌을 집어넣었다. 숲을 뚫고 걸어가 시더 스트리트에서 길을 건넌 후 숲을 좀더 지나 에논 호수에 도착했다.

달도 뜨지 않은 밤이었고 하늘을 두껍게 뒤덮은 구름은 제가 만든 어둠 속에 몸을 감추었다. 구름이 하도 낮아 보여서 머리가 부딪쳐 깨지지 않으려면 몸을 웅크려야 할 것 같았다. 내 정신은 기가 막힌 거짓말들로 활활 타올랐다. 나는 생각했다. 나는 나라는 선물을, 나 자신을 선물로서 받을 수 없다고. 이 몸을, 타오르기를 멈추지 않고, 스스로를 속이고 소진하고 태워 죽이며, 제가 지어낸 거짓말을 믿으면서 빤한 사실에는 숨막혀하는 이 정신을 선물로 받을 수 없다고. 헤일 부인의 말이 맞다. 하지만 나는 그 말을 소화해낼 수가 없다. 할아버지는 나에게 종교나, 신이나, 우리 인생의 그 어떤 의미 혹은 목적을 믿건 믿지 않건, 항상 인생을 선물로 생각해야 한다고 말했다. 아니, 그건 할아버지의 아버지가 할아버지에게 한 말이라고, 또한 할아버지의 아버지의 아버지도 아들에게 했던 말이라고 했다. 할아버지는 실용적인 조언이라고 내게 전달은 했지만 본인 역시 나와 매한가지로 그런 사고방식이 요원하고, 참으로 굉장한 만큼 불가능하다고 느낀다는 것이 말투에서 드러났다. 하지만 존재하지 않던 상태에서 깨어나게 되는 것, 그것은 저주요 업보이며 도발 행위 같은 것이다. 누군가 우리를 흙과 건초 한줌으로 만든 후 불을 붙여 이 무자비한 세상에 내놓으면 우리는 바위와 뼈 사이를 휘청거리고 다니면서 울고 걱정하고 아수라장을 만들면서, 곧 닥칠 망각 속으로의 회귀 말고는 숙고하는 일도 거의 없이 살아간다. 그러면서 우리가 지어내는 희망은 정교한 만큼 기만적이고 기반이 약하며, 마음을 바치는 순간—바치기도 전이 아니면 다행이지만—곧바로 타서 없어져버리는데다, 기껏해야 우리 맘속에서 지어낼 때나 누추한 집의 불가에 앉아서 다른 사람들에게 말하는 순간에만 진실일 뿐인 희망이다. 그러는 사이 우리는 모두 얼어죽거나 굶어죽고, 음모를 꾀하고, 기만을, 배신을, 살인을, 사랑의 절망을 생각하며, 딸을 낳아 함께 섬세한 기쁨을 누리다가 딸이 죽으면 가슴에서 더욱 큰 절망을 짜내는 삶, 자신이 상처받기 위해 만들어졌다는 것을 증명할 뿐인 삶을 살아간다. 아니, 그보다 더 나쁠 수도 있다. 상처 입은 심장도 고동을 멈추진 않기 때문에.

케이트가 죽기 전에는 그런 생각을 하지 않았다. 이제 나는 언제나 그것이 진실이며 그전에는 그저 착각을 했다는, 그저 한동안 너무 좋은 시간을 보냈기에 사랑과 선에 대한 거짓말을 믿고 거기에 미혹되었던 것뿐이라는 생각이 들었다. 하지만 내가 그 시절을 보내는 동안, 그것은 거짓이 아니었다. 그것은 진실이었다. 그것은 내 딸이 죽은 후 겪은 절망만큼이나 진실이었다. 나는 원래 절대로 낙천주의자라고 할 수 없는 사람이었고, 만족이라는 의미에서 행복을 말한다면 나는 심지어 행복한 사람도 아니었다. 나는 항상 안절부절못했고 마음을 놓지 못했으며 지나치게 치열해지곤 했다. 하지만 케이트가 내 삶에 기쁨을 주었다. 나는 그 아이를 전적으로 사랑했고, 내가 그 아이를 사랑하는 동안 세상은 사랑이었다. 내 딸이 죽고 나니 세상은 폐허에 불과한 곳, 온통 괴물들만 나오는 연기 매캐한 꿈에 지나지 않은 곳임이 드러난 듯했다.

나는 에논 호수로 걸어들어가 빠져 죽기로 했다. 배낭에 든 돌과 함께 바닥으로 가라앉으면 될 것 같았다. 물은 차갑고 순수하고 깨끗했다. 물은 더러운 손과 더러운 얼굴과 더러운 머리를 씻겨주었으며, 피로에 지치고 바싹 말라붙은 나를 시원하게 적셔주었다. 몸을 담그는 동안 물에서 쉬익쉬익 소리가 들리는 것 같았다. 돌덩어리가 든 배낭을 벗어버리니 배낭은 내 뒤에서 물에 가라앉았다. 나는 물이 목까지 차오르는 곳까지 걸어들어갔다. 옷이 몸을 물밑으로 잡아당기고는 있었지만, 그래도 팔과 손으로 물을 누르듯 해야 했다. 폐 속 가득히 공기를 들이마셨다. 나는 수면 밑으로 머리를 처박고, 차갑고 고요한 물속으로 가라앉았다.

내 딸에게 변변치 못한 아빠라는 사실이 부끄러웠던 적이 여러 번 있었다. 일을 맡았다가 잘리거나 겨울을 나기에 충분한 돈을 벌지 못해 어머니의 집을 판 돈에 손을 대야 했던 시절 케이트가 나를 안고 입맞추며 "괜찮아, 아빠" 하고 말해줬을 때가 그랬다. 그러면 나는 아이의 말에 위안을 얻은 것처럼 행동해야 했지만 속으로는, 어쩌면 내 딸은 이렇게 멋진 아이일까, 그리고 딸에게 위로를 받는 아빠가 되다니 얼마나 창피한 일인가, 하는 생각에 어찌할 바를 몰랐다. 나는 케이트가 죽은 후 내가 해온 짓이 폭력이나 다름없다는 사실을 깨달았다. 그것은 슬퍼하거나 상처를 치유하거나 심지어 애도를 하는 것도 아니었고, 딸의 죽음이라는 폭력에 홀려 그것에 의도적으로 매달리는 행위이자, 내 딸을 치어서 그애를 자기 자신과 이 세상에서 멀리 떠나보낸 그 차가 그애와 우리 가족에게 가한 폭력을 고집스럽게 보존하는 짓이었다. 그리고 그러면 안 된다는 것을 스스로가 알고 있었다는 점에서 내 도착적 성향—그것이 딱 맞는 표현임을 차가운 물속에 있던 순간 깨달았다—이 더욱 명백해졌다. 약을 먹는 짓, 주먹으로 벽을 쳐 손을 부러뜨리는 짓—물론 고의로, 물론이지, 물론이야, 나는 생각했다—우리 가족의 집을 쑥대밭으로 만드는 짓, 어둠 속에서 사방을 뒤지고 다니는 짓, 다른 사람들의 집에 들어가 평화를 깨뜨리고 공포를 조성하는 짓은 그 차와 내 딸이 충돌한 순간의 폭력을 의도적으로 배양하는 행위이자, 더 나쁘게는, 폭력을 이웃과 모르는 사람들 사이에 싹트게 하는 행위이고, 가장 최악으로는 폭력의 씨앗을 케이트에게도 퍼뜨리는 행위였다. 케이트, 이젠 그 이름이 무얼 의미하는지, 기억인지, 천사인지, 부두 인형*인지, 그것도 모르겠지만…… 그런데도 나는 그러면 안 된다는 것을 알고 있었다. 그것이 잘못된 일이라는 것을 날마다, 매 순간 알고 있었지만, 어쨌거나 그렇게 한 것이다.

물의 축복은 잠시뿐이었다. 숨이 막혔다. 이질적인 수중 세계가 갑자기 두려워졌다. 나는 수면 위로 올라가 공기를 들이마시고 호숫가를 향해 허겁지겁 나아간 후 무릎으로 기어서 물가로 올라갔다. 일어서려고 했지만 젖은 옷의 무게로 비틀거리다가 다리를 물가에 담근 채로 퍼질러 누워버렸다. 나는 운동복 윗도리의 지퍼를 내린 후 물에 퉁퉁 불은 껍질을 벗어버리듯 옷에서 빠져나왔다. 노곤함이 밀려왔다. 나는 숨을 몰아쉬고 추위에 떨면서 모래흙 위에 누웠다. 흩어진 폭풍우 구름의 마지막 조각이 밝은 여름 별들 위로 흘러갔다. 나는 요란스레 웃음을 터뜨렸다.

---

* 부두교 전래의 저주 인형. 증오하는 상대와 닮은꼴로 만듦.

"아이고, 세상에, 이것참 슬프구나." 나는 숨을 헉 들이쉬었다. "도가 지나치다는 말이 맞아. 찰스 워싱턴 크로스비, 이 엿 같은 꼬락서니를 얼른 수습해야겠다." 그렇게 추위와 낭패감에 시달리지 않았다면 나는 누운 자리에서 그대로 웅크리고 잠이 들었을 것이다. 대신, 나는 자리에서 일어나 무겁게 축 늘어진 운동복 윗도리의 모자 부분을 잡고 땅에 끌면서 집 쪽으로 걷기 시작했다.

골프장을 가로질러 묘지 뒤편 언덕 꼭대기에 도착했을 때 나는 잠깐 걸음을 멈추고 불규칙하게 줄지어 늘어선 묘비들을 내려다보았다. 내가 선 자리에서 케이트의 묘비는 단풍나무에 가려 보이지 않았다. 상관없어. 더럽고 칙칙한 윗도리를 슬쩍 내려다보며 나는 생각했다. 지금 내 모습, 어미의 보금자리에서 새끼 사슴을 가로채 질질 끌고 다니는 악귀 같구먼. 마른 옷으로 갈아입고 잠을 좀 잔 후, 내일 다시 오면 돼.

내 바로 앞의 언덕 반쯤 아래, 약 70미터쯤 떨어진 곳에서 불꽃이 번쩍하더니 커다란 직사각형 묘비 두세 개에 역광을 비추었다. 어찌나 순식간에 사라졌던지, 내 시야에서 번쩍이는 잔상만 아니었다면 아예 일어나지 않은 일이라고 생각했을 것이다. 나는 눈을 가늘게 뜨고 어둠 속을 바라보았다. 빛이 다시 번쩍하고, 또다시 번쩍하자, 나는 눈을 깜빡이며 조그만 불빛을 쳐다보았다. 어린 소녀의 웃음소리가 들리더니, 다른 목소리가 그에 대고 조용히 하라고 했다. 예전에 포도주를 마시며 타로카드 점을 보고 남자애들에 대해 얘기하던 두 소녀라는 것을 깨달았다. 라이터 불이 다시 꺼지기 전 몇 초 동안, 불빛 속에 담배와 얼굴 하나를 겨우 구분할 수 있었다. 하나가 다시 웃자 다른 하나가 쉿 하며 조용히 하라고 하다가 저도 함께 웃기 시작했다. 아이들은 서로 조용히 하라고 했지만 그래도 내게는 즐겁고 다급한 목소리로 낮게 쑥덕거리는 소리가 들렸다. 정말 사랑스러웠다. 약간 소동도 일으키고 약간 방정을 떨기도 하면서 함께 노는 소녀들의 목소리가 얼마나 행복하게 들리던지. 나는 피터 로드나 다른 친구들과 함께 에논을 누비며 쏘다니던 밤들을 떠올렸다. 사실 알고 보면 야생에서의 모험이라고 할 만한 면은 조금도 없었지만 떠들썩하고 행복했다. 그리고 나는 케이트와 함께 마을 곳곳으로 긴 산책을 다니며 얼마나 즐거웠는지, 그리고 케이트가 좀 더 어렸을 때 조금 너무 멀리 나갔다가 어두워진 후에 집에 돌아오게 될 때 아이가 얼마나 신나했는지도 떠올렸다.

나는 아이들이 내 존재를 눈치채고 어쩌면 겁까지 먹게 되어 즐거운 기분을 망치게 될까봐 언덕 꼭대기 너머로 물러나기 시작했다. 내가 끙 소리라든가 뭔지 모를 소음을 낸 것인지 아이들이 웃음을 멈췄다. 나는 그 자리에 얼어붙었고 아이들도 마찬가지였다.

"칼?" 한 아이가 불렀다. "칼, 너니?" 지난 한 해 동안 별짓을 다 했지만 그 순간만큼 아연실색한 적은 없었다. 빌어먹을, 결국 오늘밤 감옥에 가는구나, 나는 생각했다. 물에 흠뻑 젖고 약에 찌든 비참한 내 몰골을 아이들이 보면 소리를 지르고 반쯤 죽을 만큼 겁을 먹을 것 같았다.

"칼, 이상한 짓 그만해. 나 장난 치는 거 아니야."

정말 바보 같다고 생각은 했지만 나는 목이 잠긴 소리로 말했다. "음, 아니야. 아, 안녕. 난 칼이 아니고…… 나는……"

아이들이 무릎을 꿇고 일어났다. 나는 윗도리를 바닥에 내려놓은 뒤, 겁 많은 동물에게 접근하는 것처럼 팔을 옆구리에 붙인 채 양손을 내밀고 아이들 쪽으로 걸어갔다. 달리 뭘 해야 할지 알 수 없었다.

"누구야?" 한 아이가 물었다.

"미안해." 나는 말했다. "미안해, 몰래 다닐 생각은…… 그러니까 내 말은, 너희들이 여기 있는 줄 몰랐다는 거야."

"누구냐니까?" 아이가 되물었다.

"그게." 나는 말했다. "나는 찰리야." 그렇게 말하니 정말로 이상하게 들렸다. 내 딸과 나이가 거의 비슷한 어린 소녀들에게 달리 할 수 있는 말이 전혀 없다는 것이, 적절하게 느껴지는 유일한 말이 겨우 내 이름뿐이라는 것이 너무나 이상하게 느껴졌다.

"찰리라고, 어?" 다른 아이가 말했다. 둘 다 일어섰다. 둘 중 한 아이는 다른 아이보다 눈에 띄게 컸고 매우 호리호리했으며 눈 색깔이 진했다. 그 아이는 검은색 운동복 윗도리를 입고 옷에 달린 모자를 머리에 뒤집어쓰고 있었다. 길고 새까만 머리는 뱀처럼 모자에서 쏟아져나와 윗도리 앞부분으로 흘러내렸다. 그 아이는 다른 아이보다 한 걸음 앞에 서 있었고, 뒤쪽에 있는 아이는 피부도 더 희고 눈 색깔도 더 밝았다. 그 아이 역시 머리를 까맣게 염색했지만 원래의 붉은색이 반쯤 드러나 있었다. 그 애는 검정색 가죽점퍼를 입었는데, 옷의 앞판에는 모호크 인디언의 머리 모양을 한 하얀 해골 그림이 있고 스프레이 페인트로 '착취당하는 자'라고 쓰여 있었다. 검정색 치마에 검정색 레깅스를 입고 검정색 가죽으로 된 묵직한 짧은 부츠를 신었다. 아이들은 별 신경 안 쓰는 척하려고 했지만 사실은 두려워하고 있었다. 나는 케이트를 떠올리며, 그 아이들이 더 경계해야 마땅하다고 생각했다. 아이들 쪽으로 좀더 다가가 3미터쯤 떨어진 곳에서 걸음을 멈췄다. 나는 일부러 내 몸을 삼분의 일 정도 옆으로 돌려 더이상 가까이 가지 않겠다는 뜻을 내비쳤다.

"미안, 얘들아." 나는 말했다. 나는 물에 흠뻑 젖고 진흙투성이가 된 내 몸을 내려다보았다. "미안하다. 내가 지금 그다지……" 어떻게 말을 이어야 할지 알 수 없었다. "……좋은 상태가 아니구나."

더 작은 아이가 더 큰 아이를 팔꿈치로 쿡 찌르자 큰 아이가 말했다. "어어, 아저씨구나."

"뭐라고?" 내가 말했다. "아저씨라고?"

"예, 아저씨 맞아요. 케이트의 아빠."

아이들이 안다는 것을 나도 알았다. 단순한 상황이었다. 하지만 나는 조금 더 못 알아듣는 척했다. "케이트의 아빠? 무슨 말을 하는 거야?"

"케이트의 아빠." 아이가 말했다. "아저씨가 케이트의 아빠라고요. 그애, 작년에 죽은 여자애요. 중학교 2학년이었던. 그애 아빠 맞죠?"

"맞아." 나는 말했다. "그래, 맞긴 한데……"

"걱정 마세요, 아저씨." 아이가 말했다. "괜찮아요. 뭐 대충 다들 아니까요."

"다들 뭘 안다는 거야?" 내가 물었다.

"예, 그러니까, 남자애들이 알아요. 그러니까 내 말은, 학교에서 우리가 좀 아는, 높은 학년 남자애들, 그리고 여자애들 몇몇이 아저씨가 밤에 돌아다니는 걸 몇 번 봤대요. 다들 아저씨에 대해서 좀 알아요. 그러니까 내 말은, 경찰이나 부모들이 안다는 게 아니라, 그냥 우리들 중에 어떤 애들만요. 아무도 그때 그 집에 숨어들어간 사람이 아저씨란 사실을 어른들한테 얘기 안 했어요. 우린 아저씨가 밤에 여기저기 돌아다닌다는 사실을 알고 있어요. 다들 그게 좀 멋있다고 생각해요."

다른 아이가 말했다. "케이트가 어디 있는지도 정확히 알아요. 바로 저 아래잖아요. 우린 가끔 그애에 대해 얘기해요."

"그애한테 얘기하기도 하잖아."

"맞아, 그애한테."

"그애, 본 적도 있어요."

"바로 저기 아래에서, 개 묘비 옆에서요."

"그애는, 저기 뭐냐, 그림자 같은 모습이었어요."

"맞아요. 아니면, 그림자 안에 있는 것 같았거나. 그래도 우린 그애란 걸 알았어요."

"머리를 보고 알았죠."

"맞아요. 머리가 너무 예뻤거든요. 정말로, 정말로, 새까맸어요."

"그런데 머리 안에서 빛이 이리저리 움직여서 까맣게 보이는 것 같은?"

"맞아요, 정말 이상했어요. 하지만 정말 아름다웠어요. 내 말은, 정말로, 정말로, 아름다웠다고요."

"맞아요, 우리 둘 다 그애한테 좀 푹 빠진 것 같아요."

케이트가 세라 굿에 대한 생각에 푹 빠졌던 것처럼 말이지, 나는 생각했다. 더 큰 아이가 담배를 한 모금 빨았다. 아이는 반걸음쯤 앞으로 나와 내게 그 담배를 권했다.

아이가 말했다. "어, 아저씨. 담배 한 모금 필요하게 생기셨네." 하지만 그러더니 뒤로 물러서며 얼굴을 약간 떨구었다. 문득 어른 앞에서 버릇없이 굴었다는 생각이 든 것처럼.

나는 아이에게 말했다. "너 혹시 이름이 세라는 아니겠지?"

"아니에요, 전 릴리예요." 아이가 말했다.

"그리고 전 캐롤라인이에요." 다른 아이가 말했다.

"내 딸을 몇 번이나 봤다고 했지?"

"엄청 많이?"

"여러 번?"

"한 번은 확실해요."

나는 생각했다. 세상에, 이애들이 나에 대해 안다고? 세상에, 릴리와 캐롤라인, 묘지에서 엄마에게서 슬쩍해온 백포도주를 마시며 타로카드를 가지고 노는 너희들, 아마 성적도 대충 괜찮을 것이고, 아마 한두 해 뒤에는 번듯한 대학에 가서, 뭐든 잘해내려 애쓰고 좋은 자식이 되려고 노력하겠지, 정말로.

"릴리와 캐롤라인." 나는 말했다. "너희 둘 다 정말로 사랑스러운"—이 아이들을 뭐라 불러야 할지 확신이 없었다. 소녀들, 여자들?—"사람들이로구나." 그래도 나는 약에 찌들고 온통 젖은 채로 한밤중에 묘지에 와 십대 소녀들과 이야기를 하며 담배를 나눠 피우고 있고, 마을 아이들 중 반이 지난 일 년간 내가 뭘 하고 다녔는지 알고 있으며, 이 두 아이가 나를 보고도 으레 느낄 법한 두려움을 품지 않는다는 사실이 몹시 당황스러웠다. 하지만 마법에서 풀려난 느낌도 들었다.

나는 모호하게 고맙다는 말을 더듬거렸다. 갑자기 그날 밤의 사정에 대해 설명하기는 싫다는 생각이 들었고, 그 아이들이 사랑스럽긴 했으나 오로지 집에 가고 싶다는 생각이 불현듯 밀려왔다. 그래서 나는 아이들이 나를 얼마나 많이 도와주었는지 모를 거라고, 그리고 무슨 말을 더 해야 할지 모르겠지만 어쨌든 고맙다고 말했다.

"별거 아니에요, 우리 아저씨." 캐롤라인이 말했다.

"아저씨 도와드리려고 우리가 여기 있는 거죠." 릴리가 말했다.

"음, 너희 비밀은 잘 지킬게, 얘들아. 그냥…… 어…… 조심해, 알았지? 그 술이랑 담배도 살살 하고, 알겠지?"

"알았어요. 찰리 아저씨."

"알았어요, 아빠."

그 말에 나는 크게 웃었다. 그 모든 상황이 우스꽝스럽고 초라

하고 터무니없기도 했지만, 그런 우습고 당돌하고 비꼬는 듯한 여자애의 목소리로 듣는 아빠 소리가 좋았다.

"잘 있어, 얘들아." 나는 말했다. 나는 돌아서서 도로를 향해 언덕을 절룩거리며 내려갔다.

릴리는 요란하게 속삭이며 외쳤다. "저기요, 찰리 아저씨?"

나는 걸음을 멈추고 뒤돌아 속삭이며 답했다. "왜?"

"케이트가 죽은 거, 정말 유감이에요."

캐롤라인이 속삭였다. "맞아요. 걔는 틀림없이 좋은 아이였을 거예요."

14

케이트와 나는 내가 그 아이를 위해 만들어낸 여명의 영역에서 마지막 식사를 함께 했다. 음식은 케이트가 처음으로 저 너머의 세계에 도착했을 때 내가 주었던 것과 똑같은 빈약한 식사였고, 순서가 거꾸로 되었다는 점만 달랐다. 나는 어떤 세계를 상상했고, 개척했고, 케이트보다 먼저 그곳에 도착해 돌로 테두리를 쌓은 모닥불 구덩이를 만들었다. 단단히 묶은 묘목으로 움막을 세워 나무껍질로 감싸고 지푸라기로 단열 처리를 했으며, 그을음 자욱한 불을 피우고 곡물로 만든 팬케이크를 구웠다. 오르내리는 파도에 시달려 아직도 몸이 불편한 케이트는 얼굴빛이 창백하다못해 잿빛이었고, 숄로 어깨를 감싼 채 대패질로 평평하게 만든 통나무 벤치에 앉아 있었다. 어둡고 좁은 움막에는 연기가 가득했다. 바닥은 더러운 지푸라기로 덮여 있었다. 케이트가 아무것도 없는 손끝을 조금 갉아먹자 손끝 사이에서 짓이겨진 빵가루가 조그만 덩어리로 나타났다. 아이의 손에서 아무런 맛이 없는 팬케이크 귀퉁이가 생겨났다. 그것이 네모난 모양이 되자 케이트는 입 앞쪽에서 그것을 꺼내 나에게 건네주었다. 나는 그것을 석탄 조각들 옆에 놓아둔 팬에 다시 넣었고, 칼로 가장자리를 따라 네모나게 선을 긋자 팬케이크는 칼날 뒤편의 나머지 부분과 다시 합쳐졌다. 케이트는 자리에서 일어나 문을 향해 뒷걸음질을 했다. 나는 불가에서 일어나 발을 끌며 뒤로 걸어갔고, 아이 뒤를 따라 집을 나서며 나무들 사이로 집이 물러나는 모습을 보았다. 우리는 등뒤에 목적지를 둔 채, 나무와 풀밭을 지나고 덤불과, 들풀이 자란 모래언덕을 지나 2킬로미터 정도를 힘겹게 걸어갔다. 케이트의 뱃멀미는 갈수록 더욱 심해졌다. 이윽고 우리는 해안에 도착했다. 매끄러운 돌과 엉킨 해초에 다다라서, 첫 파도가 우리의 발을 적신 뒤 빙글 돌아 다시 바닷물에 합류했을 때, 나는 뒤로 돌아 케이트와 바다를 바라보았다. 우리는 서로를 껴안았고 나는 내 딸을 굶주림에 바짝 마르고 햇볕에 그을린 선원에게 넘겨주었다. 소형 보트 앞에 선 선원은 무릎까지 바닷물에 잠겼다. 해안에서 100미터쯤 떨어진 곳에는 누더기 같은 삼각돛을 단 조그맣고 낡고 어두운색의 소형 범선이 정박해 있었다. 선원은 케이트의 손을 잡았고, 케이트는 나를 바라보며 뒷걸음질로 보트의 측면으로 올라가 두 개의 벤치 중 하나에 앉았다. 선원은 뱃머리를 잡고 보트를 물 쪽으로 민 후 보트 위로 뛰어올랐고, 한 쌍의 노를 들어 노 구멍에 끼운 다음 범선을 향해 보트를 뒤로 저어가기 시작했다. 보트가 범선에 도착했을 때, 나는 범선 위에 있는 남자 두 명이 보트에서 일어선 케이트를 갑판 위로 올리는 모습을 볼 수 있었다. 케이트를 범선에 데려다준 선원은 밧줄 사다리를 이용해 배 위로 올라갔다. 소형 보트는 권양기로 위에 올려 보관했다. 배는 닻을 올리고 선미를 앞으로 향한 채 바다 위에서 뒤로 밀려났다. 천천히 뒤로 물러난 나는 모래사장을 지나 들풀이 자라는 곳 근처의 살짝 높은 땅에 섰다. 나는 배가 물러나면서 조그맣게 줄어드는 모습을 바라보며, 조그만 돛이 수평선 아래로 가라앉아 사라질 때까지 몇 시간 동안 기다렸다. 그뒤로도 몇 시간 동안 나는 텅 빈 바다를 바라보았다. 하늘에서 떨어진 해가 배를 따라 세상의 동쪽 벼랑 끝 아래로 내려갔다. 평평한 땅의 먼 지평선을 따라 햇빛이 퍼지다가 희미해지더니 완전한 밤이 되었다.

미친 목사의 아들이었던 미친 땜장이의 아들의 딸의 아들의 딸이 세 아이의 엄마가 정신을 팔며 운전하던 승용차 바퀴 밑에서 비명횡사했다면, 그 아이의 아빠는 제 손으로 삼킨 독에 의해 천천히 죽기 십상이다. 독을 취하는 긴 시간 동안, 그는 헐벗었거나 초록이 무성한 언덕들, 트였거나 막힌 초원들, 잡목숲과 습지들을 밤낮없이 돌아다니며, 진드기에 물린 자국이 점점이 박히고, 상처 자국이 부풀어오르고, 햇볕에 그을리고, 눈 속에서 동상에 걸리고, 최근이든 오래전이든 에논에서 죽은 모든 이들과 사귀고, 정교하고도 조잡하게 만든 제 딸의 모형과 함께 죽은 이들이 어울리는 곳에 스스로를 끌어들이게 된다.

나는 당일 진료소에 다시 가, 내가 어쩌면 약에 약간 의존하는 것 같기도 하다고 닥터 윈터스에게 말했다. 의사는 자비롭게도 내 완곡한 표현에 맞장구치면서, 처방전과 함께 먹어야 할 비타민과 음식, 도움이 필요한 경우 연락할 곳의 전화번호 등의 목록을 내게 주었다. 나는 의사가 말한 것들을 모두 실천하며, 땀흘렸고 통증에 시달렸고 울었고 두려움에 떨었으며, 너무 많이 써먹은 인형들, 순무를 뇌로 달고 빈 새 둥지가 심장인 그 불쌍하고 기구한 대역 배우들 모두에게 작별을 고했다. 한번은 약을 끊고 나타난 금단증상—진짜 금단증상에 비하면 그리 고통스럽진 않았지만 역시나 소름 끼치고 무시무시했던 금단증상으로 본 환영에서, 케이트가 죽고 나서 내가 상상했던 케이트의 모든 모습들이 마을의 가장 오래된 지하실 뒤쪽 어둡고 먼지 쌓인 방안의 벽 선반 위에 오래된 인형들처럼 한 줄로 늘어서 있는 모습을 보았다. 조그만 주머니에 누더기와 건초와 곡식을 넣어 바늘로 꿰맨 그 인형들은 쥐들의 공격을 받아 내장이 모두 주머니 밖으로 나와 있었다. 눈 대신 붙인 구슬이나 단추들은 저마다 다른 것들이 한 쌍을 이루었다. 머리는 쓰레기 더미에서 찾아낸 표주박이거나, 바람 부는 날에 휘파람 소리를 내는 깨진 해골 모양 도자기였다.

불쌍한 마네킹들, 불쌍한 맨드레이크들, 불쌍하고 죄 없는 감자들. 도대체 어쩌자고 나는 이렇게 누더기에 풀을 채워 내 딸의 인형들을 만든 것인가. 모두 기괴했다. 그것들에게서 아름다움이라는 것을 한순간이나마 보려면, 마음이 연민으로 가득한 순간에 가장 인정 많은 눈으로 인형들을 만들어낸 인간 슬픔의 근원을 감지해내야 했다. 그것들은 약과 슬픔으로 어눌해진 정신이 얼기설기 엮어낸 페티시였다. 딸의 진정한 부재가 엄밀한 현실로서 이 세상에 광활하고 정교하게 펼쳐지는 것을 보고 공포로 사시나무 떨듯 동요한 정신이 만들어낸 작품이었다.

케이트가 죽기 전날 밤, 나는 어마어마하게 큰 집 안에 열 세대가 넘는 친척들이 가득 들어차 있는 꿈을 꾸었다. 9월의 초입이었고 폭염이 닥쳤는데 우리집에는 에어컨이 없었다. 수전과 나의 침실은 집의 앞부분에 있었다. 방에는 창문이 두 개였는데, 하나는 옆마당의 커다란 너도밤나무의 이파리들 쪽으로 나 있었고 나머지 하나는 앞마당 잔디밭 쪽으로 나 있었다. 공기는 완전히 정체되어 있었지만 나는 바람이 통하기를 바라며 창문 두 개를 모두 열어두었고, 나무가 식힌 공기를 빨아들여 방안으로, 침대 위로 퍼뜨리기를 바라는 마음에 회전하는 선풍기를 등받이 없는 의자와 측면 창틀 사이에 비스듬히 놓아두었다. 나무가 공기를 식히지는 않는다는 것을 알았지만 그렇게 해보고 싶었다. 잠에서 깨어나니 선풍기가 창문 방충망 쪽으로 기울어진 상태로 앞뒤로 회전하는 통에, 동물이 창문 밖으로 나가려고 방충망을 긁어대는 듯한 소리가 났다. 나는 일어나 앉아 침대 옆 탁자에 놓인 물을 들이켰다. 수전은 뒤척이지도 않았다. 아내는 열기 속에서도 아무렇지 않은 듯 깊이 잠들어 있었다. 내 티셔츠와 머리가 땀으로 축축했다. 땀에 젖은 베갯잇은 양쪽 모두 끈적거렸다. 베개가 아니라 스펀지로군, 하며 잠에 취해 짜증스러워했던 기억이 난다. 꿈에서 본 집에서 내가 마지막으로 간 곳이 넓은 온실이었다는 게 그 순간 떠올랐다. 유리와 알루미늄으로 만든 높다란 궁륭 천장이 있었고 붙박이로 설치된 책장들에는 가죽으로 장정한 오래된 책들이 가득 꽂혀 있었다. 웅장한 호텔의 로비처럼 붉은 가죽 의자와 소파들이 많이 놓여 있었는데, 하나같이 뒤에 화분에 든 거대한 양치식물이 길게 자라 있어 의자들 위에 초록색 잎으로 지붕을 드리운 것처럼 보였다. 나는 기어서 침대 끝으로 간 뒤 선풍기를 다시 창틀 위에 세우고 그 앞에 내 얼굴을 댔다. 선풍기 바람이 축축한 피부에 부딪혀 목과 팔의 털을 쭈뼛하게 만들었다. 나는 나른한 상태로 침대에서 기어내려가 뒤쪽 창문가에 무릎을 꿇고 어둠 속을 내다보았다. 공기는 완벽하게 정체되어 있었다. 나뭇잎 하나도 부스럭거리지 않았다. 마당은 시간이 멈춘 듯한 모습이었다. 불현듯, 우리가 시간이 여전히 움직이고 있다는 느낌, 세상이 여전히 움직이고 있다는 느낌을 받는 것은 나무와 풀과 구름을 움직이는 바람 때문이며, 바람은 시계와 같은 장치가 아닐까 하는 생각이 들었다. 혹은, 나무와 구름이 시계이고 바람은 우주에서 거대한 태양열 스프링 같은 것이 풀리면서 방출되는 동력일지도 모른다고. 할아버지라면 구름과 바람으로 만든 시계라는 개념을 좋아했을 거라는 생각이 들었다. 알람 시계의 숫자판이 깜빡거리는 것을 보니 잠들어 있던 동안 언젠가 정전이 되었음이 틀림없었다. 몇시쯤 되었는지 감도 잡을 수 없었다. 금방 다시 잠들기는 불가능하겠다는 생각이 들어, 나는 어두운 복도를 살금살금 걸어 케이트의 방을 지나갔다. 열린 방문 앞을 지나는데 아이가 뭐라고 중얼거렸다. 나는 고요한 집안에서 누군가의 몸이 움직이며 공기를 휘저으면 잠든 사람들이 뒤척이는 것을 여러 번 본 적이 있다. 나는 케이트를 깨우지 않기 위해 황급히 계단으로 가 양옆의 난간을 붙잡고 계단 하나하나에 내 무게를 살살 내려놓으며 천천히 내려갔다. 케이트는 신경이 곤두선 채 얕은잠을 잘 때가 많았으며 쉽게 놀라고 쉽게 겁을 먹었다. 천둥소리나 마당의 나뭇가지가 부러지는 소리, 바람에 쓰레기통이 쓰러져 거리에서 나뒹구는 소리 등을 듣고 벌떡 일어나면, 자기가 있는 곳이 어딘지 깨닫고 어떤 위험에도 빠져 있지 않다는 사실을 납득하기까지 몇 분 정도 지나야 했다. 케이트는 놀라는 것을 유난히 싫어해서, 놀랄 일이 생길 때마다 그게 누군가가 고의로 한 일이 아니라도 그 아이답지 않게 매번 진심으로 화를 냈다.

나는 계단 맨 아래까지 내려갔다. 레드 삭스 팀이 서부 지역 리그 경기에 나가 있다는 사실이 기억났다. 그래서 레드 삭스 팀의 경기들이 밤 열시가 되어서야 시작한다는 것과, 게임 진행이 느리거나 연장전까지 들어간다면 경기가 밤늦은 시간까지 계속된다는 것도 생각이 났다. 나는 서부 지역 리그에서 하는 레드 삭스의 경기들을 좋아했다. 늦은 여름밤에 보는 야구 경기가 좋았다. 케이블방송 수신기의 시계를 보니 세시 삼십분이었다. 경기 결과를 보려고 티브이를 켰다. 소리가 먼저 나왔고, 많지 않은 관중들의 단조로운 웅성거림과 레드 삭스의 중계 아나운서의 목소리가 들렸다. 화면이 켜지고 나서 보니 티브이에서 나오는 것은 스포츠 하이라이트 방송에서 보여주는 경기 장면이 아니라 다섯 시간 반 전에 시작되어 그때까지 이어지던 레드 삭스와 시애틀 매리너스의 실전 경기였다. 동점 득점 상황에서 타자 한 명에게 안타 하나를 내준 상황이었고 경기는 십오 회까지 연장되고 있었다. 그것은 조그만 보물처럼, 조금 이상한 반半수면 상태의 밤에 빠져 있는 나를 도와줄 어떤 것처럼 느껴졌다. 나는 부엌으로 가 오렌지주스 한 잔을 따라 거실로 돌아온 다음, 소파에 앉아 경기를 보았다.

어느 순간, 나는 잠에서 깬 케이트가 주방 뒤 복도의 어둠 속에서 나를 보고 있다는 것을 깨달았다. 난 어떻게 해야 할지 알 수 없었다. 고개를 돌려 아이의 이름을 부르면 아이를 놀라게 할까봐—물론 케이트가 나를 놀래줄 만한 상황이긴 했어도—그러고 싶지는 않았다. 그래서 나는 야구 경기를 십 분 정도 더 보면서, 케이트를 잔뜩 의식한 채 결혼반지를 주스잔에 부딪치며 행진곡 리듬을 쨍그랑거렸고, 매리너스의 우익수가 몸을 던져 공을 받아 그 회가 끝나버렸을 때는 젠장, 젠장, 젠장 하면서 욕도 했다. 나를 지켜보는 케이트는 자신의 관찰 대상이 아무도 없는 곳에 혼자 있는 줄 안다고 생각했겠지만 사실 그 아이는 연기를 보고 있는 것이었다. 어떤 의미에서 내가 케이트를 속이고 있다는 생각, 바로 그런 생각이 들어, 마침내 나는 한 회가 끝난 후 앉은 채 몸을 펴고 팔을 머리 위로 올려 쭉 뻗은 후 아, 으, 으, 하면서 머리를 흔들었다. 나는 소파 끝 탁자로 손을 뻗어 담배와 라이터를 집어든 후, 경기가 다시 시작되기 전에 뒤쪽 현관으로 가 담배를 피우려는 것처럼, 아무것도 모르는 척하며 자리에서 일어났다.

케이트는 계단으로 잽싸게 달려가더니 서너번째 계단쯤으로 살금살금 올라간 후 뒤돌아서서, 막 이층에서 내려오던 참인 것처럼 쿵쿵거리며 내려왔다. 아이는 어두운 복도에서 나와 거실 출입문으로 들어섰다.

"괜찮아, 레이트 케이트*?"

"괜찮아, 아빠. 오줌 마려워서. 아주 푹푹 찌네. 야구를 아직도 해?"

"십칠 회째야." 나는 말했다.

"정전됐었어? 시계가 깜빡거려. 지금 몇시야?"

"네시가 넘었어."

케이트는 욕실에 갔고 나는 뒤쪽 현관으로 나가 담배에 불을 붙였다. 담배를 한두 모금 빨았는데 케이트가 밖으로 나오는 모

---

* '올빼미 케이트' 정도의 의미. 이름과 운율을 맞추어 지어낸 별명.

습을 보고, 담배 끝의 재를 턴 다음 손바닥에 감췄다.

"이런 아름다운 여름밤을 망치기 딱 좋은 짓이지?" 케이트가 밖으로 나오자 나는 말했다.

"괜찮아, 아빠. 담배 피워도 난 상관 안 해." 그전에 케이트는 아빠가 담배를 피우면 암에 걸리거나 심장마비로 쓰러질까봐 걱정은 되지만, 담배에 마음이 편해지는 뭔가가 있기도 하다고 말했다. 아이는 담배 냄새가 익숙하다고 했다.

"하지만 네가 담배 피우면 아빠는 상관할 거야." 나는 말했다.

케이트는 위를 쳐다보며 말했다. "와, 별 많은 거 좀 봐."

밤하늘에는 수많은 별들이 바다처럼 펼쳐져 있었고, 마당의 단풍나무들과 너도밤나무들은 그 사이에서 먹빛 대륙을 그렸다. 별들 뒤로 은하수의 성운이 보였다.

"밖에 저런 것들을 놔두고 소파에 누워 텔레비전이라는 물건으로 야구라는 걸 보고 있다는 게 참 이상해." 나는 말했다.

"어, 아빠." 케이트가 말했다. "귀뚜라미 소리가 안 들려."

나는 머리를 세우고 들어보다가 몇 초 후에 말했다. "그거 참 이상하네. 정말 이상해."

"너무 더워서 그런가?"

"아빠도 정말 전혀 모르겠어. 하지만 그러니까 오늘밤이 더더욱 으스스하게 느껴지는데?"

우리는 앞을 바라보며 잠시 서 있었다. 그리고 케이트가 말했다. "아빠, 아까 아래층에 내려오다가 말고 나 자는 거 봤어?" 나는 아이 쪽으로 돌아서서 눈썹을 치켜올렸다.

"묵비권을 행사하겠습니다." 나는 말했다.

"상관 안 해. 그냥 궁금해서 그래." 아이는 제 발끝을 내려다보다가 한 발을 땅에서 들더니 춤 연습을 하듯 발끝을 모아 공중에서 숫자 8 모양을 조그맣게 그렸다.

"음, 이 냄새나는 것은 필요 없겠다." 그렇게 말한 나는 담배를 진입로 바닥에 비벼 끈 후 꽁초는 다 피운 담배를 버리기 위해 집 모서리 부분에 밀어넣어둔 화분 속에 던져넣었다. "들어가서 삭스가 어떻게 되고 있는지 보자."

우리는 거실로 돌아갔다. 나는 소파 한가운데에 털썩 주저앉아 오렌지주스를 배 위에 올리고 팔 하나를 머리 뒤로 힘껏 넘겼다. 케이트는 주방으로 통하는 문과 가까운 소파 끝 가장자리에 앉았다. 내가 손가락을 까딱거리자 케이트는 내 쪽으로 몸을 기울여 내 손을 잡고 입을 맞췄다.

"우리 아빠, 뱀파이어야." 케이트가 말했다.

"대단한 뱀파이어야, 소파에 앉아서 야구도 보는." 나는 대답했다.

"이거 얼마나 오래할 것 같아?"

"글쎄, 지금으로 봐선 어쩌면 영원히 이어질 듯. 끝나지 않는 경기." 나는 우스꽝스럽게 불길한 목소리로 말했다.

"티브이에 이 경기만을 위한 특별 채널을 하나 만들면 되겠네."

"아니야. 음, 지금 공을 던지고 있는 애가 벤치 선수거든. 누군가 저 물렁한 슈크림 같은 공을 우익으로 날리면 경기는 금방이라도 끝날 거야."

"슈크림 공을 마트의 빵 진열대로 뻥 하고 날리는 거지."

"바로 그거야."

케이트는 내 손등에 마지막으로 요란하게 쪽 소리를 내며 입을 맞췄다. 마치 만화에 나오는 토끼가 자기를 뒤쫓던 사냥꾼에게 축축하고 길게 쭈우우우욱! 입을 맞추고는 사냥꾼의 모자를 눈 밑까지 푹 씌워놓고 토끼 굴로 쏙 들어가버리는 것처럼.

"잘 자, 아빠."

"잘 자, 케이트."

케이트는 제 방으로 다시 올라갔다. 나는 십오 분 정도 더 경기를 보다가 잠이 들어 다시 꿈속으로 돌아갔다. 배경이 아까 보았던 집에서 바뀌어 있었다. 체펠린 비행선과 같은 거대한 곡선형 알루미늄 골조가 구름 위에 떠 있는데 나는 그 위를 공포에 사로잡혀 기어갔다. 자는 동안 레드 삭스는 마침내 매리너스를 꺾었고, 한 시간 뒤에는 내 딸 인생 마지막날의 해가 떠올랐다.

15

케이트가 죽은 지 일 년이 지난 날, 나는 그 아이의 묘비 위에 산수레국화와 미나리아재비로 만든 작은 꽃다발을 올려놓았다. 살아 있었다면 열네번째 생일이었을 날에는 여름에 말려두었던 치커리와 조팝나물 꽃가지들을 묘비 위에 놓았다. 진한 회색 묘비에는 석영이나 운모같이 보이는 조각들이 드문드문 박혀 있다. 케이트의 묘비는 어머니와 조부모의 묘비 옆에 있다. 때로 나는 조용하고 깨끗하고 눈에 잘 안 띄는 곳에 케이트를 위해 나뭇잎 우거진 보금자리를 마련하는 상상을 한다. 잔가지와 이파리들로 조그만 장식들을 만들어 붙이고, 나뭇가지와 코드그래스로 정교한 모빌도 만들어 달며, 움푹 들어간 빈 공간에는 손수 만든 새 모이통까지 끼워넣는다. 모이통 안에는 까만 해바라기씨를 넣고, 노끈으로 감아 줄에 늘어뜨린 돌멩이를 통의 각 모서리에 매달아 균형을 잡으며, 그 노끈에는 길고 가느다란 유리잔을 매달아 그 안에 점적병을 넣고 항상 설탕물을 채워놓는다. 그러면 내 딸 위에 만들어진 새장에는 조금도 방심하지 않는 새들이 모여들어 그 아이를 돌봐줄 것이다. 그 새들은 그애와 내가 예전에 보호구역에서 손바닥에 모이를 주던 새들의 자손들일 것이다.

나는 집을 부순 곳을 수리하고 마당을 청소한 뒤 집을 팔았다. 돈의 절반을 수전에게 보내고 나머지는 예금계좌에 넣었다. 에논 중심부에서 800여 미터 떨어진 곳에 있는 커다란 집 뒤편에 방 두 개짜리 셋집을 얻었다. 집주인은 트라우트란 이름의 나이 든 과부였다. 주인은 벽을 흰색으로 칠해도 좋다고 허락해주었다(내가 처음 이사했을 때는 고풍스러운 담홍색이었다). 방 하나는 침실이다. 일인용 침대 하나와 전등이 놓인 협탁이 하나 있다. 옷은 옷걸이에 걸어두거나 앞부분이 투명한 서랍 세 개가 달린 저렴한 플라스틱 보관함 두 개 중 하나에 넣어 벽장에 보관한다. 다른 방에는 한쪽 벽을 따라 조그만 전기레인지와 냉장고, 싱크대가 있다. 전자 제품과 싱크대 앞쪽에는 상판이 나무로 된 높은 탁자가 있어서 그곳에서 식사를 준비한다. 의식적으로 결심한 것도 아닌데 고기를 먹지 않게 되었다. 대부분의 끼니는 쌀과 채소로 해결한다. 채소를 썰 때 쓰는 무디고 오래된 주방용 칼은 이 집에 이사왔을 때 손잡이에 달린 자석으로 냉장고 옆면에 붙어 있던 것을 발견했다. 방의 한쪽 구석에는 좁다란 의자 하나와 조그만 탁자가 있고, 탁자 위에는 거위 목 전등과 회전식 숫자판이 달린 연갈색 전화기가 놓여 있다. 방의 한구석에는 앤 여왕 시대 양식의 커다란 윙백 의자가 있는데, 이사 일주일 뒤 트라우트 부인이 살피러 들어왔다가 집이 너무 휑하다고 생각해 내게 준 것이다. 의자에는 빛바랜 양귀비꽃 무늬의 아이보리색 천이 씌워져 있다. 팔걸이는 닳아서 매끈하고 올이 드러났으며, 동그란 얼룩과 잉크가 스친 자국이 시간이 흘러 갈색으로 변했다. 의자 옆에는 금색 전등갓을 씌운 자립형 놋쇠 스탠드가 서 있는데 이것도 트라우트 부인이 준 것이다.

나는 더이상 쓴 약을 먹거나 위스키를 마시지 않는다. 초록색과 파란색이 섞인 픽업트럭도 하나 샀다. 오래전부터 알고 지낸 조경사가 은퇴해서 그에게 이천오백 달러를 주고 산 것이다. 그 트럭에 중고로 산 잔디깎이와 예초기, 갈퀴, 큰 빗자루와 삽 등을 싣고 다닌다. 나는 에논에 있는 집 열네 곳의 잔디를 도맡아 돌보고 있다. 트럭은 주기적으로 고장이 나며, 그러면 나는 주말 동안 기꺼이 할아버지의 오래된 연장을 들고 트럭을 고친다. 할아버지의 연장은 커다란 회색 플라스틱 공구함에 넣어 방문 바로 앞에 보관하고 있다. 내 손은 지금도 거의 날마다 하루가 끝나갈 무렵이면 아프고, 그래서 매일 밤 저녁식사를 준비하기 전에 아스피린을 먹는다.

아직도 담배는 매일 아침 일찍 마시는 커피와 함께 한 개비를 피우고, 저녁식사 후에 또 한 개비 피운다. 내 방들은 자갈로 된 진입로가 굽이를 돌면서 생긴 둥근 마당을 향해 있다. 반대편에는 헛간이 있다. 헛간에는 쇠로 된 굴림대 위로 여닫는 큰 문이 있다. 나는 헛간 문을 열고, 흰색 페인트칠이 여기저기 녹슬어 벗겨진 철제 정원용 의자를 입구 바로 앞에 놓고 앉는다. 헛간의 넓고 침침한 내부가 등뒤로 솟아 있는 느낌에 마음이 편안해진다. 아침이면 나는 담배를 피우면서, 햇빛이 마당으로 펼쳐지며 정원을 비추는 모습을 바라본다. 하루가 저물 때도 나는 담배를 피우면서, 저녁이 다가오며 햇빛이 물러나고 정원이 다시 그늘 속으로 접혀들어가는 모습을 바라본다. 날씨가 더울 때는 그늘에 앉아 있을 수 있도록 의자를 헛간 문 바로 뒤로 끌고 들어가기도 한다. 헛간의 목재에서 좋은 냄새가 난다. 언젠가 그곳에 저장되었던 건초의 흔적도 남아 있다. 헛간의 거대한 내부가 쉿쉿거리는 여름의 소리를 덮어준다. 날씨가 추울 때는 바람이나 눈을 피할 수 있도록 의자를 헛간 바로 안쪽으로 끌고 들어가기도 한다. 추운 날 헛간에서는 부재들을 지탱해주는 쇠못과 다락 위에 설치된 쇠 도르래 냄새가 난다. 나는 의자에 앉아 담배를 피우고, 빛과 색깔들을 보면서 이런저런 생각을 한다. 예컨대 같은 풍경을 각기 다른 계절에 그리려고 할 때 눈에 보이는 색깔을 물감으로는 절대로 표현할 수 없을 것 같다든가, 내가 실제로 보고 있는 색이 어떤 색인지 알 수 없을 것 같다든가 하는 생각이다. 나는 하루를 감정가의 눈으로 바라본다. 때로 나는 앉아서 눈물을 흘린다. 때로 나는 말없이 앉아 설명할 수 없는 종류의 가슴 아픈 기쁨을 느낀다.

밤이면 나는 일에 지친다. 나는 내 하얀 방 의자에 앉아 전등 불빛에 의지해, 도서관에서 빌려온 책을 읽는다. 때로는 의자에 앉은 채 잠이 든다. 때로는 케이트의 꿈을 꾼다. 나는 내 딸과 정원에 함께 앉아 평온하게 이야기를 나누다 마지막에 아이의 이마에 입을 맞추고 곧 다시 만날 약속을 하는 꿈을 꾸기를 소망한다. 하지만 내 꿈은 으레 기이하고 제멋대로여서 케이트가 내 앞에 나타나는 때는 항상 내가 가파른 지붕에서 미끄러져 떨어지려는 순간이나, 사막에서 들개와 씨름하는 순간, 내게 딸이 있었다는 사실을 잊어버린 채 웅장한 집에서 열리는 파티에서 아름다운 여인을 보고 설명할 길 없는 감탄에 빠져 있는 순간이다. 타이밍이 항상 끔찍하게 나빠서, 나는 늘 내 딸의 갑작스러운 등장에 허를 찔린다. 나는 케이트에게 지붕의 기와가 흘러내리려

하니 꼼짝 말고 서 있으라고, 안 그러면 저 아래 자갈 깔린 도로에 떨어진다고 말해주려고 애를 쓴다. 또는 이렇게 소리치기도 한다. 네 존재를 눈치챈 개가 내게 보이던 송곳니를 너에게로 돌리기 전에 얼른 도망치라고, 또는 여자랑 시시덕거려서 미안하다고, 그리고 날이면 날마다, 어딜 가나, 언제나, 네가 너무도 보고 싶다고, 너무도 사랑한다고, 그리고 이건 모두 꿈이라고, 꿈에서는 모두 그런 식이라는 걸 너도 알 거라고, 그리고 단 한순간도 너를 내 마음속에서 지우려 한 적 없다고. 그런 만남들은 내 마음을 헤집어놓지만 또 그만큼 위안을—내 딸을 만나는 진정한 기쁨을—준다. 그것이 언젠가 있을 재회에 앞서 경험하는 만남이든, 아니면 나 역시 죽고 에논이나 이 끔찍한 기적의 행성 그 어디에도 우리를 기억하는 영혼이 하나도 남지 않을 때까지 가끔씩 날 위로해주는 허구에 불과하든 간에.

옮긴이의 말

폴 하딩은 1990년대에 두 장의 앨범을 발표한 밴드 '콜드 워터 플랫'의 드러머로 활동하다, 밴드가 해체된 후 자신의 가족사를 바탕으로 『팅커스』를 썼다. 그러나 이 작품은 이렇다 할 극적 순간이 없는 잔잔한 서사적 구조 때문에 팔리지 않을 작품으로 치부되어 여러 출판사에서 거절당했다고 한다. 그렇게 몇 년이 지나고, 마지막이라는 심정으로 문을 두드린 신생 출판사에서 조용히 발표된 40대 무명 소설가의 데뷔 소설은 언어와 인식의 독특한 결합을 이루어냈다는 평과 함께 이듬해 2010년에 퓰리처상을 수상하면서 〈뉴욕 타임스〉에서 "근래 문단의 가장 극적인 신데렐라 이야기"라며 기사화되기도 했다.

『에논』은 폴 하딩의 두번째 소설로, 전작에서 그린 가족의 다음 세대 인물들을 중심으로 이어간다. 특정한 지역을 배경으로 그곳의 역사와 풍광과 삶의 방식이 한 가족의 이야기와 어우러지는 그만의 독특한 서사를 이루었다는 점에서 폴 하딩을 윌리엄 포크너와 연결시키는 비평가도 있다. 아울러 정교한 묘사와 긴 호흡의 유려하고 사색적인 문장 역시 포크너와 닮은 데가 있을뿐더러, 삶과 죽음에 대한 통찰과 사유의 깊이는 고작 두 권의 책을 낸 작가라고는 믿기지 않을 정도로 경탄스러운 대가의 면모를 보여준다.

"조지 워싱턴 크로스비는 죽기 여드레 전부터 환각에 빠지기 시작했다"라는 인상적인 문장으로 시작되는 소설 『팅커스』에서 밤새 책을 읽으며 할아버지의 병상을 지키는 모습으로 잠깐 모습을 비췄던 찰리 크로스비가 『에논』에서는 사고로 딸을 잃고 절망의 나락으로 빠져드는 아버지로 이야기의 전면에 등장한다. 찰리 크로스비는 대학을 중퇴하고 여러 직업을 전전하며 가정을 꾸려가지만 책과 지도를 사랑하고 고향의 역사책을 탐독하는 독학자이며, 시계수리공 할아버지와 함께한 유년 시절에서 비롯된 자연과의 교감을 딸 케이트와 함께 나누는 다정한 아버지다. 그에게 딸은 삶에서 가장 큰 기쁨을 주는 사람, 누구와도 경험하지 못한 끈끈한 유대감으로 그와 한데 묶인 존재였다.

하지만 그런 딸이 열셋의 나이에 죽자 그의 삶은 순식간에 무너진다. 딸의 죽음은 아내와 그를 연결하던 가느다란 끈마저 끊어버린다. 완전히 혼자가 되어 세상과 단절된 찰리는 진통제에 취한 몽롱한 정신으로 과거를 반추하며 묘지와 숲속을 배회하고 약을 구하느라 범죄까지 저지르게 된다. 꼬박 일 년 동안 그렇게 환각과 현실의 경계를 넘나들며 혼자만의 처절한 애도 의식을 치른 그는 마침내 더이상 내려갈 수 없는 바닥에 닿고서야 조금씩 세상으로 돌아가기 시작한다.

소설의 끝부분에서 슬픔을 차분히 받아들이는 찰리의 모습은 모든 욕망과 애착에서 벗어난 듯 처연하다. 압도적인 상실감은 그렇게 바닥까지 내려가야만 헤어날 수 있는 것인가? 어쩌면 절망의 끝까지 가보는 것 또한 용기일지 모르겠다. 그런 무시무시한 과정을 폴 하딩은 인간의 정신에 돋보기를 들이대는 듯한 태도로, 온갖 환각의 스펙터클과 연극적 장치를 동원해 절절하게 써내려간다. 상실의 슬픔에 몸부림치는 세상 모든 이들에게 바치는 고독한 레퀴엠 같은 소설이다.

민은영

지은이 **폴 하딩**

1967년생. 매사추세츠 대학에서 영문학을 전공했고, 졸업 후에는 미국과 유럽에서 '콜드 워터 플랫'이라는 밴드의 드러머로 활동했다. 그후 본격적으로 글쓰기에 매진하기로 마음먹은 그는 '아이오와 대학 작가 워크숍'에서 문예창작으로 석사학위를 받았다. 2009년에 출간된 『팅커스』는 데뷔작으로서는 이례적으로 2010년 퓰리처상을 수상하는 영예를 안았다. 2013년 『팅커스』의 후속작인 『에논』을 출간했다. 현재 하버드 대학과 아이오와 대학에서 글쓰기를 가르치며 창작을 이어가고 있다.

옮긴이 **민은영**

고려대학교 영어교육과를 졸업하고 이화여자대학교 통번역대학원에서 석사학위를 받았다. 현재 전문 번역가로 활동중이며 윌리엄 포크너의 『곰』, 아모스 오즈의 『친구 사이』, 파울로 코엘료의 『불륜』, 이언 매큐언의 『칠드런 액트』, 앤드루 포터의 『어떤 날들』 등을 우리말로 옮겼다.

문학동네 세계문학

에논

초판인쇄 2016년 3월 10일 | 초판발행 2016년 3월 25일

지은이 폴 하딩 | 옮긴이 민은영 | 펴낸이 염현숙
책임편집 손예린 | 편집 김영수 오동규 | 독자모니터 이희연
디자인 김이정 최미영 | 저작권 한문숙 박혜연 김지영
마케팅 정민호 이미진 정진아 | 홍보 김희숙 김상만 이천희
제작 강신은 김동욱 임현식 | 제작처 한영문화사(인쇄) 신안문화사(제본)

펴낸곳 (주)문학동네
출판등록 1993년 10월 22일 제406-2003-000045호
주소 10881 경기도 파주시 회동길 210
전자우편 editor@munhak.com | 대표전화 031) 955-8888 | 팩스 031) 955-8855
문의전화 031) 955-1927(마케팅) 031) 955-7972(편집)
문학동네카페 http://cafe.naver.com/mhdn | 트위터 @munhakdongne

ISBN 978-89-546-3985-9 03840

www.munhak.com